한국공학대
논술고사

기출문제 ✚ 실전문제

통합본

한국공학대 논술고사

기출문제＋실전문제
[통합본]

인쇄일 2025년 9월 1일 초판 1쇄 인쇄
발행일 2025년 9월 5일 초판 1쇄 발행
등 록 제17-269호
판 권 시스컴 2025

발행처 시스컴 출판사
발행인 송인식
지은이 타임논술연구소

ISBN 979-11-6941-686-3 13800
정 가 18,000원

주소 서울시 금천구 가산디지털1로 225, 514호(가산포휴) | **홈페이지** www.siscom.co.kr
E-mail siscombooks@naver.com | **전화** 02)866-9311 | Fax 02)866-9312

   그동안 내신 모의고사 3등급 이하의 학생들이 대학에 입학하기 위한 도구로써 활용했던 대입적성검사가 폐지되고 가칭 약술형 논술고사가 새로운 대안으로 떠올랐다. 약술형 논술고사는 400~1,000자의 서술을 요구하는 상위권 대학의 작문형 논술고사가 아니라, 한두 어절이나 30~40자 이내의 한 문장 또는 빈칸 채우기 등의 단답형 논술고사이다.

   약술형 논술고사는 학생들의 시험 준비부담을 덜기 위해 고교 교과과정 내에서 또는 EBS 수능연계 교재를 중심으로 출제되므로, 학생들은 별도의 사교육 부담 없이 학교 수업과 정기고사의 단답형 주관식 시험을 충실하게 준비하고, 아울러 EBS 연계 교재를 꼼꼼히 학습한다면 좋은 성과를 얻을 수 있다.

   본 도서는 약술형 논술고사를 통해 대학 입학의 관문을 두드리는 학생들에게 각 대학에서 시행하는 약술형 논술고사의 출제경향과 문제흐름을 익힐 수 있도록 다음과 같은 특징들을 갖고 출간되었다.

시험장에서 바로 볼 수 있는 핵심이론

실전문제를 풀기에 앞서 각 과목별 핵심이 되는 기본 이론이나 공식들만 간추려 수록함으로써, 시험장에서 꼭 필요한 필수 이론과 공식을 암기할 수 있도록 하였다.

해당 단원을 총괄하는 대표문제

해당 단원을 가장 대표하는 예시문제를 엄선하여 모범답안, 바른해설, 채점기준에서부터 예상 소요 시간과 배점에 이르기까지 해당 대표문제에 대한 총괄적인 문항 내용을 직관적으로 파악할 수 있게 하였다.

기출유형과 100% 똑 닮은 실전문제

각 대학별 약술형 논술 유형을 철저히 분석하여 실제 시험과 문제 스타일이나 출제방식이 똑 닮은 싱크로율 100%의 실전문제를 수록하였다.

실제 시험 유형을 대비한 최신 기출문제

각 대학에서 시행한 최신 기출문제를 수록하여 학생들이 각 대학들의 논술시험 특징을 파악하고 엉뚱한 시험 범위와 잘못된 공부 방법으로 시간을 낭비하지 않도록 유도하였다.

   부디 이 책이 학생들의 대학 진학에 조금이나마 도움이 되길 바라며, 아울러 수험생들의 충실한 길잡이가 되기를 기원한다.

●● 2026학년도 약술형 논술대학

※ 전형일정 및 입시요강 등은 학교 측의 입장에 따라 변경 가능하므로, 추후 공지되는 변경사항을 각 대학교 홈페이지에서 반드시 확인하시기 바랍니다.

[전형기초]

대학	모집인원	시험과목	시간	문항수	전형방법	수능 최저
가천대	1,009명 (의예6명)	국어+수학	80분	인문: 국어9+수학6 자연: 국어6+수학9	논술100	○
강남대 [신설]	359명	국어+수학	60분	인문: 국어8+수학2 공학: 국어3+수학7 자유전공: 국어5+수학5	학생20+논술80	X
고려대 (세종)	318명	인문: 국어+사탐 자연: 수학(미적분)	120분	인문: 통합국어2 자연: 수학6	논술100	○
국민대 [신설]	226명	국어+수학 (자연: 미적분)	90분	인문: 국어8+수학2 자연: 국어2+수학8	논술100	○
삼육대	154명	국어+수학	80분	인문: 국어9+수학6 자연: 국어6+수학9	논술100	○
상명대	101명	국어+수학	60분	인문: 국어8+수학2 자연: 국어2+수학8	학생10+논술90	X
서경대	204명	국어+수학	60분	공통: 국어4+수학4	학생10+논술90	X
수원대	441명	국어+수학	80분	인문: 국어10+수학5 자연: 국어5+수학10	학생40+논술60	X
신한대	166명	국어+수학	80분	인문: 국어9+수학6 자연: 국어6+수학9	학생10+논술90	X
을지대	251명	국어+수학	70분	공통: 국어7+수학7	학생20+논술80	X
한국공학대	280명	수학1+수학2	80분	수학9	학생20+논술80	X
한국 기술교대	150명	수학1+수학2	80분	수학10	논술100	X
한국외대 (글로벌)	162명	수학1+수학2	90분	자연: 수학7	논술100	○
한신대	261명	국어+수학	80분	인문: 국어10+수학5 자연: 국어5+수학10	학생40+논술60	X
홍익대 (세종)	120명	수학1+수학2	70분	수학7	학생10+논술90	○

● ● 2026학년도 한국공학대 논술전형

[전형일정]

구분	일시	비고
원서접수	2025. 9. 8.(월) 10:00 ~ 12(금) 18:00까지	http://www.jinhakapply.com 100% 인터넷 접수
시험일	2025. 11. 23(일)	
합격자 발표	2025. 12. 12(금) 이전	

[모집단위 및 모집인원]

대학	모집단위		모집인원
SW대학	SW 자율전공		29
	컴퓨터 공학부	컴퓨터공학전공	4
		소프트웨어전공	4
	게임공학과		5
	인공지능학과		4
IT 반도체 융합대학	IT반도체융합 자율전공		24
	전자 공학부	전자공학전공	5
		임베디드시스템전공	4
	반도체 공학부	나노반도체공학전공	4
		반도체시스템전공	4
스마트기계 융합대학	스마트기계융합 자율전공		29
	기계공학과		7
	기계설계 공학부	기계설계전공	4
		지능형모빌리티전공	5
	메카트로닉스 공학부	메카트로닉스전공	4
		AI로봇전공	4

2026학년도 약술형 논술고사

대학	모집단위		모집인원
첨단 융합대학	첨단융합 자율전공		21
	신소재공학과		5
	생명화학공학과		5
	에너지 · 전기 공학부	전력응용시스템전공	4
		미래에너지시스템전공	5
특성화 학부	경영 학부	경영 자율전공	13
		경영학전공	4
		데이터사이언스경영전공	4
		IT경영전공	4
	디자인 공학부	산업디자인공학전공	5
		미디어디자인공학전공	
미래대학	자유전공학부		70
합계			280

[지원자격]

국내 고등학교 졸업(예정)자 및 이와 동등 이상의 학력 소지자

※ 수능 최저학력기준: 없음

[전형방법]

전형요소 반영비율		계	수능최저기준
논술고사	학생부(교과성적)		
80%(400점)	20%(100점)	100%(500점)	없음

[선발원칙]

가. 선발기준: 논술고사(80%) 및 학생부(20%)성적을 일괄 합산하여 총점 순으로 최종 합격자 선발

나. 논술고사 출제범위: 대학수학능력시험 수학Ⅰ, 수학Ⅱ

다. 논술고사 반영점수

모집단위	평가영역 및 문항수	논술고사 문항당 배점	기본 점수	만점	필답유형	시험시간
전 모집단위	수리논술 9문항	문항1~7: 각 10점 문항8~9: 각 15점 문항1~9까지 합산 후 ×1.5하여 반영	250점	400점	수리논술 9문항	80분
	논술고사 점수	150점				

[학생부 반영교과 및 반영방법]

가. 학교생활기록부 반영방법

학생부 반영비율(점수)	계열/학부	학생부 반영교과	활용지표
20%(100점)	공학계열	국어, 영어, 수학, 과학	석차등급 석차등급
	경영학부	국어, 영어, 수학, 사회 또는 과학 (과학 또는 사회는 이수단위 수가 많은 교과 반영)	

나. 비교내신 대상자

전형유형	비교내신 적용대상	비교내신 적용방법
논술(논술우수자)	학생부 성적이 없는 자 (검정고시, 외국고교 출신자 등) 2024년 2월 및 그 이전 졸업자	논술고사 취득점수를 환산하여 반영

다. 논술고사 환산 점수표

논술 총점	400 ~395	395미만 ~390	390미만 ~380	380미만 ~365	365미만 ~350	350미만 ~340	340미만 ~320	320미만 ~300	300 미만
환산 점수	100	99	98	97	96	94	80	60	25

라. 성적산출방법

① 1단계: 논술고사 총점을 환산점수표에 대입하여 환산점수를 구함
② 2단계: 논술고사 환산점수에 전형별 반영비율을 곱하여 최종 반영점수를 구함(학생부 성적 산출방법 참조)

2026학년도 약술형 논술고사

[시험일시]

가. 2025. 11. 23.(일) 오전(10:00), 오후(14:30)

오전(10:00)	오후(14:30)
게임공학과, 인공지능학과, IT반도체융합 자율전공, 전자공학전공, 임베디드시스템전공, 나노반도체공학전공, 반도체시스템전공, 기계공학과, 신소재공학과, 디자인공학부, 자유전공학부	SW 자율전공, 컴퓨터공학전공, 소프트웨어전공, 스마트기계융합 자율전공, 기계설계전공, 지능형모빌리티전공, 메카트로닉스전공, AI로봇전공, 첨단융합 자율전공, 생명화학공학과, 전력응용시스템전공, 미래에너지시스템전공, 경영 자율전공, 경영학전공, 데이터사이언스경영전공, IT경영전공

나. 장소: 본교 지정 장소

다. 준비물: 수험표, 신분증 등

라. 유의사항: ① 고사시간 및 장소는 2025. 11. 20.(목) 우리대학 입학홍보처 홈페이지 공고
  ② 고사시작 30분 전까지 고사실에 입실 완료하여야 함(고사시작 후 입실불가)
  ③ 논술고사에 결시한 자는 불합격 처리함

[제출서류]

대상	제출서류
• 학생부 온라인 제공 동의자 • 검정고시 온라인 제공 동의자	• 없음
• 학생부 온라인 제공 비동의자 • 학생부 온라인 제공이 불가능한 자	• 입학원서 1부(인터넷 접수 후 출력) • 고교 학교생활기록부 1부
• 검정고시 온라인 제공 비동의자 • 검정고시 온라인 제공이 불가능한 자	• 입학원서 1부(인터넷 접수 후 출력) • 검정고시 합격증명서 및 성적증명서 1부
• 외국고교출신자	• 입학원서 1부(인터넷 접수 후 출력) • 고교 졸업(예정)증명서 또는 재학증명서 • 고교 전학년 성적증명서

※ 서류제출 대상자는 서류제출 기간 내에 제출해야 하며, 미제출 시 불합격 처리함

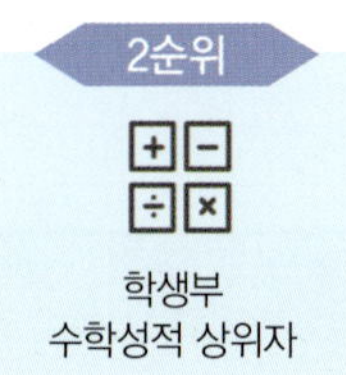

[원서접수 유의사항]

가. 접수가 완료된 경우 기재사항을 수정하거나 접수를 취소할 수 없으며 이중지원 및 지원자의 과오로 인한 전형료 환불은 불가능하므로 모집요강을 정확히 숙지하고 전형 및 지원 학과 · 전공을 신중하게 선택하여야 합니다.

나. 수시모집에서 6개 전형을 초과하여 지원한 경우 지원 자격을 부여하지 않으며 초과 접수한 전형은 모두 접수취소 처리됩니다(타 대학에 지원한 횟수를 포함하며, 산업대학 · 전문대학에 지원한 경우는 제외).

다. 복수지원 허용범위 : 우리대학 수시모집에서는 6개 전형 이내에서 모든 전형 간 복수지원이 가능합니다.

라. 성명, 주민등록번호는 주민등록등본과 일치하여야 하고 전화번호는 전형 기간 중 신속히 연락할 수 있도록 정확하게 기재하여야 합니다.

마. 입학원서 기재사항 누락 및 입력 오류 등에 따른 불이익과 전화번호 및 주소 등의 연락처 오기, 미기재 또는 변경으로 연락이 두절 되어 발생하는 불이익에 대한 모든 책임은 지원자에게 있습니다.

바. 사진파일은 최근 3개월 이내에 찍은 증명사진(3X4cm)을 스캔하여 준비하시기를 바랍니다.

사. 제출서류(해당자 한함) 발급일자는 원서접수 시작일 기준 1개월 이내여야 합니다.

아. 기재 사항이 사실과 다른 경우 합격이 취소될 수 있습니다.

자. 모집요강에 명시된 내용을 필히 확인하여야 하고, 요강내용 미확인으로 인한 지원자의 과오는 인정되지 않습니다.

2026 올풀 한국공학대 논술고사를 효율적으로 학습하기 위한

● ● Study plan

영 역				날 짜	시 간
PART 1 수학 영역	수학 I	I. 지수함수와 로그함수	핵심이론		
			실전문제		
		II. 삼각함수	핵심이론		
			실전문제		
		III. 수열	핵심이론		
			실전문제		
	수학 II	IV. 함수의 극한과 연속	핵심이론		
			실전문제		
		V. 다항함수의 미분법	핵심이론		
			실전문제		
		VI. 다항함수의 적분법	핵심이론		
			실전문제		

영 역			날 짜	시 간
PART 2 기출문제	2025학년도	기출문제		
		모의고사		
	2024학년도	기출문제		
		모의고사		
	2023학년도	기출문제		
		모의고사		
	2022학년도	기출문제		
		모의고사		

•• 구성과 특징

핵심 이론
시험장에서 바로 볼 수 있는 핵심이론

실전문제를 풀기에 앞서 각 과목별 핵심이 되는 기본 이론이나 공식들만 간추려 수록함으로써,
시험장에서 꼭 필요한 필수 이론과 공식을 암기할 수 있도록 하였다.

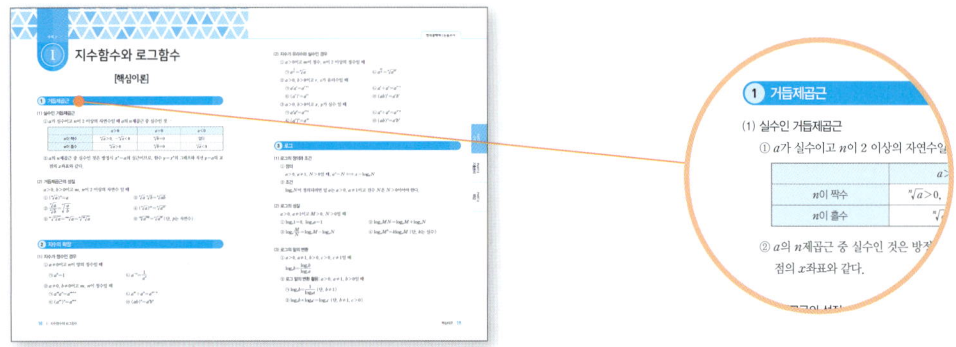

실전문제
기출유형과 100% 똑 닮은 실전문제

각 대학별 약술형 논술 유형을 철저히 분석하여
실제 시험과 문제 스타일이나 출제방식이 똑 닮
은 싱크로율 100%의 실전문제를 수록하였다.

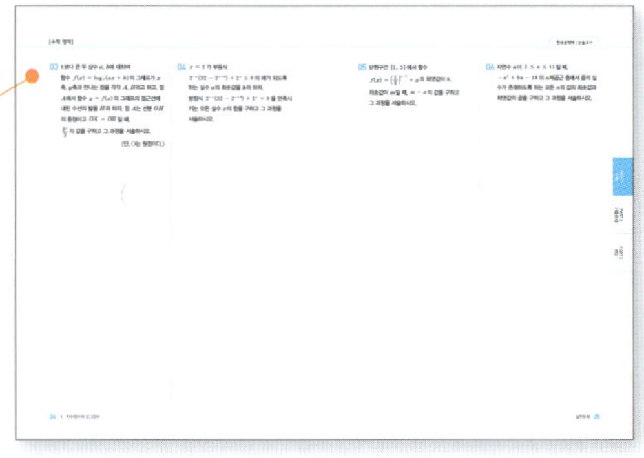

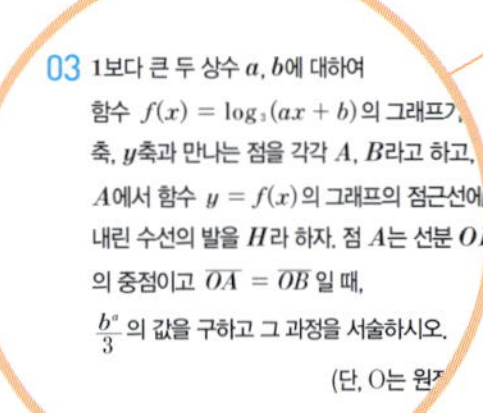

대표문제

해당 단원을 총괄하는 대표문제

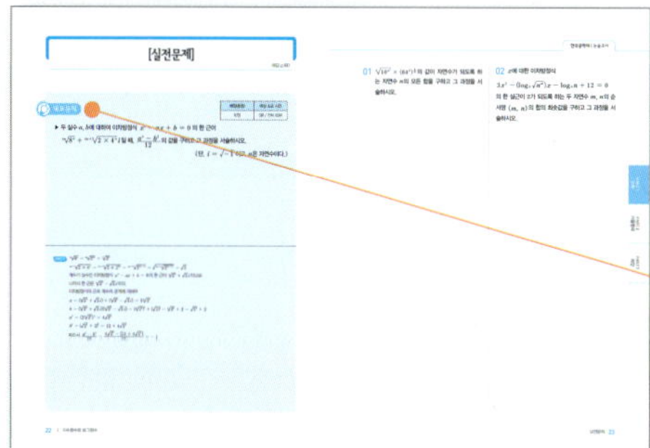

해당 단원을 가장 대표하는 예시문제를 엄선하여 모범답안, 바른해설, 채점기준에서부터 예상 소요 시간과 배점에 이르기까지 해당 대표문제에 대한 총괄적인 문항 내용을 직관적으로 파악할 수 있게 하였다.

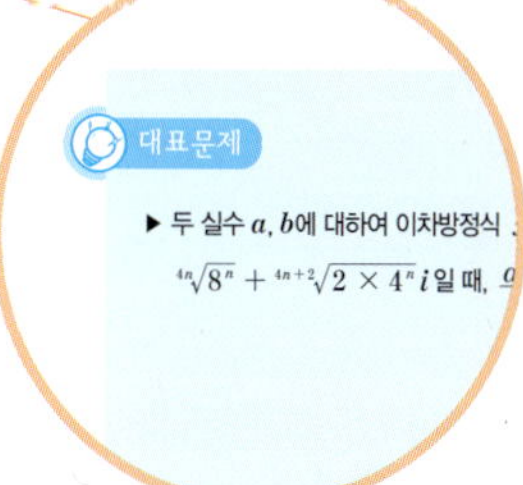

기출문제

실제 시험 유형을 대비한 모의 또는 기출문제

각 대학에서 시행한 모의 또는 기출문제를 수록하여 학생들이 각 대학들의 논술시험 특징을 파악하고 엉뚱한 시험범위와 잘못된 공부 방법으로 시간을 낭비하지 않도록 유도하였다.

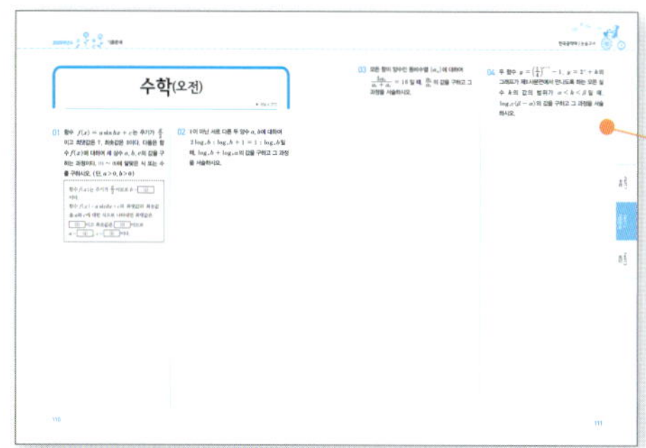

합격을
기원합니다

CONTENTS

한국공학대 논술고사 기출문제 + 실전문제[통합본]

시스컴은
여러분을
응원합니다

PART 1

지수함수와 로그함수

[핵심이론]

① 거듭제곱근

(1) 실수인 거듭제곱근

① a가 실수이고 n이 2 이상의 자연수일 때 a의 n제곱근 중 실수인 것

	$a>0$	$a=0$	$a<0$
n이 짝수	$\sqrt[n]{a}>0,\ -\sqrt[n]{a}<0$	$\sqrt[n]{0}=0$	없다
n이 홀수	$\sqrt[n]{a}>0$	$\sqrt[n]{0}=0$	$\sqrt[n]{a}<0$

② a의 n제곱근 중 실수인 것은 방정식 $x^n=a$의 실근이므로, 함수 $y=x^n$의 그래프와 직선 $y=a$의 교점의 x좌표와 같다.

(2) 거듭제곱근의 성질

$a>0$, $b>0$이고 m, n이 2 이상의 자연수 일 때

① $(\sqrt[n]{a})^n=a$

② $\sqrt[n]{a}\,\sqrt[n]{b}=\sqrt[n]{ab}$

③ $\dfrac{\sqrt[n]{a}}{\sqrt[n]{b}}=\sqrt[n]{\dfrac{a}{b}}$

④ $(\sqrt[n]{a})^m=\sqrt[n]{a^m}$

⑤ $\sqrt[m]{\sqrt[n]{a}}=\sqrt[mn]{a}=\sqrt[n]{\sqrt[m]{a}}$

⑥ $\sqrt[np]{a^{mp}}=\sqrt[n]{a^m}$ (단, p는 자연수)

② 지수의 확장

(1) 지수가 정수인 경우

① $a\neq0$이고 n이 양의 정수일 때

㉠ $a^0=1$

㉡ $a^{-n}=\dfrac{1}{a^n}$

② $a\neq0$, $b\neq0$이고 m, n이 정수일 때

㉠ $a^m a^n=a^{m+n}$

㉡ $a^m \div a^n=a^{m-n}$

㉢ $(a^m)^n=a^{mn}$

㉣ $(ab)^n=a^n b^n$

(2) 지수가 유리수와 실수인 경우

① $a>0$ 이고 m 이 정수, n 이 2 이상의 정수일 때

 ㉠ $a^{\frac{1}{n}}=\sqrt[n]{a}$ ㉡ $a^{\frac{m}{n}}=\sqrt[n]{a^m}$

② $a>0$, $b>0$ 이고 r, s 가 유리수일 때

 ㉠ $a^r a^s=a^{r+s}$ ㉡ $a^r \div a^s=a^{r-s}$

 ㉢ $(a^r)^s=a^{rs}$ ㉣ $(ab)^r=a^r b^r$

③ $a>0$, $b>0$ 이고 x, y 가 실수 일 때

 ㉠ $a^x a^y=a^{x+y}$ ㉡ $a^x \div a^y=a^{x-y}$

 ㉢ $(a^x)^y=a^{xy}$ ㉣ $(ab)^x=a^x b^x$

3 로그

(1) 로그의 정의와 조건

① 정의

 $a>0$, $a\neq1$, $N>0$ 일 때, $a^x=N \Longleftrightarrow x=\log_a N$

② 조건

 $\log_a N$ 이 정의되려면 밑 a 는 $a>0$, $a\neq1$ 이고 진수 N 은 $N>0$ 이어야 한다.

(2) 로그의 성질

$a>0$, $a\neq1$ 이고 $M>0$, $N>0$ 일 때

① $\log_a 1=0$, $\log_a a=1$ ② $\log_a MN=\log_a M+\log_a N$

③ $\log_a \dfrac{M}{N}=\log_a M-\log_a N$ ④ $\log_a M^k=k\log_a M$ (단, k 는 실수)

(3) 로그의 밑의 변환

① $a>0$, $a\neq1$, $b>0$, $c>0$, $c\neq1$ 일 때

 $\log_a b=\dfrac{\log_c b}{\log_c a}$

② 로그 밑의 변환 활용: $a>0$, $a\neq1$, $b>0$ 일 때

 ㉠ $\log_a b=\dfrac{1}{\log_b a}$ (단, $b\neq1$)

 ② $\log_a b \times \log_b c=\log_a c$ (단, $b\neq1$, $c>0$)

③ $\log_{a^m}b^n = \dfrac{n}{m}\log_a b$ (단, m, n은 실수이고, $m \neq 0$이다.)

④ $a^{\log_b c} = c^{\log_b a}$ (단, $b \neq 1$, $c > 0$)

4 지수함수

(1) 지수함수의 뜻과 그래프

① 지수함수의 뜻

$y = a^x\,(a > 0,\ a \neq 1) \Rightarrow a$를 밑으로 하는 지수함수

② 지수함수의 그래프

ㄱ $a > 1$일 때

ㄴ $0 < a < 1$일 때

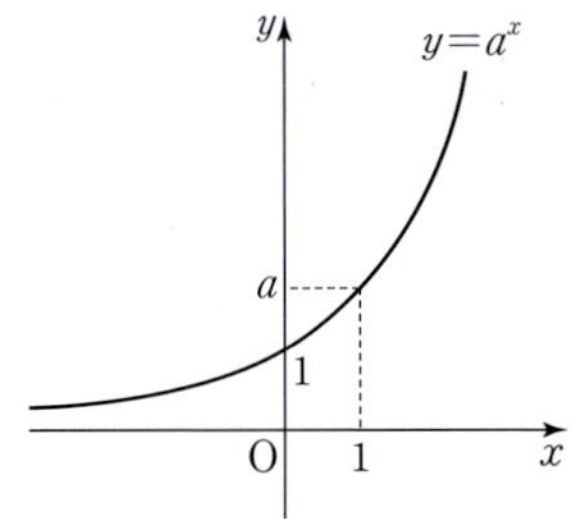
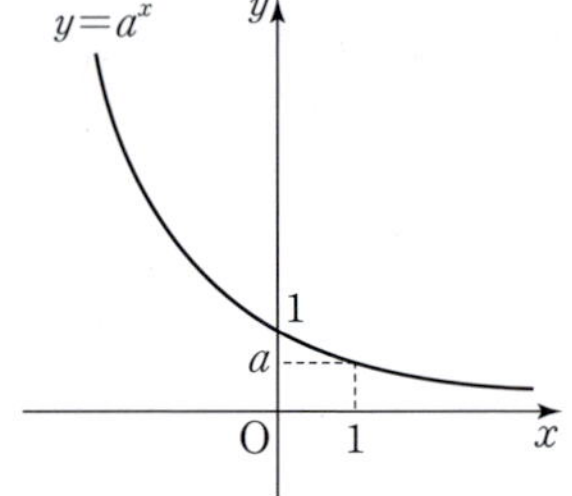

(2) 지수함수의 성질

① $a > 1$일 때 x의 값이 증가하면 y의 값도 증가하고, $0 < a < 1$일 때 x의 값이 증가하면 y의 값은 감소한다.

② 함수 $y = a^x$의 그래프는 점 $(0, 1)$을 지나고, 점근선은 x축(직선 $y = 0$)이다.

③ 함수 $y = a^x$의 그래프와 함수 $y = \left(\dfrac{1}{a}\right)^x$의 그래프는 y축에 대하여 서로 대칭이다.

④ 함수 $y = a^{x-m} + n$의 그래프는 함수 $y = a^x$의 그래프를 x축의 방향으로 m만큼, y축의 방향으로 n만큼 평행이동한 것이다.

(3) 지수함수의 활용

① $a > 0$, $a \neq 1$일 때, $a^{f(x)} = a^{g(x)} \Longleftrightarrow f(x) = g(x)$

② $a > 1$일 때, $a^{f(x)} < a^{g(x)} \Longleftrightarrow f(x) < g(x)$

③ $0 < a < 1$일 때, $a^{f(x)} < a^{g(x)} \Longleftrightarrow f(x) > g(x)$

⑤ 로그함수

(1) 로그함수의 뜻과 그래프

① 로그함수의 뜻

$y=\log_a x \ (a>0,\ a\neq1) \Rightarrow a$를 밑으로 하는 로그함수

② 지수함수와 로그함수의 관계

역함수 관계: $y=a^x \ (a>0,\ a\neq1) \Longleftrightarrow y=\log_a x \ (a>0,\ a\neq1)$

③ 로그함수의 그래프

   ㉠ $a>1$일 때   ㉡ $0<a<1$일 때

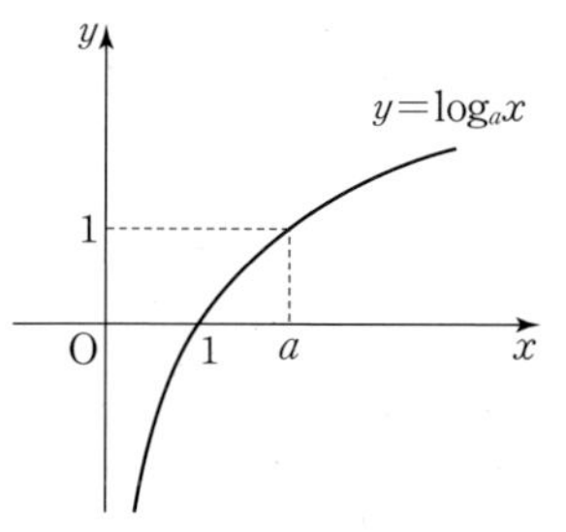
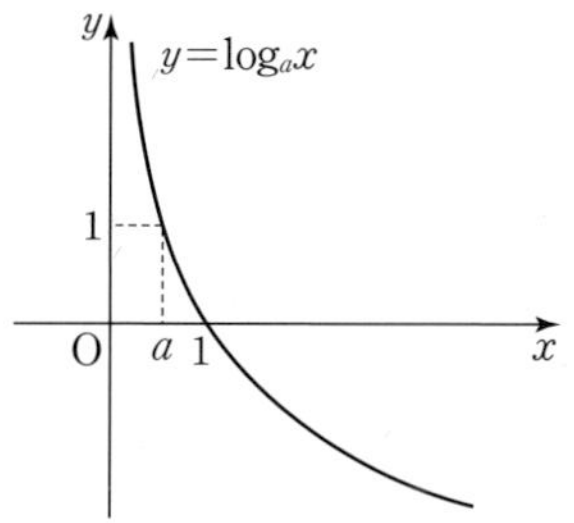

(2) 로그함수의 성질

① $a>1$일 때 x의 값이 증가하면 y의 값도 증가하고, $0<a<1$일 때 x의 값이 증가하면 y의 값은 감소한다.

② 함수 $y=\log_a x$의 그래프는 점 $(0,\ 1)$을 지나고, 점근선은 y축(직선 $x=0$)이다.

③ 함수 $y=\log_a x$의 그래프와 함수 $y=\log_{\frac{1}{a}} x$의 그래프는 x축에 대하여 대칭이다.

④ 함수 $y=\log_a(x-m)+n$의 그래프는 함수 $y=\log_a x$의 그래프를 x축의 방향으로 m만큼, y축의 방향으로 n만큼 평행이동한 것이다.

(3) 로그함수의 활용

① $a>0,\ a\neq1$일 때, $\log_a f(x)=\log_a g(x) \Longleftrightarrow f(x)=g(x),\ f(x)>0,\ g(x)>0$

② $a>1$일 때, $\log_a f(x)<\log_a g(x) \Longleftrightarrow 0<f(x)<g(x)$

③ $0<a<1$일 때, $\log_a f(x)<\log_a g(x) \Longleftrightarrow f(x)>g(x)>0$

배점(총점)	예상 소요 시간
10점	5분 / 전체 80분

▶ 두 실수 a, b에 대하여 이차방정식 $x^2 - ax + b = 0$ 의 한 근이

$\sqrt[4n]{8^n} + \sqrt[4n+2]{2 \times 4^n}\, i$ 일 때, $\dfrac{a^2 - b^2}{12}$ 의 값을 구하고 그 과정을 서술하시오.

（단, $i = \sqrt{-1}$ 이고, n은 자연수이다.）

모범답안 $\sqrt[4n]{8^n} = \sqrt[4n]{2^{3n}} = \sqrt[4]{2^3}$

$\sqrt[4n+2]{2 \times 4^n} = \sqrt[4n+2]{2 \times 2^{2n}} = \sqrt[4n+2]{2^{2n+1}} = \sqrt[2n+1]{\sqrt{2^{2n+1}}} = \sqrt{2}$

계수가 실수인 이차방정식 $x^2 - ax + b = 0$의 한 근이 $\sqrt[4]{2^3} + \sqrt{2}\, i$이므로

나머지 한 근은 $\sqrt[4]{2^3} - \sqrt{2}\, i$이다.

이차방정식의 근과 계수의 관계에 의하여

$a = (\sqrt[4]{2^3} + \sqrt{2}\, i) + (\sqrt[4]{2^3} - \sqrt{2}\, i) = 2\sqrt[4]{2^3}$

$b = (\sqrt[4]{2^3} + \sqrt{2}\, i)(\sqrt[4]{2^3} - \sqrt{2}\, i) = (\sqrt[4]{2^3})^2 + (\sqrt{2})^2 = \sqrt[4]{2^6} + 2 = \sqrt{2^3} + 2$

$a^2 = (2\sqrt[4]{2^3})^2 = 4\sqrt{2^3}$

$b^2 = (\sqrt{2^3} + 2)^2 = 12 + 4\sqrt{2^3}$

따라서 $\dfrac{a^2 - b^2}{12} = \dfrac{4\sqrt{2^3} - (12 + 4\sqrt{2^3})}{12} = -1$

01 $\sqrt[6]{10^{n^2}} \times (64^6)^{\frac{1}{n}}$ 의 값이 자연수가 되도록 하는 자연수 n의 모든 합을 구하고 그 과정을 서술하시오.

02 x에 대한 이차방정식

$$3x^2 - (\log_6 \sqrt{n^m})x - \log_6 n + 12 = 0$$

의 한 실근이 2가 되도록 하는 두 자연수 m, n의 순서쌍 $(m,\ n)$의 합의 최솟값을 구하고 그 과정을 서술하시오.

03 1보다 큰 두 상수 a, b에 대하여 함수 $f(x) = \log_3(ax + b)$의 그래프가 x축, y축과 만나는 점을 각각 A, B라고 하고, 점 A에서 함수 $y = f(x)$의 그래프의 점근선에 내린 수선의 발을 H라 하자. 점 A는 선분 OH의 중점이고 $\overline{OA} = \overline{OB}$일 때, $\dfrac{b^a}{3}$의 값을 구하고 그 과정을 서술하시오.

(단, O는 원점이다.)

04 $x = 2$가 부등식

$2^{-x}(32 - 2^{x+a}) + 2^x \leq 0$의 해가 되도록 하는 실수 a의 최솟값을 k라 하자.

방정식 $2^{-x}(32 - 2^{x+k}) + 2^x = 0$을 만족시키는 모든 실수 x의 합을 구하고 그 과정을 서술하시오.

05 닫힌구간 $[1,\ 3]$ 에서 함수

$f(x) = \left(\dfrac{1}{2}\right)^{x-2} + a$ 의 최댓값이 5,

최솟값이 m일 때, $m - a$의 값을 구하고
그 과정을 서술하시오.

06 자연수 n이 $2 \le n \le 11$일 때,

$-n^2 + 9n - 18$ 의 n제곱근 중에서 음의 실
수가 존재하도록 하는 모든 n의 값의 최솟값과
최댓값의 곱을 구하고 그 과정을 서술하시오.

07 상수 $a\,(a > 2)$에 대하여

함수 $y = \log_2(x - a)$의 그래프의 점근선이

두 곡선 $y = \log_2 \dfrac{x}{4}$, $y = \log_{\frac{1}{2}} x$와 만나는

점을 각각 A, B라 하자. $\overline{AB} = 3$일 때, a의

값을 구하고 그 과정을 서술하시오.

08 모든 자연수 n에 대하여

$$\sqrt[2n+1]{a^2 + 3} + \sqrt[2n+1]{7(1-a)} = 0$$

이 되도록 하는 모든 실수 a의 값의 곱을 구하고

그 과정을 서술하시오.

09 x에 관한 부등식

$\log_3(x+3k)>\log_3(4x-8)$를 만족시키는 모든 정수 x가 3개일 때, 자연수 k의 값을 구하고 그 과정을 서술하시오.

10 함수 $y=\log_2 a(x+5)$의 그래프가 제2사분면을 지나지 않는다고 한다. 이때 a의 최댓값을 구하고 그 과정을 서술하시오. (단, a는 양수)

11 부등식 $2(5^{2x+1}-26\times5^x)+10\leq0$를 만족
시키는 모든 정수 x의 개수를 구하고 그 과정을
서술하시오.

12 어느 공장에서 상품 생산량을 n개, 상품을 한 개
생산하기 위해 필요한 재료의 개수를 k개라고
하면 $n=3200+600\log3k\,(k\geq1)$인 관계
가 성립한다고 한다. 이 상품을 5000개 이상 생
산하기 위해서 최소 몇 개의 재료가 필요한지를
구하고 그 과정을 서술하시오.

13 부등식 $\log_{\sqrt{2}}(x^2-x-6)\leq\log_2 6$을 만족시키는 모든 정수 x의 개수를 구하고 그 과정을 서술하시오.

14 다항식 x^6+x^3+1을 $(x-2)^2$으로 나누었을 때의 나머지를 $h(x)$라고 할 때, $h(3)$의 값을 구하고 그 과정을 서술하시오.

15 두 함수
$f(x)=a^{-x+1}$, $g(x)=\log_a(2x-b)$의 그래프가 직선 $y=2$와 만나는 두 점을 각각 A, B라고 할 때, $\overline{\mathrm{AB}}=3$이고, 함수 $g(x)$의 그래프가 $(1,\ 2)$를 지난다. 이때 a^3의 값을 구하고 그 과정을 서술하시오. (단, $a \neq 1$, $a>0$)

16 부등식 $\log_3(x^2-1)<1+\log_3(x+1)$을 만족시키는 모든 정수 x의 합을 구하고 그 과정을 서술하시오.

17 부등식 $2 \times 9^x - 4 \times 3^x > -k$가 모든 실수 x 에 대하여 성립하도록 하는 k값의 범위를 구하고 그 과정을 서술하시오.

18 x에 관한 이차방정식 $x^2 - 2kx + \log_2 9 = 0$의 두 근이 각각 α, $\log_2 3$일 때, k의 값을 구하고 그 과정을 서술하시오.

19 k가 1이 아닌 양수일 때,

$$k^2 \times \log_k(7k+1) = \frac{1}{3k\log_6 k} \times 6k^3$$이 성

립하도록 하는 k값을 구하고 그 과정을 서술하

시오.

20 두 양수 m, n과 두 실수 a, b에 대하여

$a = \log_7 m$, $n = 5^b$, $n^{\log_5 m} = 49$일 때, ab의

값을 구하고 그 과정을 서술하시오.

II 삼각함수

[핵심이론]

1 일반각과 호도법

(1) 일반각

시초선 OX와 동경 OP로 주어진 ∠XOP에 대하여 동경 OP가 나타내는
한 각의 크기를 $a°$라 할 때, ∠XOP의 크기를 다음과 같이 나타내고, 이것
을 동경 OP가 나타내는 일반각이라고 한다.

> 일반각: $360° \times n + a°$ (n은 정수)

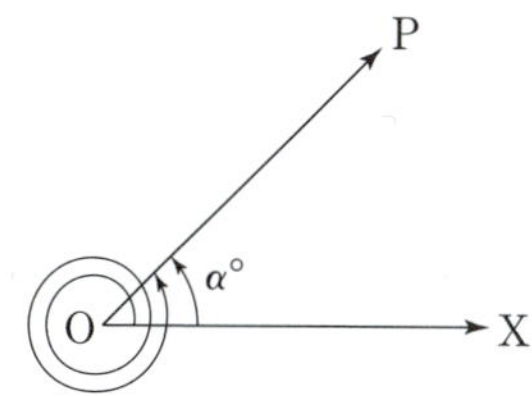

(2) 호도법

반지름의 길이와 호의 길이가 같을 때, 부채꼴의 중심각의 크기를 1라디안
(rad)이라 한다.

① $1(라디안) = \dfrac{180°}{\pi}$

② $1° = \dfrac{\pi}{180°}(라디안)$

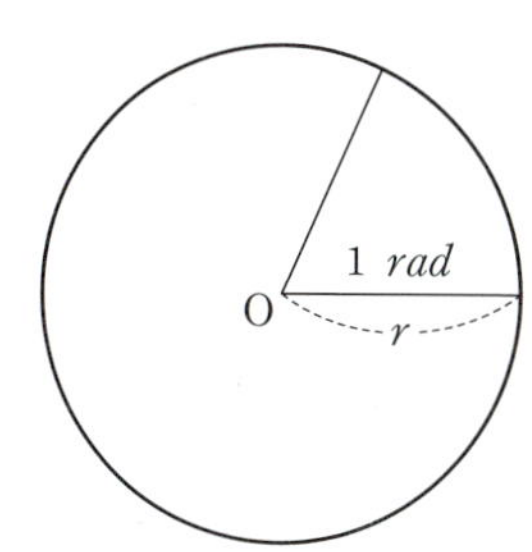

(3) 부채꼴의 호의 길이와 넓이

반지름의 길이가 r, 중심각의 크기가 θ(라디안)인 부채꼴에서 호의 길이를
l, 넓이를 S라 하면

① $l = r\theta$

② $S = \dfrac{1}{2}r^2\theta = \dfrac{1}{2}rl$

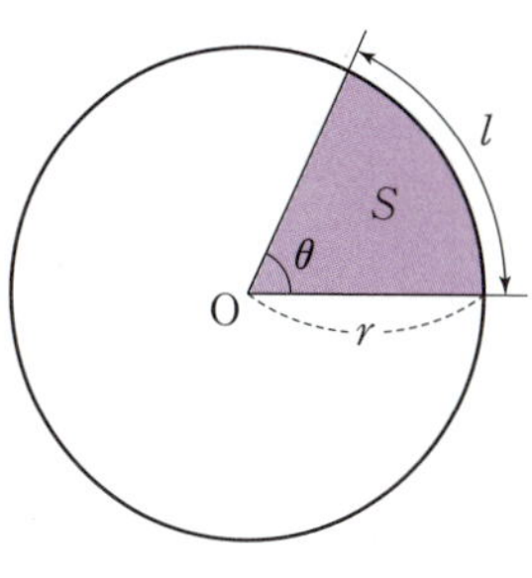

2 삼각함수의 정의 및 관계

(1) 삼각함수의 정의

좌표평면에서 중심이 원점 O이고 반지름의 길이가 r인 원 위의 한 점을 $P(x, y)$라 하고, x축의 양의 방향을 시초선으로 하는 동경 OP가 나타내는 각의 크기를 θ라 할 때, θ에 대한 삼각함수를 다음과 같이 정의한다.

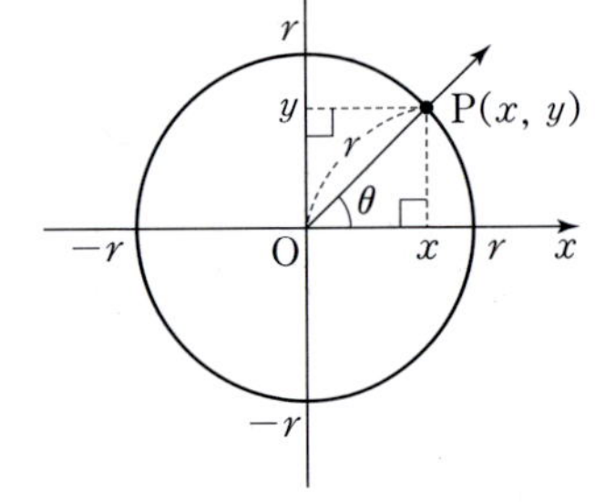

$$\sin \theta = \frac{y}{r}, \ \cos \theta = \frac{x}{r}, \ \tan \theta = \frac{y}{x} \ (x \neq 0)$$

(2) 삼각함수의 부호

사분면	x, y 부호	$\sin \theta$	$\cos \theta$	$\tan \theta$
제 1 사분면	$x > 0, \ y > 0$	+	+	+
제 2 사분면	$x < 0, \ y > 0$	+	−	−
제 3 사분면	$x < 0, \ y < 0$	−	−	+
제 4 사분면	$x > 0, \ y < 0$	−	+	−

(3) 삼각함수 사이의 관계

① $\tan \theta = \dfrac{\sin \theta}{\cos \theta}$ ② $\sin^2 \theta + \cos^2 \theta = 1$ ③ $1 + \tan^2 \theta = \dfrac{1}{\cos^2 \theta}$

(4) 특수각의 삼각비

구분	$0°$	$30°$	$45°$	$60°$	$90°$
$\sin \theta$	0	$\dfrac{1}{2}$	$\dfrac{1}{\sqrt{2}}$	$\dfrac{\sqrt{3}}{2}$	1
$\cos \theta$	1	$\dfrac{\sqrt{3}}{2}$	$\dfrac{1}{\sqrt{2}}$	$\dfrac{1}{2}$	0
$\tan \theta$	0	$\dfrac{1}{\sqrt{3}}$	1	$\sqrt{3}$	∞

3 삼각함수의 그래프

(1) $y = \sin x$

　① 정의역은 실수 전체의 집합이고, 치역은
　　$\{y \mid -1 \leq y \leq 1\}$이다.

　② 모든 실수 x에 대하여 $\sin(-x) = -\sin x$이다. 즉,
　　그래프는 원점에 대하여 대칭이다.

　③ 모든 실수 x에 대하여 $\sin(2n\pi + x) = \sin x$ (n은
　　정수)이고, 주기가 2π인 주기함수이다.

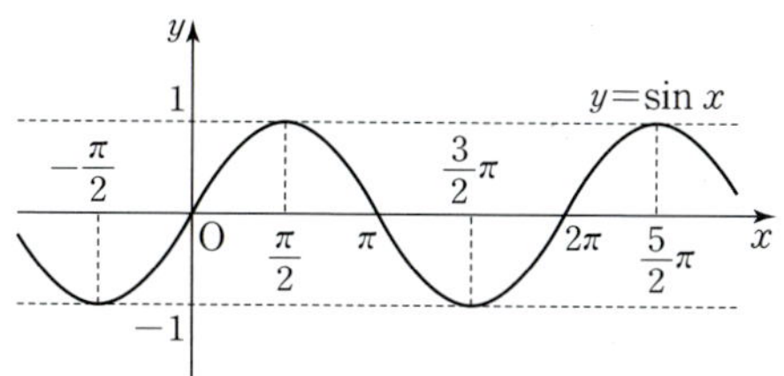

(2) $y = \cos x$

　① 정의역은 실수 전체의 집합이고, 치역은
　　$\{y \mid -1 \leq y \leq 1\}$이다.

　② 모든 실수 x에 대하여 $\cos(-x) = \cos x$이다. 즉, 그
　　래프는 y축에 대하여 대칭이다.

　③ 모든 실수 x에 대하여 $\cos(2n\pi + x) = \cos x$ (n은
　　정수)이고, 주기가 2π인 주기함수이다.

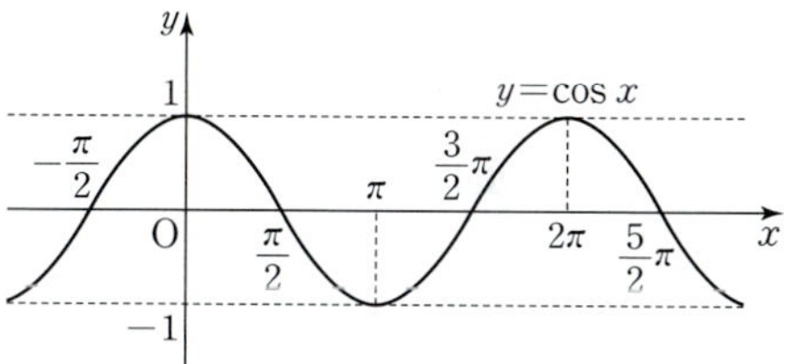

(3) $y = \tan x$

　① 정의역은 $x \neq n\pi + \dfrac{\pi}{2}$ (n은 정수)인 실수 전체의 집
　　합이고, 치역은 실수 전체의 집합이다.

　② 정의역에 속하는 모든 실수 x에 대하여
　　$\tan(-x) = -\tan x$이다. 즉, 그래프는 원점에 대
　　하여 대칭이다.

　③ 모든 실수 x에 대하여 $\tan(n\pi + x) = \tan x$ (n은 정수)
　　이고, 주기가 π인 주기함수이다.

　④ 그래프의 점근선은 직선 $x = n\pi + \dfrac{\pi}{2}$ (n은 정수)이다.

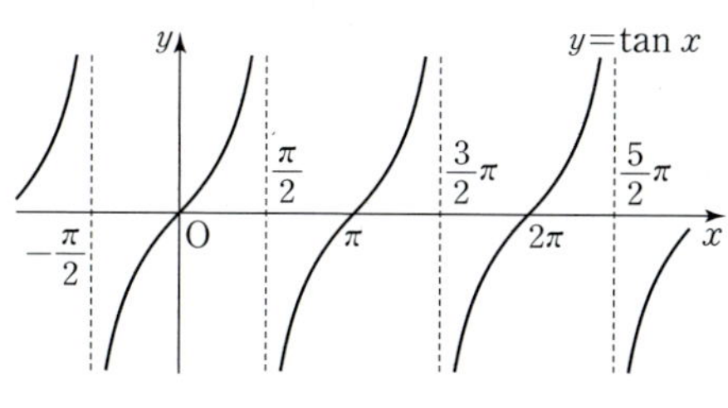

4 삼각함수의 성질 및 활용

(1) 삼각함수의 성질

① $2n\pi+\theta$의 삼각함수 (단, n은 정수)

  ㉠ $\sin(2n\pi+\theta)=\sin\theta$　㉡ $\cos(2n\pi+\theta)=\cos\theta$　㉢ $\tan(2n\pi+\theta)=\tan\theta$

② $-\theta$의 삼각함수

  ㉠ $\sin(-\theta)=-\sin\theta$　㉡ $\cos(-\theta)=\cos\theta$　㉢ $\tan(-\theta)=-\tan\theta$

③ $\pi+\theta$의 삼각함수

  ㉠ $\sin(\pi+\theta)=-\sin\theta$　㉡ $\cos(\pi+\theta)=-\cos\theta$　㉢ $\tan(\pi+\theta)=\tan\theta$

④ $\dfrac{\pi}{2}+\theta$의 삼각함수

  ㉠ $\sin\left(\dfrac{\pi}{2}+\theta\right)=\cos\theta$　㉡ $\cos\left(\dfrac{\pi}{2}+\theta\right)=-\sin\theta$　㉢ $\tan\left(\dfrac{\pi}{2}+\theta\right)=-\dfrac{1}{\tan\theta}$

(2) 삼각함수의 활용

① **방정식에의 활용**

방정식 $2\sin x=1$, $2\cos x=-1$, $1+\tan x=0$과 같이 각의 크기가 미지수인 삼각함수를 포함한 방정식은 삼각함수의 그래프를 이용하여 다음과 같이 풀 수 있다.

  ㉠ 주어진 방정식을 $\sin x=k(\cos x=k,\ \tan x=k)$의 꼴로 변형

  ㉡ 주어진 범위에서 함수 $y=\sin x(y=\cos x,\ y=\tan x)$의 그래프와 직선 $y=k$의 교점의 x좌표
    를 찾아서 해를 구함

② **부등식에의 활용**

부등식 $2\sin x>1$, $2\cos x<-1$, $1-\tan x>0$과 같이 각의 크기가 미지수인 삼각함수를 포함한 부등식은 삼각함수의 그래프를 이용하여 다음과 같이 풀 수 있다.

  ㉠ 주어진 부등식을 $\sin x>k(\cos x<k,\ \tan x<k)$의 꼴로 변형

  ㉡ 주어진 범위에서 함수 $y=\sin x(y=\cos x,\ y=\tan x)$의 그래프와 직선 $y=k$의 교점의 x좌표
    를 구함

  ㉢ 함수 $y=\sin x(y=\cos x,\ y=\tan x)$의 그래프가 직선 $y=k$보다 위쪽(또는 아래쪽)에 있는 x
    값의 범위를 찾아서 해를 구함

5 사인 및 코사인 법칙

(1) 사인법칙

① $\triangle ABC$의 외접원의 반지름의 길이를 R이라 하면

$$\frac{a}{\sin A}=\frac{b}{\sin B}=\frac{c}{\sin C}=2R$$

② 사인법칙의 변형

ⓐ $a=2R\sin A$, $b=2R\sin B$, $c=2R\sin C$

ⓑ $\sin B=\dfrac{a}{2R}$, $\sin B=\dfrac{b}{2R}$, $\sin C=\dfrac{c}{2R}$

ⓒ $a:b:c=\sin A:\sin B:\sin C$

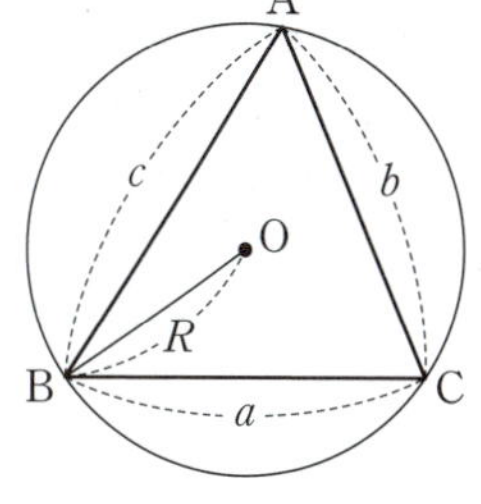

(2) 코사인법칙

① $a^2=b^2+c^2-2bc\cos A \Rightarrow \cos A=\dfrac{b^2+c^2-a^2}{2bc}$

② $b^2=c^2+a^2-2ca\cos B \Rightarrow \cos B=\dfrac{c^2+a^2-b^2}{2ca}$

③ $c^2=a^2+b^2-2ab\cos C \Rightarrow \cos C=\dfrac{a^2+b^2-c^2}{2ab}$

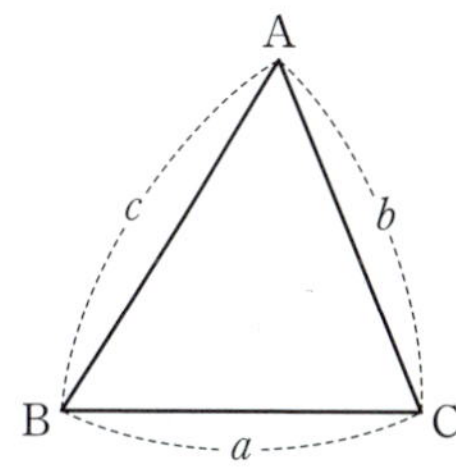

6 삼각형의 넓이

(1) 두 변의 길이와 끼인각의 크기가 주어진 삼각형의 넓이

$$S=\frac{1}{2}ab\sin C=\frac{1}{2}ac\sin B=\frac{1}{2}bc\sin A$$

(2) 내접원의 반지름의 길이(r)이 주어진 삼각형의 넓이

$$S=rs\left(\text{단, } s=\frac{a+b+c}{2}\right)$$

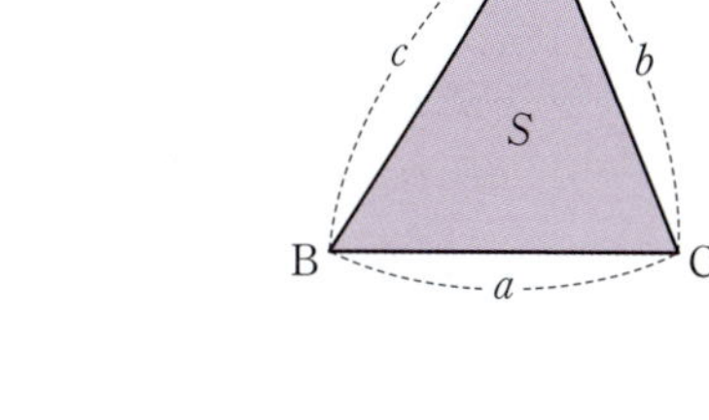

(3) 사각형의 넓이

① 평행사변형의 넓이 $S=xy\sin\theta$

② 사각형의 넓이 $S=\dfrac{1}{2}xy\sin\theta$

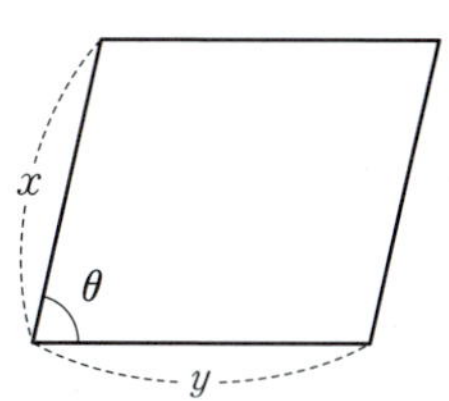
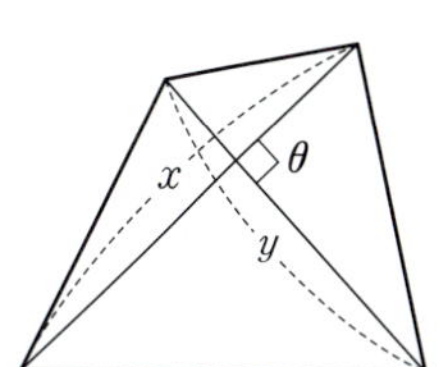

배점(총점)	예상 소요 시간
10점	5분 / 전체 80분

대표문제

▶ 그림과 같이 길이가 6인 선분 AB를 지름으로 하는 원에 내접하는 두 삼각형 ABC, DBC가 다음 조건을 만족시킨다.

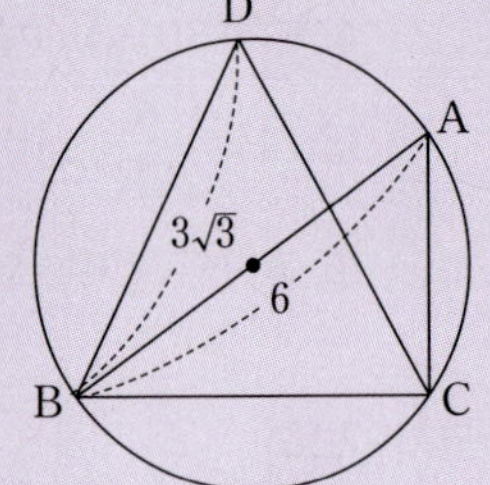

> (가) $\cos(\angle ABC) = \dfrac{\sqrt{6}}{3}$
>
> (나) $\overline{DB} = 3\sqrt{3}$

$\overline{CD} = p + q\sqrt{6}$ 일 때, $2p - q$의 값을 구하고 그 과정을 서술하시오.

(단, $\overline{CD} > \overline{BC}$ 이고, p, q는 자연수이다.)

모범답안 선분 AB가 원의 지름이므로 삼각형 ABC는 $C = \dfrac{\pi}{2}$인 직각삼각형이다.

$\angle ABC = \theta \left(0 < \theta < \dfrac{\pi}{2}\right)$라 하면

조건 (가)에서 $\cos\theta = \dfrac{\overline{BC}}{\overline{AB}} = \dfrac{\overline{BC}}{6} = \dfrac{\sqrt{6}}{3}$ 이므로 $\overline{BC} = 2\sqrt{6}$

또한 $\angle BDC = \angle BAC = \dfrac{\pi}{2} - \theta$ 이므로

$\sin(\angle BDC) = \sin\left(\dfrac{\pi}{2} - \theta\right) = \cos\theta = \dfrac{\sqrt{6}}{3}$

$0 < \angle BDC < \dfrac{\pi}{2}$ 이므로

$\cos(\angle BDC) = \sqrt{1 - \sin^2(\angle BDC)} = \sqrt{1 - \left(\dfrac{\sqrt{6}}{3}\right)^2} = \dfrac{\sqrt{3}}{3}$

$\overline{CD} = x \, (x > 0)$라 하면 삼각형 DBC에서 코사인법칙에 의하여

$\cos(\angle BDC) = \dfrac{(3\sqrt{3})^2 + x^2 - (2\sqrt{6})^2}{2 \times 3\sqrt{3} \times x} = \dfrac{\sqrt{3}}{3}$

$x^2 - 6x + 3 = 0, \ x = 3 \pm \sqrt{6}$

$\overline{CD} > \overline{BC}$ 이므로 $\overline{CD} = 3 + \sqrt{6}$

따라서 $p = 3, \ q = 1$이므로 $2p - q = 6 - 1 = 5$

01 반지름의 길이가 $4\sqrt{3}$ 이고 중심각의 크기가 θ 인 부채꼴의 넓이를 S_1 이라 하고, 반지름의 길이가 r 이고 중심각의 크기가 3θ 인 부채꼴의 넓이를 S_2 라 하자. $S_1 = \dfrac{16}{9} S_2$ 일 때, r 의 값을 구하고 그 과정을 서술하시오.

$$\left(\text{단, } 0 < \theta < \dfrac{2}{3}\pi \right)$$

02 $\dfrac{\pi}{2} < \theta < \pi$ 인 θ 에 대하여 $\tan\theta = -\dfrac{1}{2}$ 일 때, $\sin\theta - 2\cos\theta$ 의 값을 구하고 그 과정을 서술하시오.

03 두 상수 a, $b\,(b > 0)$에 대하여
함수 $f(x) = a\cos bx\,x$의 그래프가 그림과
같고 $f(0) = 2$, $f(3) = 2$일 때, $\dfrac{a}{b}$의 값
을 구하고 그 과정을 서술하시오.

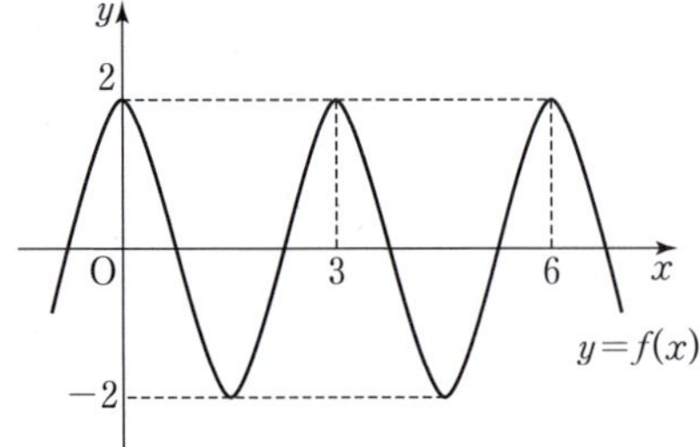

04 함수 $f(x) = a\sin \pi x + b$의 최댓값이
3이고 $f\left(\dfrac{1}{6}\right) = 1$일 때, $b - a$의 값을
구하고 그 과정을 서술하시오.

(단, a, b는 상수이고, $a > 0$이다.)

05 그림과 같이 최댓값이 M이고 최솟값이 m인 함수

$$f(x) = a\sin bx + c\left(0 \le x \le \dfrac{2\pi}{b}\right)$$

의 그래프 위의 두 점 $A(\alpha,\ M)$, $B(\beta,\ m)$ 에서 x축에 내린 수선의 발을 각각 A', B' 이라 할 때, 함수 $f(x)$는 다음 조건을 만족시킨다.

(가) $M = 5m$

(나) $\beta - \alpha = 2\pi$

(다) 사각형 $AA'B'B$의 넓이는 12π이다.

$a+b+c$의 값을 구하고 그 과정을 서술하시오. (단, a, b, c는 양수이고, $a < c$이다.)

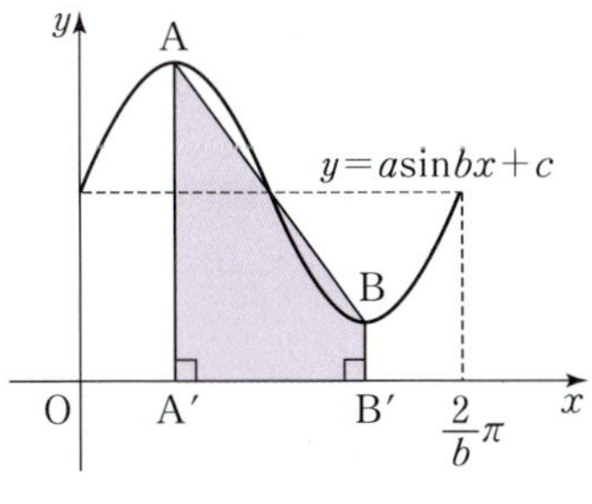

06 삼각형 ABC가 다음 조건을 만족시킨다.

(가) $\sin^2 A = \sin^2 B + \sin^2 C$

(나) $\sin B = 2\sin C$

$\overline{BC} = 3\sqrt{5}$일 때, 선분 CA의 길이를 구하고 그 과정을 서술하시오.

07 중심각의 크기가 $\sqrt{5}$ 인 부채꼴의 넓이가 $15\sqrt{5}$ 일 때, 이 부채꼴의 반지름의 길이를 구하고 그 과정을 서술하시오.

08 $\dfrac{\pi}{2} < \theta < \pi$ 인 θ 에 대하여 $\cos^2\theta = \dfrac{4}{9}$ 일 때, $\sin^2 - 2\cos\theta$ 의 값을 구하고 그 과정을 서술하시오.

09 함수 $f(x) = a - \sqrt{3}\tan 2x$ 가 닫힌구간 $\left[-\dfrac{\pi}{6},\, b\right]$ 에서 최댓값 7, 최솟값 3을 가질 때, $\dfrac{ab}{3}$ 의 값을 구하고 그 과정을 서술하시오. (단, a, b는 상수이다.)

10 그림과 같이 사각형 $ABCD$가 한 원에 내접하고 $\overline{AB} = 5$, $\overline{AC} = 3\sqrt{5}$, $\overline{AD} = 7$, $\angle BAC = \angle CAD$일 때, $\dfrac{2}{5}R$ 의 값을 구하고 그 과정을 서술하시오.

(단, R은 이 원의 반지름이다.)

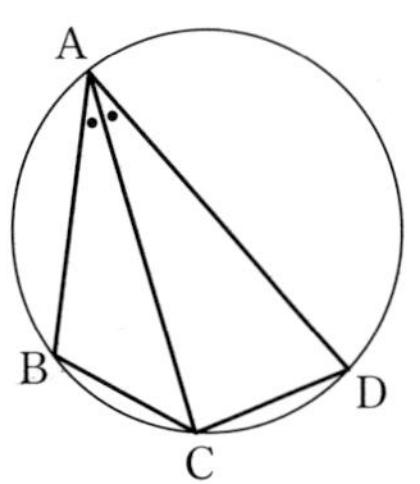

11 그림과 같이 길이가 2인 선분 AB를 지름으로 하는 반원을 C_1이라 하고, 직선 AB와 점 B에서 접하고 반지름의 길이가 $\dfrac{1}{2}$인 원을 C_2라 할 때, 반원 C_1의 호 AB와 원 C_2가 만나는 점 중 B가 아닌 점을 P라 하자. 선분 AB의 중점을 O_1, 원 C_2의 중심을 O_2라 하자. 부채꼴 $O_1\mathrm{BP}$의 호의 길이를 l_1, 부채꼴 $O_2\mathrm{BP}$의 호의 길이를 l_2라 할 때, $2l_1+4l_2$의 값을 구하고 그 과정을 서술하시오.

(단, 부채꼴 $O_1\mathrm{BP}$와 부채꼴 $O_2\mathrm{BP}$의 중심각의 크기는 모두 π보다 작다.)

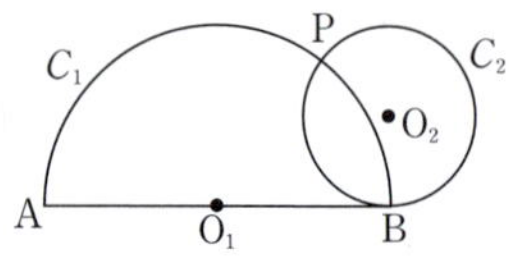

12 x에 관한 이차방정식 $x^2-3ax+2a^2=0$의 두 근이 $\sin\theta$, $\cos\theta$일 때, 양수 a의 값을 구하고 그 과정을 서술하시오.

13 함수 $y = a\sin\left(2x + \dfrac{\pi}{6}\right) + b$의 최댓값이 2이고, $f\left(\dfrac{\pi}{24}\right) = \sqrt{2}$일 때, 함수 $f(x)$의 최솟값을 구하고 그 과정을 서술하시오.

14 함수 $y = \sin^2 x - \cos x + 1$의 최댓값을 M, 최솟값을 N이라 할 때, $M + N$의 값을 구하고 그 과정을 서술하시오.

15 x값의 범위가 $0 \leq x < 3\pi$일 때, 함수 $y = \cos x$의 그래프와 직선 $y = t\,(0 < t < 1)$가 만나는 교점의 x좌표를 작은 것부터 차례대로 A, B, C라고 한다. $A = \dfrac{1}{3}\pi$일 때 C−B의 값을 구하고 그 과정을 서술하시오.

16 x에 대한 이차방정식 $x^2 - 3ax - 8a^2 = 0$의 두 근이 $\sin\theta$, $\cos\theta$일 때, a가 될 수 있는 모든 값을 구하고 그 과정을 서술하시오. (단, a는 상수이다.)

17 모든 실수 x에 대해 부등식
$2\cos^2 x + 4\cos x - (k+3) \geq 0$가 항상 성립
하도록 하는 실수 k의 값을 구하고 그 과정을 서
술하시오.

18 함수 $f(x) = \left| 4\cos\left(\dfrac{\pi}{2} - \dfrac{x}{3}\right) + k \right| - 5$
의 최댓값을 M, 최솟값을 m이라 할 때,
$M - m = 5$이 되도록 하는 모든 실수 k의 값
의 합을 구하고 그 과정을 서술하시오.

19 함수 $f(x)=x^4-x^3+4x^2-k$에서 모든 실수 x에 대하여 부등식 $f(3\cos x)\geq 3(3\cos x)^3$이 성립하도록 하는 실수 k의 최댓값을 구하고 그 과정을 서술하시오.

20 이차방정식 $x^2-3kx+5k=0$의 두 근이 각각 $\sin\theta$, $\cos\theta$일 때, 모든 상수 k값의 합을 구하고 그 과정을 서술하시오.

수열

[핵심이론]

❶ 1. 등차수열

(1) 일반항 및 등차중항

① 일반항

첫째항이 a, 공차가 d인 등차수열 $\{a_n\}$의 일반항 a_n은

$$a_n = a + (n-1)d \ (단,\ n=1,\ 2,\ 3,\ \cdots)$$

② 등차중항

세 수 a, b, c가 이 순서대로 등차수열을 이룰 때, b를 a와 c의 등차중항이라고 한다.

$$b-a=c-b \ 이므로\ b=\frac{a+c}{2}$$

(2) 등차수열의 합

등차수열의 첫째항부터 제n항까지의 합 S_n은 다음과 같다.

① 첫째항이 a, 제n항이 l일 때: $S_n = \dfrac{n(a+l)}{2}$

② 첫째항이 a, 공차가 d일 때: $S_n = \dfrac{n\{2a+(n-1)d\}}{2}$

❷ 등비수열

(1) 일반항 및 등비중항

① 일반항

첫째항이 a, 공비가 $r(r \neq 0)$인 등비수열 $\{a_n\}$의 일반항 a_n은

$$a_n = ar^{n-1} \ (단,\ n=1,\ 2,\ 3,\ \cdots)$$

② 등비중항

0이 아닌 세 수 a, b, c가 이 순서대로 등비수열을 이룰 때, b를 a와 c의 등비중항이라고 한다.

$$\frac{b}{a}=\frac{c}{b} \ 이므로\ b^2=ac$$

(2) 등비수열의 합

첫째항이 a, 공비가 $r\,(r\neq0)$인 등비수열의 첫째항부터 제n항까지의 합 S_n은 다음과 같다.

① $r=1$일 때: $S_n=na$

② $r\neq1$일 때: $S_n=\dfrac{a(r^n-1)}{r-1}=\dfrac{a(1-r^n)}{1-r}$

(3) 수열의 합과 일반항 사이의 관계

수열 $\{a_n\}$의 첫째항부터 제 n항까지의 합을 S_n이라 하면

$a_1=S_1,\ a_n=S_n-S_{n-1}\ (n\geq2)$

3 수열의 합

(1) 정의

수열 $\{a_n\}$의 첫째항부터 n번째 항까지의 합

$$\sum_{k=1}^{n} a_k=S_n=a_1+a_2+a_3+\cdots+a_n$$

(2) 성질

① $\displaystyle\sum_{k=1}^{n}(a_k+b_k)=\sum_{k=1}^{n}a_k+\sum_{k=1}^{n}b_k$ 　　② $\displaystyle\sum_{k=1}^{n}(a_k-b_k)=\sum_{k=1}^{n}a_k-\sum_{k=1}^{n}b_k$

③ $\displaystyle\sum_{k=1}^{n}ca_k=c\sum_{k=1}^{n}a_k$ (단, c는 상수) 　　④ $\displaystyle\sum_{k=1}^{n}c=cn$ (단, c는 상수)

(3) 여러 가지 수열의 합

① 자연수의 합

　㉠ $\displaystyle\sum_{k=1}^{n}k=1+2+3+\cdots+n=\dfrac{n(n+1)}{2}$

　㉡ $\displaystyle\sum_{k=1}^{n}k^2=1^2+2^2+3^2+\cdots+n^2=\dfrac{n(n+1)(2n+1)}{6}$

　㉢ $\displaystyle\sum_{k=1}^{n}k^3=1^3+2^3+3^3+\cdots+n^3=\left\{\dfrac{n(n+1)}{2}\right\}^2$

② 분수 꼴인 수열의 합

　① $\displaystyle\sum_{k=1}^{n}\dfrac{1}{k(k+a)}=\sum_{k=1}^{n}\dfrac{1}{a}\left(\dfrac{1}{k}-\dfrac{1}{k+a}\right)$

　② $\displaystyle\sum_{k=1}^{n}\dfrac{1}{(k+a)(k+b)}=\dfrac{1}{b-a}\sum_{k=1}^{n}\left(\dfrac{1}{k+a}-\dfrac{1}{k+b}\right)$ (단, $a\neq b$)

③ 무리식으로 나타내어진 수열의 합

㉠ $\displaystyle\sum_{k=1}^{n}\frac{1}{\sqrt{k+a}+\sqrt{k}}=\frac{1}{a}\sum_{k=1}^{n}(\sqrt{k+a}-\sqrt{k})$ (단, $a\neq 0$)

㉡ $\displaystyle\sum_{k=1}^{n}\frac{1}{\sqrt{k+a}+\sqrt{k+b}}=\frac{1}{a-b}\sum_{k=1}^{n}(\sqrt{k+a}-\sqrt{k+b})$ (단, $a\neq b$)

4 수학적 귀납법

(1) 귀납적 정의

① 수열: $\{a_n\}$을 첫째항 a_1, 서로 이웃하는 a_n과 a_{n+1} 사이의 관계식으로 정의하는 것

② 등차수열: $a_{n+1}-a_n=d$(일정), $2a_{n+1}=a_n+a_{n+2}$

③ 등비수열: $a_{n+1}\div a_n=r$(일정), $(a_{n+1})^2=a_n\times a_{n+2}$

(2) 수학적 귀납법

자연수 n과 관련된 어떤 명제 $p(n)$이 모든 자연수에 대하여 성립한다는 것을 증명하려면 다음 두 가지를 보이면 된다.

① $n=1$일 때: 명제 $p(n)$이 성립한다.

② $n=k$일 때: 명제 $p(n)$이 성립함을 가정하면, $n=k+1$일 때에도 명제 $p(n)$이 성립한다.

[실전문제]

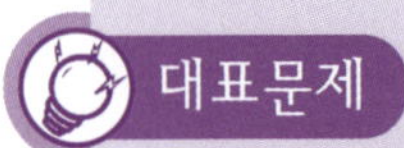 대표문제

배점(총점)	예상 소요 시간
10점	5분 / 전체 80분

▶ 모든 항이 0이 아닌 등비수열 $\{a_n\}$에 대하여 $a_9 = 1$, $\dfrac{a_6 a_{12}}{a_7} - \dfrac{a_2 a_{10}}{a_3} = -\dfrac{2}{3}$ 일 때, a_5의 값을 구하고 그 과정을 서술하시오.

모범답안 등비수열 $\{a_n\}$의 첫째항을 a, 공비를 r이라 하면 $a_n = ar^{n-1}$

$a_9 = 1$에서 $ar^8 = 1$ …… ㉠

$\dfrac{a_6 a_{12}}{a_7} - \dfrac{a_2 a_{10}}{a_3} = -\dfrac{2}{3}$에서

$\dfrac{ar^5 \times ar^{11}}{ar^6} - \dfrac{ar \times ar^9}{ar^2} = ar^{10} - ar^8 = ar^8(r^2 - 1) = -\dfrac{2}{3}$ …… ㉡

㉠을 ㉡에 대입하면

$r^2 - 1 = -\dfrac{2}{3}$, $r^2 = \dfrac{1}{3}$

$r^2 = \dfrac{1}{3}$을 ㉠에 대입하면

$ar^8 = a \times (r^2)^4 = \dfrac{1}{81}a = 1$이므로

$a = 81$

따라서 $a_5 = ar^4 = a(r^2)^2 = 81 \times \left(\dfrac{1}{3}\right)^2 = 9$

01 이차방정식 $2x^2 - 5x + 10 = 0$ 의 서로 다른 두 실근을 각각 p, q라 하자.
공차가 d인 등차수열 $\{a_n\}$에 대하여
$a_2 = p + q$, $a_4 = pq$일 때, d의 값을 구하고 그 과정을 서술하시오.

02 자연수 전체의 집합의 두 부분집합
$$A = \{x \mid x는\ 2의\ 배수\},$$
$$B = \{x \mid x는\ 3의\ 배수\}$$
에 대하여 집합 $A - B$의 모든 원소를 작은 수부터 크기순으로 나열할 때 n번째 수를 a_n이라 하자. 모든 자연수 n에 대하여 $b_n = a_{2n}$이라 할 때, 수열 $\{b_n\}$은 등차수열이다. $b_n > 30$을 만족시키는 n의 최솟값을 구하고 그 과정을 서술하시오.

03 첫째항이 1인 등차수열 $\{a_n\}$이 있다. 모든 자연수 n에 대하여 $b_n=a_{2n-1}+a_{2n}$이고 수열 $\{b_n\}$의 첫째항부터 제n항까지의 합을 S_n이라 할 때, $S_5=50$이다. a_4의 값을 구하고 그 과정을 서술하시오.

04 첫째항과 공차가 모두 $\dfrac{2}{3}$인 등차수열 $\{a_n\}$에 대하여 m이 2 이상의 자연수일 때, 세 수 a_3, a_4+a_8, $a_{2m-2}+a_{2m}+a_{2m+2}$가 이 순서대로 등비수열을 이룬다. $\dfrac{1}{8}a_m$의 값을 구하고 그 과정을 서술하시오.

05 두 수열 $\{a_n\}$, $\{b_n\}$이 모든 자연수 n에 대하여 다음 조건을 만족시킨다.

> (가) $b_n = a_n + a_{n+1} + a_{n+2}$
>
> (나) $\displaystyle\sum_{k=1}^{n}(b_{3k} - a_{3k}) = \sum_{k=3}^{3n+3} a_k$

$a_3 = 5$일 때, $\displaystyle\sum_{k=1}^{5}|a_{3k}|$ 값을 구하고 그 과정을 서술하시오.

06 $\displaystyle\sum_{k=1}^{m}\frac{k^3+1}{(k-1)k+1} = 44$를 만족시키는 모든 정수 m의 곱의 값을 구하고 그 과정을 서술하시오.

07 수열 $\{a_n\}$이 모든 자연수 n에 대하여

$$\begin{cases} a_{2n+2} = a_{2n} + 3 \\ a_{2n} = a_{2n-1} + 1 \end{cases}$$

을 만족시킨다. $a_8 + a_{11} = 35$일 때, a_1의 값을 구하고 그 과정을 서술하시오.

08 공차가 2인 등차수열 $\{a_n\}$의 첫째항부터 제 n항까지의 합을 S_n이라 하자. $S_k = -16$, $S_{k+2} = -12$를 만족시키는 자연수 k에 대하여 a_{3k}의 값을 구하고 그 과정을 서술하시오.

09 실수 n에 대하여 x에 대한 이차방정식 $x^2 - nx + 4(n-4) = 0$이 서로 다른 두 실근 α, $\beta(\alpha < \beta)$를 갖고, 세 수 1, α, β가 이 순서대로 등차수열을 이룰 때, 모든 n의 값의 합을 구하고 그 과정을 서술하시오.

10 자연수 n에 대하여 다항식 $2x^2 - 3x + 1$을 $x - n$으로 나누었을 때의 나머지를 a_n이라 할 때, $\displaystyle\sum_{n=1}^{9}(a_n - n^2 + n)$의 값을 구하고 그 과정을 서술하시오.

11 공차가 0이 아닌 실수인 등차수열 $\{a_n\}$에 대하여
$$b_n = a_1 - a_2 + a_3 - a_4 + \cdots + (-1)^{n-1} a_n \ (n=1, 2, 3, \cdots)$$
이라 하자. $b_4 = 4$일 때, 수열 $\{b_{2n}\}$의 첫째항부터 제11항까지의 합을 구하고 그 과정을 서술하시오.

12 x에 대한 이차방정식 $x^2 - 4kx + 7k = 0$의 두 근이 $\alpha_k,\ \beta_k$라고 할 때, $\displaystyle\sum_{k=1}^{5} (\alpha_k - \beta_k)^2$의 값을 구하고 그 과정을 서술하시오. (단, k는 자연수)

13 n이 자연수일 때, x에 대한 이차방정식

$x^2-33x+n(n+1)=0$의 두 근을 $\alpha_n,\ \beta_n$

이라 하자. 이때 $\displaystyle\sum_{n=1}^{10}\left(\dfrac{1}{\alpha_n}+\dfrac{1}{\beta_n}\right)$의 값을 구하고

그 과정을 서술하시오.

14 첫째항이 1인 등차수열 $\{a_n\}$에 대하여

$\displaystyle\sum_{n=1}^{2019}a_{2n}=4038+\sum_{n=1}^{2019}a_{2n-1}$이 성립할 때,

$\displaystyle\sum_{n=1}^{2019}a_n=2019^k$라고 한다.

이때 k의 값을 구하고 그 과정을 서술하시오.

15 등비수열 $\{a_n\}$이 다음 조건을 모두 만족시킬 때, a_3의 값을 구하고 그 과정을 서술하시오.

(가) $a_3 a_4 = 4a_6$	(나) $\dfrac{a_5 + a_7}{a_2 + a_4} = 27$

16 함수 $f(x)$가 $f(10) = 32$, $f(1) = 2$를 만족할 때, $\displaystyle\sum_{k=1}^{9} f(k+1) - \sum_{k=2}^{10} f(k-1)$의 값을 구하고 그 과정을 서술하시오.

17 수열 $\{a_n\}$의 첫째항이 $a_1=1$이고 모든 자연수 n에 대해 $a_{n+1}=a_n+2$를 만족시킬 때, $\displaystyle\sum_{k=1}^{15}\frac{1}{a_na_{n+1}}$의 값을 구하고 그 과정을 서술하시오.

18 첫째항이 29이고 공차가 -3인 등차수열 $\{a_n\}$의 첫째항부터 제 n항까지의 합을 S_n이라고 할 때, S_n의 최댓값을 구하고 그 과정을 서술하시오.

19 등차수열 $\{a_n\}$의 첫째항부터 제n항까지의 합을 S_n이라 할 때, $S_5 = 25$, $S_{15} = 90$이다. 이때, a_3의 값을 구하고 그 과정을 서술하시오.

20 첫째항이 a이고, 공차가 d인 등차수열 $\{a_n\}$의 첫째항부터 제n항까지의 합을 S_n이라고 할 때, $S_6 = 60$이다. 이때 a_3의 값을 구하고 그 과정을 서술하시오. (단, a, d는 자연수)

Ⅳ 함수의 극한과 연속

[핵심이론]

1 함수의 극한

(1) 함수의 수렴과 발산

① 함수의 수렴

함수 $f(x)$에서 x가 a가 아닌 값이면서 a에 한없이 가까워질 때, $f(x)$의 값이 일정한 값 α에 한없이 가까워지면 함수 $f(x)$는 α에 수렴한다고 하며, α를 $x \to a$일 때의 $f(x)$의 극한이라고 한다.

$$\lim_{x \to a} f(x) = \alpha \ \text{또는} \ x \to a \text{일 때}, \ f(x) \to \alpha$$

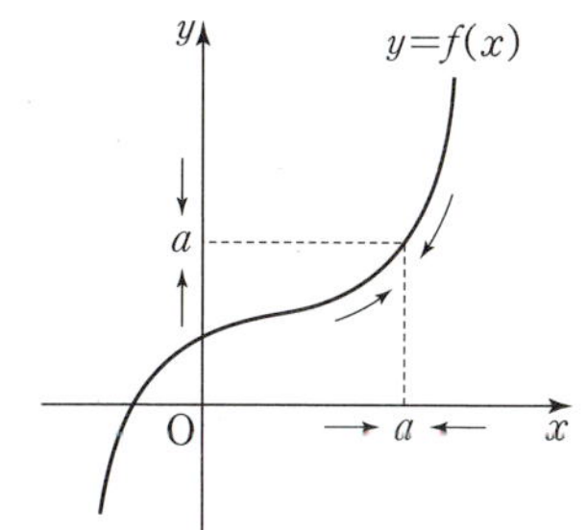

② 함수의 발산

함수 $f(x)$에서 x가 a가 아닌 값이면서 a에 한없이 가까워질 때, $f(x)$의 값이 한없이 커지거나 작아지면 $f(x)$는 양의 무한대 또는 음의 무한대로 발산한다고 한다.

$$\lim_{x \to a} f(x) = \infty(-\infty) \ \text{또는} \ x \to a \text{일 때}, \ f(x) \to \infty(-\infty)$$

(2) 함수의 좌극한과 우극한

① 함수의 좌극한

함수 $f(x)$에서 x가 a보다 작으면서 a에 한없이 가까워질 때, $f(x)$가 일정한 값 α에 한없이 가까워지면 α를 $x=a$에서 함수 $f(x)$의 좌극한값이라고 한다.

$$\lim_{x \to a-} f(x) = \alpha \ \text{또는} \ x \to a- \text{일 때}, \ f(x) \to \alpha$$

② 함수의 우극한

함수 $f(x)$에서 x가 a보다 크면서 a에 한없이 가까워질 때, $f(x)$가 일정한 값 α에 한없이 가까워지면 α를 $x=a$에서 함수 $f(x)$의 우극한값이라고 한다.

$$\lim_{x \to a+} f(x) = \alpha \ \text{또는} \ x \to a+ \text{일 때}, \ f(x) \to \alpha$$

③ 극한값의 존재

좌극한값과 우극한값이 같을 때, 극한값이 존재한다고 한다.

$$\lim_{x \to a-} f(x) = \lim_{x \to a+} f(x) = \alpha \text{ 일 때, } \lim_{x \to a} f(x) \to \alpha$$

(3) 함수의 극한에 대한 성질

① 기본 성질

두 함수 $f(x)$, $g(x)$에 대하여 $\lim_{x \to a} f(x) = \alpha$, $\lim_{x \to a} g(x) = \beta$ (α, β는 실수)일 때

㉠ $\lim_{x \to a} \{cf(x)\} = c\lim_{x \to a} f(x) = c\alpha$ (단, c는 상수)

㉡ $\lim_{x \to a} \{f(x) + g(x)\} = \lim_{x \to a} f(x) + \lim_{x \to a} g(x) = \alpha + \beta$

㉢ $\lim_{x \to a} \{f(x) - g(x)\} = \lim_{x \to a} f(x) - \lim_{x \to a} g(x) = \alpha - \beta$

㉣ $\lim_{x \to a} \{f(x)g(x)\} = \lim_{x \to a} f(x) \times \lim_{x \to a} g(x) = \alpha\beta$

㉤ $\lim_{x \to a} \dfrac{f(x)}{g(x)} = \dfrac{\lim_{x \to a} f(x)}{\lim_{x \to a} g(x)} = \dfrac{\alpha}{\beta}$ (단, $\beta \neq 0$)

② 함수의 극한과 부등식

㉠ $f(x) \leq g(x)$이면 $\lim_{x \to a} f(x) \leq \lim_{x \to a} g(x)$

㉡ $f(x) \leq h(x) \leq g(x)$이고 $\lim_{x \to a} f(x) = \lim_{x \to a} g(x) = \alpha$이면 $\lim_{x \to a} h(x) = \alpha$

(4) 미정계수의 결정

두 함수 $f(x)$, $g(x)$에 대하여 다음 성질을 이용하여 미정계수를 결정할 수 있다.

① $\lim_{x \to a} \dfrac{f(x)}{g(x)} = \alpha$ (α는 실수)이고 $\lim_{x \to a} g(x) = 0$이면 $\lim_{x \to a} f(x) = 0$이다.

② $\lim_{x \to a} \dfrac{f(x)}{g(x)} = \alpha$ ($\alpha \neq 0$인 실수)이고 $\lim_{x \to a} f(x) = 0$이면 $\lim_{x \to a} g(x) = 0$이다.

2 함수의 연속

(1) 연속과 불연속

① 함수의 연속

함수 $f(x)$가 실수 a에 대하여 다음의 세 조건을 만족시킬 때, 함수 $f(x)$는 $x = a$에서 연속이라고 한다.

$$\begin{cases} \text{함수 } f(x)\text{가 } x=a\text{에서 정의되어 있다.} \\ \lim_{x \to a} f(x)\text{가 존재한다.} \\ \lim_{x \to a} f(x)=f(a)\text{이다.} \end{cases}$$

② **함수의 불연속**

함수 $f(x)$가 위의 세 조건 중 하나라도 만족하지 않을 때, $f(x)$는 $x=a$에서 불연속이라고 한다.

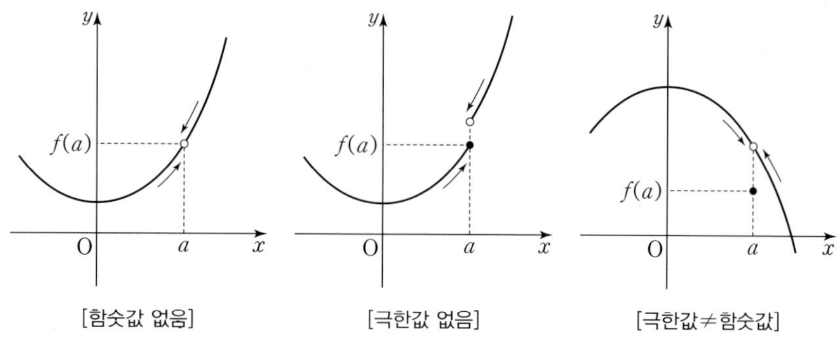

(2) 연속함수의 성질

함수 $f(x)$, $g(x)$가 $x=a$에서 연속이면 다음 함수도 $x=a$에서 연속이다.

① $cf(x)$ (단, c는 상수) ② $f(x) \pm g(x)$

③ $f(x)g(x)$ ④ $\dfrac{f(x)}{g(x)}$ (단, $g(x) \neq 0$)

(3) 최대·최소 정리

함수 $f(x)$가 닫힌구간 $[a, b]$에서 연속이면 함수 $f(x)$는 이 구간에서 반드시 최댓값과 최솟값을 갖는다.

(4) 사잇값 정리

① 함수 $f(x)$가 닫힌구간 $[a, b]$에서 연속이고 $f(a) \neq f(b)$이면 $f(a)$와 $f(b)$ 사이의 임의의 값 k에 대하여 $f(c)=k$가 열린구간 (a, b)에 적어도 하나 존재한다.

② 함수 $f(x)$가 닫힌구간 $[a, b]$에서 연속이고 $f(a)$와 $f(b)$의 부호가 서로 다르면 $f(c)=0$인 c가 열린구간 (a, b)에 적어도 하나 존재한다.

[실전문제]

배점(총점)	예상 소요 시간
10점	5분 / 전체 80분

 대표문제

▶ 양수 a에 대하여 함수 $f(x) = |x(x-a)|$가

$$\lim_{x \to 0} \frac{f(x)f(-x)}{x^2} = \frac{1}{3}$$ 을 만족시킬 때,

$$\lim_{x \to a+} \frac{f(x)f(-x)}{x-a}$$ 의 값을 구하고 그 과정을 서술하시오.

모범답안 $f(x) = |x(x-a)|$에서

$$f(x)f(-x) = |x(x-a)| \times |-x(-x-a)|$$
$$= |x(x-a)| \times |x(x+a)|$$
$$= |x^2(x-a)(x+a)|$$
$$= x^2|(x-a)(x+a)|$$이므로

$$\lim_{x \to 0} \frac{f(x)f(-x)}{x^2} = \lim_{x \to 0} \frac{x^2|(x-a)(x+a)|}{x^2}$$
$$= \lim_{x \to 0}|(x-a)(x+a)| = |-a^2| = a^2$$

즉, $a^2 = \frac{1}{3}$에서 $a > 0$이므로 $a = \frac{1}{\sqrt{3}}$

$x > \frac{1}{\sqrt{3}}$일 때 $f(x)f(-x) = x^2\left(x - \frac{1}{\sqrt{3}}\right)\left(x + \frac{1}{\sqrt{3}}\right)$이므로

$$\lim_{x \to a+} \frac{f(x)f(-x)}{x-a} = \lim_{x \to \frac{1}{\sqrt{3}}+} \frac{x^2\left(x - \frac{1}{\sqrt{3}}\right)\left(x + \frac{1}{\sqrt{3}}\right)}{x - \frac{1}{\sqrt{3}}}$$
$$= \lim_{x \to \frac{1}{\sqrt{3}}+} x^2\left(x + \frac{1}{\sqrt{3}}\right) = \frac{1}{3} \times \frac{2}{\sqrt{3}} = \frac{2\sqrt{3}}{9}$$

01 실수 전체의 집합에서 정의된 함수 $f(x)$가 다음 조건을 만족시킨다.

> (가) $f(x) = \begin{cases} a(x-1)^2 & (0 \leq x < 2) \\ x - 3 & (2 \leq x < 3) \end{cases}$
>
> (나) 모든 실수 x에 대하여 $f(x+3) = f(x)$이다.

$\displaystyle\sum_{k=1}^{10} \left\{ \lim_{x \to 2k-} f(x) - \lim_{x \to 2k+} f(x) \right\} = 12$ 일 때, 상수 a의 값을 구하고 그 과정을 서술하시오.

02 두 함수 $f(x)$, $g(x)$가

$$\lim_{x \to 0} \frac{f(x)}{x^2} = \lim_{x \to 0} \frac{g(x)}{x^2 + 2x} = 5 \text{ 를}$$

만족시킬 때,

$$\lim_{x \to 0} \frac{f(x)g(x)}{x\{f(x) + xg(x)\}} \text{ 의 값을 구하고}$$

그 과정을 서술하시오.

03 삼차함수 $f(x)$ 가

$$\lim_{x \to 0}\left\{\left(x^2 - \frac{1}{x}\right)f(x)\right\} = 4,$$

$$\lim_{x \to 1}\left\{\left(x^2 - \frac{1}{x}\right)\frac{1}{f(x)}\right\} = 1$$

을 만족시킬 때, $f(-2)$ 의 값을 구하고 그 과정을 서술하시오.

04 상수 a $(a < 0)$ 에 대하여 함수 $f(x)$ 가

$$f(x) = \begin{cases} ax(x+4) & (x \le 0) \\ \dfrac{1}{2}x & (x > 0) \end{cases}$$

이다.

실수 t 에 대하여 x 에 대한 방정식

$f(x) = f(t)$ 의 서로 다른 실근의 개수를

$g(t)$ 라 하자.

$\left|\lim\limits_{t \to k+} g(t) - \lim\limits_{t \to k-} g(t)\right| = 2$ 를 만족시키는

모든 실수 k 의 값이 합이 2일 때,

$f(-2) \times g(-4)$ 의 값을 구하고 그 과정을

서술하시오.

05 함수 $f(x) = \begin{cases} \dfrac{x^2 + ax + b}{x - 2} & (x \neq 2) \\ 3 & (x = 2) \end{cases}$ 가

$x=2$에서 연속일 때, $2a-b$의 값을 구하고 그 과정을 서술하시오. (단, a, b는 상수이다.)

06 다항함수 $f(x)$가 모든 실수 x에 대하여

$$f(x) = x^3 - 3x + 2\lim_{t \to 1} f(t)$$

를 만족시킬 때, $f(-1)$의 값을 구하고 그 과정을 서술하시오.

07 함수 $y=f(x)$의 그래프가 그림과 같다.

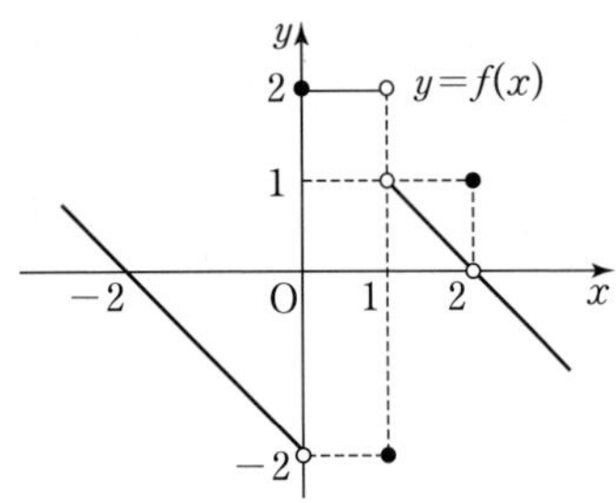

$$3\lim_{x \to 0-} f(x) + 2\lim_{x \to 1+} f(x)$$ 의 값을 구하고
그 과정을 서술하시오.

08 함수 $f(x)$가 $\lim\limits_{x \to 1}(x+1)f(x)=1$을
만족시킬 때,

$$\lim_{x \to 1}(2x^2+1)f(x)=a$$ 이다.

$11a$의 값을 구하고 그 과정을 서술하시오.

09 삼차함수 $f(x)$가

$$\lim_{x \to 0} \frac{f(x)}{x} = \lim_{x \to 1} \frac{f(x)}{x-1} = 1$$

을 만족시킬 때, $f(-1)$의 값을 구하고 그 과정을 서술하시오.

10 이차함수 $f(x)$에 대하여

$$\lim_{x \to 2} \frac{f(x) + x^2}{x-2} = 10 \text{ 이고}$$

$f(3)=3$일 때, $f(-1)$의 값을 구하고 그 과정을 서술하시오.

11 실수 전체의 집합에서 연속인 함수 $f(x)$가 모든 실수 x에 대하여

$$(x-3)f(x)=\frac{\sqrt{2x^2+k-1}}{x^2+7}$$

를 만족할 때, $k \times f(3)$의 값을 구하고 그 과정을 서술하시오.

12 $\displaystyle\lim_{x \to 1}\frac{f(1-x)}{2-2x}=3$일 때, $\displaystyle\lim_{x \to 0}\frac{x^2+8f(x)}{2x+f(x)}$ 의 값을 구하고 그 과정을 서술하시오.

13 점 $P(t, \sqrt{t})$가 $y=\sqrt{x}$ 위를 지나고 선분 OP에 수직인 직선 l의 x절편과 y절편을 각각 $f(t), g(t)$라고 할 때, $\lim\limits_{t \to \infty} \dfrac{2g(t)+f(t)}{g(t)-2f(t)}$의 값을 구하고 그 과정을 서술하시오. (단, O는 원점, $t \neq 0$)

14 그림과 같이 양의 실수 t에 대하여 직선 $x=t$가 두 함수 $y=3x$, $y=\sqrt{x^2+3x+4}-2$의 그래프와 만나는 점을 각각 P, Q라 하자. 삼각형 OPQ의 넓이를 $S(t)$라 할 때, $\lim\limits_{t \to 0+} \dfrac{S(t)}{t^2}$의 값을 구하고 그 과정을 서술하시오. (단, O는 원점이다.)

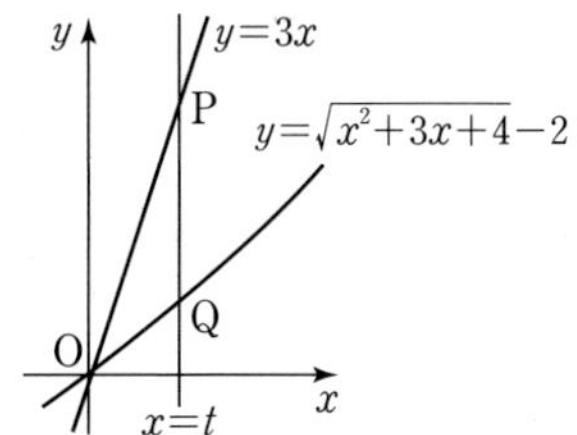

15 함수 $f(x)=\begin{cases} x^2-5x+4 & (x\le 0) \\ -3x & (x>0) \end{cases}$ 에 대하여 함수 $h(x)$를 $h(x)=f(f(x))$라고 할 때, $\lim\limits_{x\to 0+} h(x)$의 값을 구하고 그 과정을 서술하시오.

16 다항함수 $f(x)$에 대하여 함수 $g(x)$를 $g(x)=(3x-4)f(x)$라 하자. $\lim\limits_{h\to 0}\dfrac{f(2+2h)-2}{h}=5$일 때, $g'(2)$의 값을 구하고 그 과정을 서술하시오.

17 정의역이 $\{x\,|\,2\leq x\leq 3\}$인 함수 $f(x)=a^x-3a^2+2$의 최댓값이 2일 때, 함수 $f(x)$의 최솟값을 구하고 그 과정을 서술하시오. (단, a는 1이 아닌 양수이다.)

18 다항함수 $f(x)$에 대하여 $f'(x)=3x^2-6x$이고, 함수 $f(x)$의 극댓값이 5일 때, 함수 $f(x)$의 극솟값을 구하고 그 과정을 서술하시오.

19 다항함수 $f(x)$가 다음 조건을 만족시킨다.

> (가) 모든 양의 실수 x에 대하여
>
> $$3x-1 \leq f(x)-x^2 \leq 3x+\frac{1}{x}$$
>
> (나) $f(1)=4$

이때, $f(2)$의 값을 구하고 그 과정을 서술하시오.

20 다항함수 $f(x)$가 $\displaystyle\lim_{x\to\infty}\frac{f(x)+x^3}{x^2}=1$와 $\displaystyle\lim_{x\to 0}\frac{f(x)}{x}=-3$을 만족할 때, $\displaystyle\lim_{x\to 1}\frac{f(x)-f(1)}{x-1}$의 값을 구하고 그 과정을 서술하시오.

V 다항함수의 미분법

[핵심이론]

❶ 1. 평균변화율

(1) 정의

함수 $y=f(x)$에서 x의 값이 a에서 b까지 변할 때, 함수 $y=f(x)$의 평균변화율은

$$\frac{\Delta y}{\Delta x}=\frac{f(b)-f(a)}{b-a}=\frac{f(a+\Delta x)-f(a)}{\Delta x} \ (\text{단}, \ \Delta x=b-a)$$

(2) 기하학적 의미

함수 $y=f(x)$에서 x의 값이 a에서 b까지 변할 때, 함수 $y=f(x)$의 평균변화율은 곡선 $y=f(x)$ 위의 두 점 $\mathrm{P}(a, f(a))$, $\mathrm{Q}(b, f(b))$를 지나는 곡선 PQ의 기울기를 나타낸다.

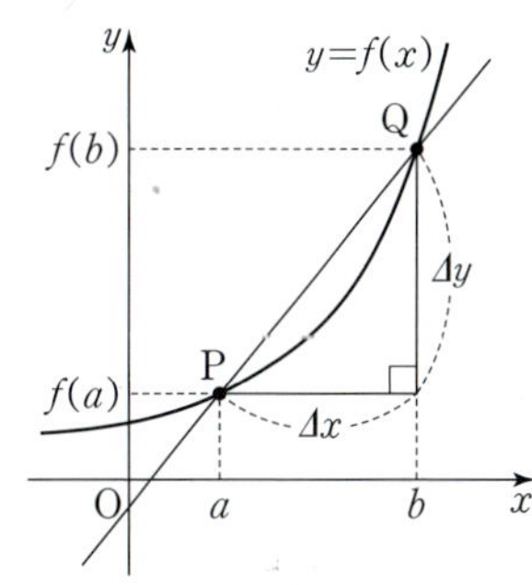

❷ 미분계수

(1) 정의

함수 $y=f(x)$의 $x=a$에서의 미분계수 $f'(a)$는

$$f'(a)=\lim_{\Delta x\to 0}\frac{\Delta y}{\Delta x}=\lim_{\Delta x\to 0}\frac{f(a+\Delta x)-f(a)}{\Delta x}=\lim_{x\to a}\frac{f(x)-f(a)}{x-a}$$

(2) 기하학적 의미

함수 $y=f(x)$의 $x=a$에서의 미분계수 $f'(a)$는 곡선 $y=f(x)$ 위의 점 $\mathrm{P}(a, f(a))$에서의 접선의 기울기를 나타낸다.

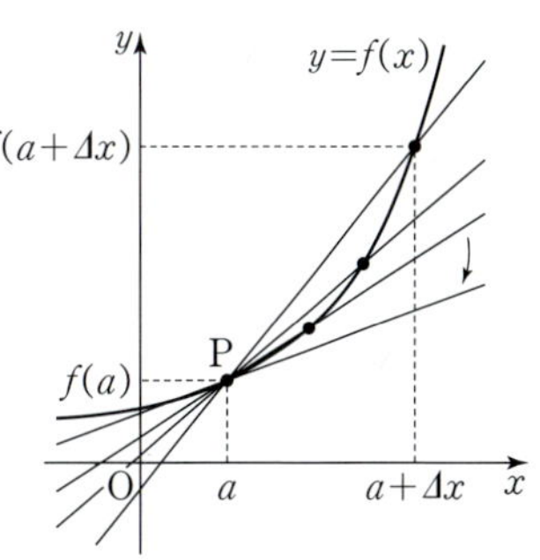

(3) 미분가능과 연속

① 함수 $f(x)$에 대하여 $x=a$에서의 미분계수 $f'(a)$가 존재할 때, 함수 $f(x)$는 $x=a$에서 미분가능하다고 한다.

② 함수 $f(x)$가 어떤 열린구간에 속하는 모든 x에서 미분가능할 때,

함수 $f(x)$는 그 구간에서 미분가능하다고 한다. 또한 함수 $f(x)$가 정의역에 속하는 모든 x에서 미분가능할 때, 함수 $f(x)$를 미분가능한 함수라고 한다.

③ 함수 $f(x)$가 $x=a$에서 미분가능하면 함수 $f(x)$는 $x=a$에서 연속이다. 그러나 일반적으로 그 역은 성립하지 않는다.

3 도함수

(1) 정의

함수 $y=f(x)$가 정의역 임의의 원소 x에서 미분가능할 때, 정의역 임의의 원소에 대하여 미분계수 $f'(x)$를 대응시키는 함수를 $y=f(x)$의 도함수라 하고 $f'(x)$로 나타낸다.

$$f'(x)=\lim_{\Delta x \to 0}\frac{\Delta y}{\Delta x}=\lim_{\Delta x \to 0}\frac{f(x+\Delta x)-f(x)}{\Delta x}$$

(2) 기하학적 의미

$y=f(x)$의 도함수 $f'(x)$는 함수 $y=f(x)$의 그래프 위의 임의의 점 $(x, f(x))$에서의 접선의 기울기와 같다.

(3) 미분법 공식

$f(x)$, $g(x)$가 미분가능할 때,

① $y=c$ (단, c는 상수)이면 $y'=0$

② $y=x^n$이면 $y'=nx^{n-1}$

③ $y=cf(x)$ (단, c는 상수)이면 $y'=cf'(x)$

④ $y=f(x)\pm g(x)$이면 $y'=f'(x)\pm g'(x)$

⑤ $y=f(x)\cdot g(x)$이면 $y'=f'(x)g(x)+f(x)g'(x)$

⑥ $y=\{f(x)\}^n$이면 $y'=n\{f(x)\}^{n-1}f'(x)$

4 도함수의 활용

(1) 접선의 방정식

① 접점 $(a, f(a))$에서 접선의 방정식

곡선 $y=f(x)$ 위의 점 $(a, f(a))$에서 접선의 방정식은

$$y - f(a) = f'(a)(x-a)$$

② 접점 $(a, f(a))$에서의 법선이 방정식

곡선 $y = f(x)$ 위의 점 $(a, f(a))$에서 접선에 수직인 법선의 방정식은

$$y - f(a) = \frac{1}{f'(a)}(x-a)$$

③ 기울기가 m인 접선의 방정식

    ㉠ $f'(a) = m$에서 접점의 x, y 좌표를 구한다.

    ㉡ $y - f(a) = m(x-a)$에 대입한다.

④ 곡선 밖의 한 점 (x_1, y_1)에서 그은 접선의 방정식

    ① 접점의 좌표를 $(a, f(a))$로 놓는다.

    ② $y - f(a) = f'(a)(x-a)$에 점 (x_1, y_1)을 대입하여 a를 구한다.

(2) **평균값의 정리**

함수 $f(x)$가 닫힌구간 $[a, b]$에서 연속이고, 열린구간 (a, b)에서 미

분가능하면 $\dfrac{f(b)-f(a)}{b-a} = f'(c)$ (단, $a < c < b$)를 만족시키는 c가

열린구간 (a, b)에 적어도 하나 존재한다.

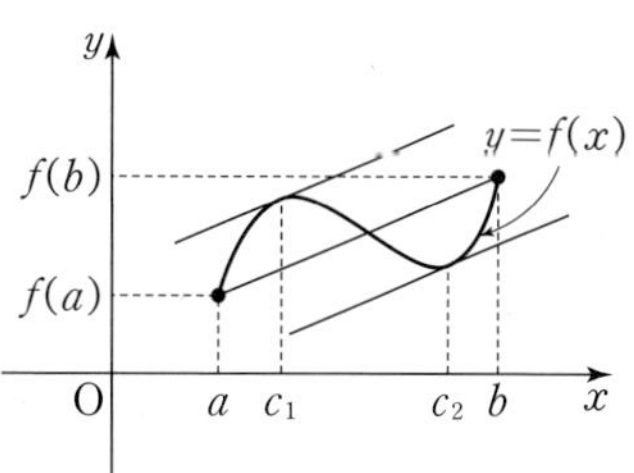

(3) **함수의 증가와 감소**

① 함수 $f(x)$가 미분가능한 구간의 모든 실수 x에 대하여

    ㉠ $f'(x) > 0$이면 $f(x)$는 이 구간에서 증가한다.

    ㉡ $f'(x) < 0$이면 $f(x)$는 이 구간에서 감소한다.

② 함수 $f(x)$가 어떤 미분가능하고

    ㉠ $f(x)$가 증가하면 그 구간 모든 실수 x에 대하여 $f'(x) \geq 0$이다.

    ㉡ $f(x)$가 감소하면 그 구간 모든 실수 x에 대하여 $f'(x) \leq 0$이다.

(4) **함수의 극대와 극소**

① **정의**

함수 $y = f(x)$가 $x = a$에서 연속이고 x가 $x = a$를 지날 때

    ㉠ $f(x)$가 증가 상태에서 감소 상태로 변하면, $f(x)$는 $x = a$에서
극대라 하고 $f(a)$를 극댓값이라고 한다.

    ㉡ $f(x)$가 감소 상태에서 증가 상태로 변하면, $f(x)$는 $x = a$에서
극소라 하고 $f(a)$를 극솟값이라고 한다.

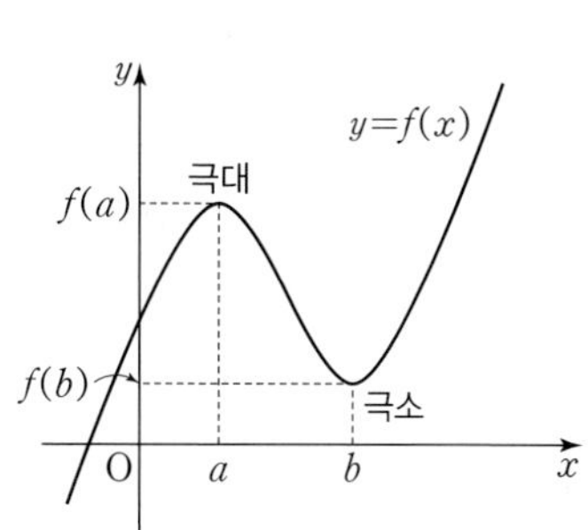

② 극값과 미분계수

$x=a$에서 미분가능한 함수 $f(x)$에 대하여

㉠ $x=a$에서 극값을 가지면 $f'(a)=0$이다.

㉡ $x=a$에서 극값 b를 가지면 $f'(a)=0$, $f(a)=b$이다.

(5) 함수의 최댓값과 최솟값

닫힌구간 $[a,\ b]$에서 연속인 함수 $y=f(x)$의 최댓값, 최솟값을 구할 때

① 열린구간 $(a,\ b)$에서의 모든 극값을 구한다.

② 닫힌구간 $[a,\ b]$의 양 끝점에서 함숫값 $f(a)$, $f(b)$를 구한다.

③ 위에서 구한 극값과 함숫값 $f(a)$, $f(b)$ 중에서 최대인 것이 최댓값, 최소인 것이 최솟값이다.

(6) 방정식의 근과 도함수

① 방정식 $f(x)=0$의 실근의 개수

함수 $y=f(x)$의 그래프와 x축과의 교점의 개수와 같다.

② $f(x)=g(x)$의 실근의 개수

함수 $y=f(x)$의 그래프와 $y=g(x)$의 그래프의 교점의 개수와 같다.

③ 삼차방정식의 실근의 개수

삼차함수 $f(x)$가 $x=\alpha$, $x=\beta$에서 극값을 가질 때, 삼차방정식 $f(x)=0$의 실근의 개수는 다음과 같다.

㉠ $f(\alpha)f(\beta)<0$이면 서로 다른 세 실근을 갖는다.

㉡ $f(\alpha)f(\beta)=0$이면 중근과 다른 한 실근을 갖는다.

㉢ $f(\alpha)f(\beta)>0$이면 한 실근과 서로 다른 두 허근을 갖는다.

(7) 속도와 가속도

수직선 위를 움직이는 점 P의 시간 t에서의 위치 x가 $x=f(t)$로 주어질 때, t에서의 속도와 가속도는 다음과 같다.

① 속도: 위치의 시간에 대한 변화율

$$v=\frac{dx}{dt}=\lim_{\Delta t \to 0}\frac{f(t+\Delta t)-f(t)}{\Delta t}=f'(t)$$

② 가속도: 속도의 시간에 대한 변화율

$$v=\frac{dv}{dt}=\lim_{\Delta t \to 0}\frac{v(t+\Delta t)-v(t)}{\Delta t}=v'(t)$$

[실전문제]

해답 p.203

 대표문제

배점(총점)	예상 소요 시간
10점	5분 / 전체 80분

▶ 함수 $f(x) = -x^3 + ax^2 + 2ax$ 가

임의의 서로 다른 두 실수 x_1, x_2에 대하여

$(x_1 - x_2)\{f(x_1) - f(x_2)\} < 0$ 을 만족시키도록 하는

모든 정수 a의 합을 구하고 그 과정을 서술하시오.

모범답안 $f(x) = -x^3 + ax^2 + 2ax$ 에서

$f'(x) = -3x^2 + 2ax + 2a$

$(x_1 - x_2)\{f(x_1) - f(x_2)\} < 0$ 에서

$x_1 > x_2$ 이면 $f(x_1) < f(x_2)$ 이고

$x_1 < x_2$ 이면 $f(x_1) > f(x_2)$ 이므로

함수 $f(x)$는 실수 전체의 집합에서 감소한다.

즉, 모든 실수 x에 대하여 $f'(x) \leq 0$ 이어야 하므로

$-3x^2 + 2ax + 2a \leq 0$

이차방정식 $-3x^2 + 2ax + 2a = 0$ 의 판별식을 D라 하면 $D \leq 0$ 이어야 하므로

$\dfrac{D}{4} = a^2 + 6a \leq 0$

$a(a + 6) \leq 0$, $-6 \leq a \leq 0$

따라서 모든 정수 a의 값은 $-6, -5, -4, -3, -2, -1, 0$ 이므로

그 합은 -21 이다.

01 0이 아닌 모든 실수 h에 대하여 다항함수 $y=f(x)$에서 x의 값이 $1-h$에서 $1+h$까지 변할 때의 평균변화율이 h^2-3h+7일 때, $f'(1)$의 값을 구하고 그 과정을 서술하시오.

02 함수

$$f(x) = \begin{cases} x^3 + ax + b & (x \leq -1) \\ -2x + 3 & (x > -1) \end{cases}$$

이 실수 전체의 집합에서 미분가능할 때, $2a-b$의 값을 구하고 그 과정을 서술하시오.

(단, a, b는 상수이다.)

03 점 $(2, 0)$에서 곡선 $y = \dfrac{1}{3}x^3 - x + 2$ 에 그은 두 접선의 기울기의 합을 구하고 그 과정을 서술하시오.

04 양수 a에 대하여 함수 $f(x)$가 다음과 같다.

$$f(x) = x^3 + \frac{1}{2}x^2 + a|x| + 2$$

함수 $f(x)$가

$$\lim_{h \to 0-}\frac{f(h) - f(0)}{h} \times \lim_{h \to 0+}\frac{f(h) - f(0)}{h}$$
$= -4$를 만족시킬 때,

함수 $f(x)$의 모든 극값의 곱을 구하고 그 과정을 서술하시오.

05 함수 $f(x) = 3x^4 - 8x^3 - 6x^2 + 24x$의 그래프와 직선 $y=k$가 서로 다른 세 점에서 만나도록 하는 모든 실수 k의 값의 곱을 구하고 그 과정을 서술하시오.

06 x에 대한 방정식 $x^3 + 3x^2 - 9x = k$의 서로 다른 실근의 개수가 2가 되도록 하는 모든 실수 k의 값의 곱을 구하고 그 과정을 서술하시오.

07 수직선 위를 움직이는 점 P의 시각 $t(t \geq 0)$에서의 위치 x가 $x = 2t^3 + 3t^2 - 12t$ 이다.

시각 $t = t_1\,(t_1 > 0)$에서 점 P가 운동 방향을 바꿀 때, 시각 $t = 2t_1$에서의 점 P의 가속도를 구하고 그 과정을 서술하시오.

08 함수

$$f(x) = \begin{cases} x^3 + ax + b & (x < 1) \\ bx + 4 & (x \geq 1) \end{cases}$$

이 실수 전체의 집합에서 미분가능할 때, $2a - b$의 값을 구하고 그 과정을 서술하시오. (단, a, b는 상수이다.)

09 함수

$$f(x) = x^3 + ax^2 - (a^2 - 8a)x + 3$$

이 실수 전체의 집합에서 증가하도록 하는 실수 a의 최솟값과 최댓값의 곱을 구하고 그 과정을 서술하시오.

10 방정식 $2x^3 - 6x^2 + k = 0$의 서로 다른 양의 실근의 개수가 2가 되도록 하는 정수 k의 모든 합을 구하고 그 과정을 서술하시오.

11 다항식 $x^{15}-x^7+5x^2+1$을 $(x-1)^2$으로 나누었을 때의 나머지를 구하고 그 과정을 서술하시오.

12 최고차항의 계수가 1인 이차함수 $f(x)$에 대하여 함수 $y=f(x)$의 그래프와 직선 $y=f(2)$가 서로 다른 두 점 A, B에서 만난다. 두 점 A, B의 x좌표의 합이 3일 때, $\displaystyle\sum_{n=1}^{10} f'(n)$의 값을 구하고 그 과정을 서술하시오.

13 $f(x)=-4x^3+2kx^2-kx+1$가 열린구간 $(-\infty,\ \infty)$에서 감소하도록 하는 k의 최댓값을 M, 최솟값을 m이라고 하자. 이때 $M-m$의 값을 구하고 그 과정을 서술하시오.

14 두 함수 $f(x)=3x^3+5x^2-2x$, $g(x)=2x^3+5x^2+x+k$에 대한 방정식 $f(x)=g(x)$가 서로 다른 두 개의 양의 실근과 한 개의 음의 실근을 갖도록 하는 정수 k의 범위를 구하고 그 과정을 서술하시오.

15 직선 $y=2x-3$ 위의 점 P에서 곡선 $y=\dfrac{1}{2}x^2$에 그은 두 접선이 이루는 각이 직각이 될 때, 점 P의 x좌표를 구하고 그 과정을 서술하시오.

16 수직선 위를 움직이는 두 점 P, Q의 시각 $t\,(t\geq2)$에서의 위치 x_1, x_2가 각각 $x_1=t^2-4t$, $x_2=t^3-9t^2+24t$일 때, 두 점 P, Q가 서로 다른 방향으로 움직이는 시각 t의 범위는 $p<t<q$이다. p의 최솟값을 m, q의 최댓값을 M이라 할 때, $m+M$의 값을 구하고 그 과정을 서술하시오.

17 다항함수 $f(x)$와 미분가능한 함수 $g(x)$가 모든 실수 x에 대해 $h(x)=f(x)g(x)$를 만족한다. 함수 $(x^2-9)g(x)=f(x)-9$이고 $f'(3)=6$, $g'(3)=2$일 때, $h'(3)$를 구하고 그 과정을 서술하시오.

18 함수 $f(x)=x^3+ax$에 대하여

$$\lim_{h\to0}\frac{f(1+h)-f(1-h)}{h}=6$$

일 때, 상수 a의 값을 구하고 그 과정을 서술하시오.

19 다항함수 $f(x)$가 $f(n)f(n+1)<0$ (단, $n=1, 2, 3, 4, 5$)을 만족할 때, 방정식 $f'(x)=0$의 서로 다른 실근의 개수의 최솟값을 구하고 그 과정을 서술하시오.

20 함수 $f(x)$가 모든 실수 x, y에 대하여
$$f(x+y)=f(x)+f(y)+4xy,$$
$f'(0)=3$를 만족할 때, $f'(2)$의 값을 구하고 그 과정을 서술하시오.

다항함수의 적분법

[핵심이론]

1 부정적분

(1) 정의와 표현

① 정의

함수 $f(x)$에 대하여 $F'(x)=f(x)$를 만족시키는 함수 $F(x)$를 $f(x)$의 부정적분이라 하고, $f(x)$의 부정적분을 구하고 그 것을 $f(x)$를 적분한다고 한다.

② 표현

함수 $f(x)$의 부정적분을 $F(x)$라 하면

$$\int f(x)dx=F(x)+C \text{ (단, } C\text{는 적분상수)}$$

(2) 부정적분과 미분의 관계

함수 $f(x)$의 부정적분은 미분의 역이다.

① $\int\left\{\dfrac{d}{dx}f(x)\right\}dx=f(x)+C$ ② $\dfrac{d}{dx}\left\{\int f(x)dx\right\}=f(x)$

(3) 부정적분의 공식

① $\int kdx=kx+C$ (단, k는 상수)

② $\int x^n dx=\dfrac{1}{n+1}x^{n+1}+C$ (단, $n\neq-1$)

③ $\int kf(x)dx=k\int f(x)dx$ (단, k는 상수)

④ $\int(f(x)+g(x))dx=\int f(x)dx+\int g(x)dx$

⑤ $\int(f(x)-g(x))dx=\int f(x)dx-\int g(x)dx$

② 정적분

(1) 정의와 표현

① 정의

함수 $y=f(x)$의 닫힌구간 $[a, b]$에서 연속일 때, 함수 $y=f(x)$의 부정적분 중 하나를 $F(x)$라 하면 $F(b)-F(a)$를 구하고 그 것을 함수 $f(x)$를 a에서 b까지 적분한다고 한다.

② 표현

닫힌구간 $[a, b]$에서 연속인 함수 $f(x)$의 부정적분이 $F(x)$이면

$$\int_a^b f(x)dx=\left[f(x)\right]_a^b=F(b)-F(a)$$

(2) 정적분과 미분의 관계

① $\dfrac{d}{dx}\displaystyle\int_a^x f(t)dt=f(x)$ 　　　② $\dfrac{d}{dx}\displaystyle\int_x^{x+a} f(t)dt=f(x+a)-f(x)$

③ $\displaystyle\lim_{x\to a}\dfrac{1}{x-a}\int_a^x f(t)dt=f(a)$ 　　　④ $\displaystyle\lim_{x\to 0}\dfrac{1}{x}\int_x^{x+a} f(t)dt=f(a)$

(3) 정적분의 공식

① $\displaystyle\int_a^a f(x)dx=0$

② $\displaystyle\int_a^b f(x)dx=-\int_b^a f(x)dx$

③ $\displaystyle\int_a^b kf(x)dx=k\int_a^b f(x)dx$ (단, k는 상수)

④ $\displaystyle\int_a^b \{f(x)\pm g(x)\}dx=\int_a^b f(x)dx\pm\int_a^b g(x)dx$

⑤ $\displaystyle\int_a^b f(x)dx=\int_a^c f(x)dx+\int_c^b f(x)dx$

(4) 우함수와 기함수의 정적분

① 우함수의 정적분

$f(x)$가 y축에 대하여 대칭인 함수(우함수)인 경우 연속인 함수 $f(x)$가 모든 실수 x에 대하여 $f(-x)=f(x)$이면

$$\int_{-a}^a f(x)dx=2\int_0^a f(x)dx$$

② 기함수의 정적분

$f(x)$가 원점에 대하여 대칭인 함수(기함수)인 경우 연속인 함수 $f(x)$가 모든 실수 x에 대하여

$$f(-x)=-f(x)\text{이면}$$

$$\int_{-a}^{a}f(x)dx=0$$

③ 정적분의 활용

(1) 곡선과 x축 사이의 넓이

함수 $f(x)$가 닫힌구간 $[a,\ b]$에서 연속일 때, 곡선 $y=f(x)$와 x축
및 두 직선 $x=a$, $x=b$로 둘러싸인 부분의 넓이 S는

$$S=\int_{a}^{b}|f(x)|dx$$

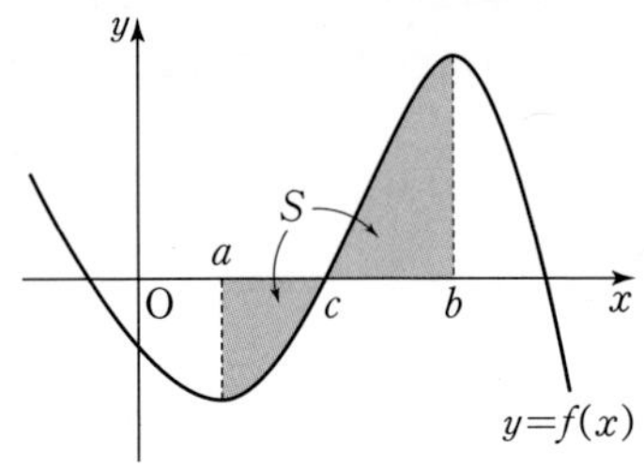

(2) 두 곡선 사이의 넓이

닫힌구간 $[a,\ b]$에서 연속인 두 곡선 $y=f(x)$, $y=g(x)$와 두 직선
$x=a$, $x=b$로 둘러싸인 도형의 넓이 S는

$$S=\int_{a}^{b}|f(x)-g(x)|dx$$

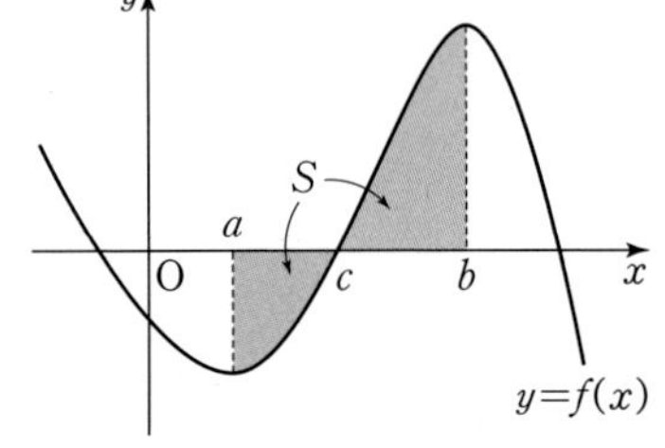

(3) 서로 역함수인 두 곡선 사이의 넓이

함수 $f(x)$, $g(x)$가 서로 역함수이고 곡선의 교점의 x좌표가 a, b일 때

$$S=\int_{a}^{b}|f(x)-g(x)|dx=2\int_{a}^{b}|f(x)-x|dx=2\int_{a}^{b}|g(x)-x|dx$$

(4) 수직선 위를 움직이는 점의 위치와 거리

① 수직선 위를 움직이는 점의 위치: 수직선 위를 움직이는 점 P의 시각 t에서의 속도가 $v(t)$이고, 시각
t_0에서의 위치가 x_0이면

㉠ 시각 t에서의 점 P의 위치: $x_0+\displaystyle\int v(t)dt$

㉡ 시각 $t=a$에서 $t=b$까지 점 P의 위치 변화량: $\displaystyle\int_{a}^{b}v(t)dt$

② 수직선 위를 움직이는 점의 실제 이동거리: 수직선 위를 움직이는 점 P의 시각 t에서의 속도가 $v(t)$이
고 시각 $t=a$에서 $t=b$까지의 실제 이동 거리

$$\int_{a}^{b}|v(t)|dt$$

[실전문제]

 대표문제

배점(총점)	예상 소요 시간
10점	5분 / 전체 80분

▶ 다항함수 $f(x)$가 모든 실수 x에 대하여

$$\int_1^x f(t)\,dt = x^3 + ax^2 + bx$$를 만족시키고

$f(1)=4$일 때, $f(b-a)$의 값을 구하고 그 과정을 서술하시오.

모범답안 $\displaystyle\int_1^1 f(t)\,dt = 0$이므로

$\displaystyle\int_1^x f(t)\,dt = x^3 + ax^2 + bx$의 양변에 $x=1$을 대입하면

$0 = 1 + a + b$에서

$a + b = -1$ ······ ㉠

$\displaystyle\int_1^x f(t)\,dt = x^3 + ax^2 + bx$의 양변을 x에 대하여 미분하면

$f(x) = 3x^2 + 2ax + b$이므로

$f(1) = 3 = 2a + b$

$f(1) = 4$이므로 $3 + 2a + b = 4$에서

$2a + b = 1$ ······ ㉡

㉠, ㉡을 연립하여 풀면

$a = 2,\ b = -3$

따라서 $f(x) = 3x^2 + 4x - 3$이므로

$f(b-a) = f(-5) = 3 \times 25 + 4 \times (-5) - 3 = 52$

01 다항함수 $f(x)$의 한 부정적분을 $F(x)$라 할 때, 함수 $F(x)$는 실수 전체의 집합에서

$$2F(x)=(2x+1)f(x)-3x^4-2x^3$$
$$+x^2+x+4$$

를 만족시킨다.

$f(0)=0$일 때, $F(-1)$의 값을 구하고 그 과정을 서술하시오.

02 최고차항의 계수가 1인 이차함수 $f(x)$가 모든 실수 x에 대하여 $f(-x)=f(x)$를 만족시킨다. $\displaystyle\int_{-3}^{3}f(x)dx=36$일 때, $f(5)$의 값을 구하고 그 과정을 서술하시오.

03 최고차항의 계수가 1인 이차함수 $f(x)$에 대하여 함수 $g(x) = \int_0^x f(t)\,dt$ 가 $x=2$에서 극솟값 $-\dfrac{4}{3}$ 를 가질 때, $g'(3)$의 값을 구하고 그 과정을 서술하시오.

04 곡선 $y = ax^2$ 과 직선 $y = a(x+2)$ 로 둘러싸인 부분의 넓이가 36일 때, 양수 a의 값을 구하고 그 과정을 서술하시오.

05 수직선 위를 움직이는 점 P의 시각 $t(t \geq 0)$ 에서의 속도 $v(t)$가 $v(t) = -2t + k$ (k는 상수)이다.

시각 $t = 3$에서의 점 P의 속도는 3이고, 점 P의 위치는 12이다. 시각 $t = 0$에서의 점 P의 위치를 구하고 그 과정을 서술하시오.

06 다항함수 $f(x)$가 모든 실수 x에 대하여

$$f(x) = x^2 + x\int_0^2 f(t)\,dt + \int_{-1}^1 f(t)\,dt$$

를 만족시킬 때, $f(-2)$의 값을 구하고 그 과정을 서술하시오.

07 수직선 위를 움직이는 점 P의 시각 $t(t \geq 0)$에서의 속도 $v(t)$가 $v(t) = 3t^2 - 4t + 5$이다.

시각 $t=k$에서의 점 P의 가속도가 12일 때, 시각 $t=0$에서 $t=k$까지 점 P의 위치의 변화량을 구하고 그 과정을 서술하시오.

(단, k는 상수이다.)

08 수직선 위를 움직이는 점 P의 시각 $t(t \geq 0)$에서의 속도 $v(t)$가 다음 조건을 만족시킨다.

> ㈎ $0 \leq t \leq 5$인 모든 실수 t에 대하여
> $v(5-t) = v(5+t)$이다.
> ㈏ $0 < t < 3$인 모든 실수 t에 대하여 $v(t) < 0$이다.

시각 $t=0$에서 $t=5$까지 점 P가 움직인 거리가 12이고, 시각 $t=0$에서 $t=3$까지 점 P의 위치의 변화량이 -7이다. 시각 $t=3$에서 $t=10$까지 움직인 거리와 시각 $t=7$에서의 점 P의 위치가 서로 같을 때, 시각 $t=10$에서의 점 P의 위치를 구하고 그 과정을 서술하시오.

09 다항함수 $f(x)$는

$$f(x)=4x^3-3x^2+\int_{-1}^{1}f(t)dt$$를 만족한다.

함수 $f(x)$에 대하여 곡선 $y=f(x)$와 $y=2$로 둘러싸인 도형의 넓이가 $\dfrac{p}{q}$(단, $p,\ q$는 서로소)일 때, $p+q$의 값을 구하고 그 과정을 서술하시오.

10 곡선 $y=-x^2+4$와 이 곡선 위의 임의의 점 $(k,\ -k^2+4)$이 있다.(단, $0<k<2$). 이 임의의 점에서 그은 접선 및 두 직선 $x=0$, $x=2$로 둘러싸인 도형의 넓이를 $S(k)$라고 할 때, $S(k)$의 식과 최솟값을 구하고 그 과정을 서술하시오.

11 최고차항의 계수가 양수인 다항함수 $f(x)$가 다음 조건을 만족할 때 $f(x)$를 구하고 그 과정을 서술하시오.

> (가) $f(x) - f(-x) = 0$
>
> (나) $f(f(x)) = (4x^2 - 5)f(x) + 5\displaystyle\int_0^x f'(t)\,dt$

12 함수 $f(x) = \displaystyle\int (x^2 - 3x + 2)\,dx$의 극댓값이 $\dfrac{4}{3}$일 때, 극솟값을 구하고 그 과정을 서술하시오.

13 $\displaystyle\int_0^2 |x^2(x-1)|\,dx$의 값을 구하고 그 과정을 서술하시오.

14 다항함수 $f(x)$가 모든 실수 x에 대하여

$$xf(x)=\frac{2}{3}x^3+ax^2+b+\int_1^x f(t)\,dt$$를 만족시킨다.

$f(0)=f(1)=1$일 때, $f(3b-a)$의 값을 구하고 그 과정을 서술하시오. (단, a, b는 상수이다.)

15 삼차함수 $f(x)=x^3+2ax^2+8ax$가 역함수를 갖도록 하는 실수 a의 최댓값을 k라고 할 때, 함수 $g(x)=x^3+kx^2+kx$의 그래프와 $g(x)$의 역함수의 그래프로 둘러싸인 부분의 넓이를 구하고 그 과정을 서술하시오.

16 실수 전체의 집합에서 정의된 함수

$$f(x)=\int_0^x 12t(t-1)(t-3)\,dt$$

의 극댓값을 구하고 그 과정을 서술하시오.

17 모든 실수에 대하여 연속인 함수 $f(x)$가

$f(x+4)=f(x)+2$를 만족한다.

$\displaystyle\int_{-1}^{3} f(x)\,dx=2$일 때, $\displaystyle\int_{-1}^{11} f(x)\,dx$의 값을

구하고 그 과정을 서술하시오.

18 최고차항의 계수가 1인 삼차함수 $f(x)$가 다음

조건을 만족한다.

> (가) $p\geq-4$인 모든 실수 p에 대하여
> $$\int_{-1}^{p} f'(x)\,dx\geq0$$
> (나) $q\geq-4$인 모든 실수 q에 대하여
> $$\int_{-4}^{q} f'(x)\,dx\geq0$$

$f(-1)=-1$일 때, $f(1)$의 값을 구하고 그

과정을 서술하시오.

19 k가 실수일 때, 함수 $f(x)=x^2+kx$에서 $\displaystyle\int_{-1}^{1}\{f(x)\}^2\,dx=\dfrac{23}{30}k^2$를 만족시키는 k^2의 값을 구하고 그 과정을 서술하시오.

20 곡선 $y=x^4-(3+a)x^3+3ax^2$과 x축으로 둘러싸인 두 부분의 넓이가 서로 같을 때, 상수 $a=\dfrac{q}{p}$이다.

이때 $p+q$의 값을 구하고 그 과정을 서술하시오. (단, $p,\ q$는 서로소, $0<a<3$)

Glass, china, and reputation are
easily cracked, and never well
mended.

유리, 도자기, 그리고 평판은 쉽게
깨지지만, 결코 잘 고쳐지지
않는다.

– 벤자민 플랭클린 –

PART

2

기출문제

수학(오전)

▶ 해답 p.212

01 함수 $f(x) = a \sin bx + c$는 주기가 $\frac{\pi}{2}$이고 최댓값은 7, 최솟값은 3이다. 다음은 함수 $f(x)$에 대하여 세 상수 a, b, c의 값을 구하는 과정이다. (1) ~ (5)에 알맞은 식 또는 수를 구하시오. (단, $a > 0$, $b > 0$)

> 함수 $f(x)$는 주기가 $\frac{\pi}{2}$이므로 $b =$ [(1)] 이다.
>
> 함수 $f(x) = a \sin bx + c$의 최댓값과 최솟값을 a와 c에 대한 식으로 나타내면 최댓값은 [(2)] 이고 최솟값은 [(3)] 이므로 $a =$ [(4)], $c =$ [(5)] 이다.

02 1이 아닌 서로 다른 두 양수 a, b에 대하여 $2\log_a b : \log_a b + 1 = 1 : \log_a b$일 때, $\log_a b + \log_b a$의 값을 구하고 그 과정을 서술하시오.

03 모든 항이 양수인 등비수열 $\{a_n\}$에 대하여 $\dfrac{5a_2}{a_3+a_4}=16$ 일 때, $\dfrac{a_3}{a_5}$ 의 값을 구하고 그 과정을 서술하시오.

04 두 함수 $y=\left(\dfrac{1}{4}\right)^{x-1}-1$, $y=2^x+k$ 의 그래프가 제1사분면에서 만나도록 하는 모든 실수 k의 값의 범위가 $\alpha<k<\beta$ 일 때, $\log_{\sqrt{2}}(\beta-\alpha)$ 의 값을 구하고 그 과정을 서술하시오.

05 두 다항함수 $f(x)$, $g(x)$가 다음 조건을 만족시킨다.

> (가) $\displaystyle\lim_{x \to 1} \frac{f(x) - g(x)}{x - 1} = 0$
>
> (나) $f(x)g(x) = x^3 - 4x^2 + x + 6$

$f'(x)$의 값을 구하고 그 과정을 서술하시오.

(단, $f(1) > 0$)

06 서로 다른 두 양수 a, b에 대하여 함수 $f(x)$가

$$f(x) = \begin{cases} -x - a & (x < 1) \\ 2a & (x = 1) \\ bx - 3 & (x > 1) \end{cases}$$

이다. 함수 $\{f(x)\}^2$이 모든 실수 x에서 연속일 때, $f(a-b)+f(a+b)$의 값을 구하고 그 과정을 서술하시오.

07 실수 $k\,(k>1)$에 대하여 곡선 $y=-x^2+kx$와 직선 $y=x$가 만나는 두 점 중 원점이 아닌 점을 P라 하고, 직선 $y=x$가 직선 $x=k$와 만나는 점을 Q라 하자. 곡선 $y=-x^2+kx$와 선분 OP로 둘러싸인 부분의 넓이를 A라 하고, 곡선 $y=-x^2+kx$와 직선 $x=k$ 및 선분 PQ로 둘러싸인 부분의 넓이를 B라 하자. $B-A=\dfrac{2}{3}$일 때, k의 값을 구하고 그 과정을 서술하시오. (단, O는 원점이다.)

08 시각 $t=0$일 때 원점을 출발하여 수직선 위를 움직이는 점 P의 시각 $t\,(t\geq 0)$에서의 속도 $v(t)$가 두 상수 $a,\ b\,(a>4b>0)$에 대하여 $v(t)=6t^2-(a+8b)t+(a+2b)b$일 때, 점 P가 다음 조건을 만족시킨다.

> ㈎ 점 P는 시각 $t=t_1$과 $t=t_2$에서 운동 방향을 바꾸고 $t_2-t_1=\dfrac{1}{3}$이다.
>
> ㈏ 시각 $t=0$에서 $t=b$까지 점 P가 움직인 거리는 3이다.

시각 $t=2$에서의 점 P의 위치를 구하고 그 과정을 서술하시오.

09 다항함수 $f(x)$가 모든 실수 x에 대하여

$$\int_0^x f(t)\,dt = f(x) - \frac{2}{3}x^3 + 4x^2 - 2x - 2$$

를 만족시킨다. 양수 k에 대하여 직선 $y=k$가 곡선 $y=f(x)$와 서로 다른 두 점 A, B에서 만날 때, 삼각형 AOB의 넓이를 $g(k)$라 하자. $g(k)$가 최대일 때, k의 값을 구하고 그 과정을 서술하시오. (단, O는 원점이다.)

수학(오후)

▶ 해답 p.214

01 $\angle A > \dfrac{\pi}{2}$ 인 이등변삼각형 ABC에 대하여 $\sin A = \cos B$, $\overline{AC} = 2\sqrt{3}$ 이다. 다음은 삼각형 ABC의 외접원의 넓이를 구하는 과정이다. (1) ~ (4)에 알맞은 수를 구하시오.

삼각형 ABC는 $\angle A > \dfrac{\pi}{2}$ 인 이등변삼각형이므로

$\angle B = \angle C$ ······ ㉠

$\angle A > \dfrac{\pi}{2}$ 이고 $\sin A = \cos B$ 이므로

$\angle A = \dfrac{\pi}{2} + \angle B$ ······ ㉡

삼각형의 세 내각의 크기의 합은 π 이므로

$\angle A + \angle B + \angle C = \pi$ ······ ㉢

㉠, ㉡, ㉢에 의하여

$\angle A = \boxed{\quad (1) \quad}$, $\angle B = \boxed{\quad (2) \quad}$

삼각형 ABC의 외접원의 반지름의 길이를 R 이라 하면 $R = \boxed{\quad (3) \quad}$ 이므로 외접원의 넓이는 $\boxed{\quad (4) \quad}$ 이다.

---

02 좌표평면 위의 두 점 $(0,\ 0)$, $(\sqrt[3]{4},\ \sqrt[6]{2})$ 를 지나는 직선이 직선 $ax + 2y = 1$ 과 서로 수직일 때, a^2의 값을 구하고 그 과정을 서술하시오. (단, a는 상수이다.)

03 등차수열 $\{a_n\}$의 첫째항부터 제 n항까지의 합을 S_n이라 하자. 모든 자연수 n에 대하여 $S_{n+2} - S_n = 10n + 9$가 성립할 때, a_3의 값을 구하고 그 과정을 서술하시오.

04 두 함수 $y = \log_{\frac{1}{2}}(x+1) + 3$, $y = \log_2(x+k)$의 그래프가 제1사분면에서 만나도록 하는 모든 실수 k의 값의 범위가 $\alpha < k < \beta$일 때, $\log_4(\alpha + \beta)$의 값을 구하고 그 과정을 서술하시오.

05 두 다항함수 $f(x)$, $g(x)$가 다음 조건을 만족
시킨다.

> (가) $\displaystyle\lim_{x \to 2} \frac{g(x) - 4}{x - 2} = 2f(2)$
>
> (나) $f(x)g(x) = x^4 - x^2$

$f'(2)$의 값을 구하고 그 과정을 서술하시오.

06 두 자연수 a, b에 대하여 함수 $f(x)$가

$$f(x) = \begin{cases} \dfrac{b^2}{x^2 + bx + 1} & (x \neq 0) \\[2mm] \dfrac{a^2}{4} & (x = 0) \end{cases}$$

이다. 함수 $f(x)$가 모든 실수 x에서 연속일 때,
a와 b의 값을 구하고 그 과정을 서술하시오.

07 실수 $k\,(k>1)$에 대하여 곡선 $y=x^2-x$와 직선 $y=kx$가 만나는 두 점 중 원점이 아닌 점을 P라 하고, 직선 $y=kx$가 직선 $x=2k$와 만나는 점을 Q라 하자. 곡선 $y=x^2-x$와 선분 OP로 둘러싸인 부분의 넓이를 A라 하고, 곡선 $y=x^2-x$와 직선 $x=2k$ 및 선분 PQ로 둘러싸인 부분의 넓이를 B라 하자. $A-B=\dfrac{8}{3}$일 때, k의 값을 구하고 그 과정을 서술하시오. (단, O는 원점이다.)

08 시각 $t=0$일 때 출발하여 수직선 위를 움직이는 점 P의 시각 $t\,(t\geq 0)$에서의 위치 $x(t)$가 두 상수 a, b에 대하여

$$x(t) = \frac{1}{3}t^3 + at^2 + bt$$ 일 때,

시각 t에서의 점 P의 속도 $v(t)$가 다음 조건을 만족시킨다.

> (가) $v(1) = 0$
> (나) $\displaystyle\int_0^3 |v(t)|\,dt = \frac{23}{3}$

시각 $t=6$에서의 점 P의 속도를 구하고 그 과정을 서술하시오. (단, $a \leq -2$)

09 다항함수 $f(x)$가 다음 조건을 만족시킨다.

> (가) 모든 실수 x에 대하여
> $$\int_0^x f(t)\,dt = \frac{1}{6}x^4 + ax^3 + bx^2 \text{이다.}$$
> (나) $|f'(-1)| + |f'(2)| = 0$

함수 $f(x)$에 대하여 함수 $g(x)$를

$$g(x) = \frac{1}{4}\,|\,3f(x) - 24x - 4\,|\,$$라

하자. 곡선 $y=g(x)$와 직선 $y=k$가 서로 다른 네 점에서 만나도록 하는 모든 자연수 k의 개수를 구하고 그 과정을 서술하시오.

수학

▶ 해답 p.217

01 함수 $f(x) = \log_2 (2\sin x + a) + b$는 $0 \le x < \pi$ 구간에서 최댓값 5, 최솟값 4를 갖는다. $f\left(\dfrac{\pi}{6}\right)$ 값을 구하시오. (단, a와 b는 상수이다.)

02 수열 $\{a_n\}$의 첫째항부터 제 n항까지의 합을 S_n이라 하자.

모든 자연수 n에 대하여 $S_n = \dfrac{n}{3n+1}$ 일 때, $\displaystyle\sum_{k=1}^{5} \dfrac{1 - 16a_k^2}{a_k}$ 를 구하시오.

03 함수 $f(x) = 1 + \sin 3x$ 라 할 때, $0 \leq x \leq \pi$ 에서 방정식

$$2f\left(x - \frac{\pi}{2}\right)f\left(x + \frac{\pi}{2}\right) - f(x - \pi) = 0$$

을 만족시키는 해를 모두 구하시오.

04 자연수 n에 대하여 수열

$$A_n = \int_{n-1}^{n} -\frac{1}{n}(x - n + 1)(x - n)\,dx$$

일 때, $\displaystyle\sum_{n=1}^{10} \frac{1}{A_n}$ 값을 구하시오.

05 다항함수 $g(x)$ 에 대하여 곡선 $y = g(x)$ 위의 점 $(1, g(1))$ 에서의 접선의 방정식은 $y = 2x + 2$ 이다.

함수 $f(x) = (x^2 + 1)g(x)$ 일 때, 극한값 $\lim\limits_{x \to 1} \dfrac{1}{x-1}\displaystyle\int_1^x f(t)\,dt$ 의 값과 미분계수 $f'(1)$ 값을 각각 구하시오.

06 두 일차함수 $f(x)$ 와 $g(x)$ 에 대하여

$$\lim_{x \to 1} \frac{f(x)\,g(x)}{(x-1)^2} = -2,$$

$$\lim_{x \to 1} \frac{f(x) + g(x)}{x-1} = 1$$ 일 때,

$\{f(x)g(x)\}'$ 을 구하시오.

2024학년도
한국공학대
논술 기출문제

수학(오전)

수학(오후)

수학(오전)

▶ 해답 p.218

01 다음은 $0 \leq \theta < 2\pi$ 일 때, x에 대한 이차방정식

$$x^2 + (4\sin\theta)x + 2\cos\theta + 2 = 0$$ 이 중근을 갖도록 하는 모든 θ의 값을 구하는 과정이다.

> 이차방정식
> $$x^2 + (4\sin\theta)x + 2\cos\theta + 2 = 0$$의
> 판별식을 D라 하면 이차방정식이 중근을 가져야 하므로
> $$D = (4\sin\theta)^2 - 4(2\cos\theta + 2) = 0$$ 이어야 한다.
> 즉, $2\sin^2\theta - \cos\theta - 1 = 0$ 이고,
> $\sin^2\theta = 1 - \cos^2\theta$ 이므로
> $$2(1 - \cos^2\theta) - \cos\theta - 1 = 0$$ 이다.
> 따라서 $(\boxed{\text{(가)}})(\cos\theta + 1) = 0$ 이므로
> $\cos\theta = \boxed{\text{(나)}}$ 또는 $\cos\theta = -1$
> $0 \leq \theta < 2\pi$ 에서
> $\cos\theta = \boxed{\text{(나)}}$ 일 때, $\theta = \boxed{\text{(다)}}$
> 또는 $\theta = \boxed{\text{(라)}}$ 이고
> $\cos\theta = -1$ 일 때, $\theta = \boxed{\text{(마)}}$ 이다.

위의 과정에서 (가) ~ (마)에 알맞은 식 또는 값을 구하시오.

02 두 곡선 $y = -3^{x-2} + a$, $y = 2^x$ 이 직선 $y = 2$ 와 만나는 점을 각각 A, B라 하자. $\overline{AB} = 2$ 일 때, 상수 a의 값을 구하고 그 과정을 서술하시오. (단, $a > 3$)

03 모든 항이 양수인 등비수열 $\{a_n\}$이 모든 자연수 n에 대하여 $\log_3 a_{n+2} - \log_3 a_n = 2$를 만족시킨다. $a_2 \times a_4 \times a_6 = 3^{15}$일 때, $a_k = 3^{46}$인 자연수 k의 값을 구하고 그 과정을 서술하시오.

04 이차함수 $f(x)$가 다음 조건을 만족시킬 때, $f(1)$의 값을 구하고 그 과정을 서술하시오.

$$(\text{가}) \; \lim_{x \to \infty} \frac{\{f(x)\}^2}{2x^2 f(x) + 3f(x^2)} = 2$$

$$(\text{나}) \; \lim_{x \to 0} \frac{f(x)}{x} = 3$$

05 실수 $a\,(a > 2)$에 대하여 함수

$$f(x) = -2x^3 + 3(a+2)x^2$$
$$-12ax - \frac{3}{2}a^2 + 18a$$

의 극댓값을 $g(a)$라 할 때, $\displaystyle\lim_{a \to 2+}\frac{g'(a)}{a-2}$의 값을 구하고 그 과정을 서술하시오.

06 수직선 위를 움직이는 점 P의 시각 $t\,(t \geq 0)$에서의 속도 $v(t)$와 가속도 $a(t)$가 다음 조건을 만족시킨다.

> ㉮ $0 \leq t \leq 1$일 때, $v(t) = t^3 - t$이다.
> ㉯ $t \geq 1$일 때, $a(t) = 2t + 1$이다.

시각 $t = 0$에서 $t = 2$까지 점 P가 움직인 거리를 구하고 그 과정을 서술하시오.

07 함수 $f(x) = x^3 - x^2 + 2x - 1$ 의 역함수를 $g(x)$라 할 때, $\displaystyle\int_{-1}^{1} g(x)\,dx$의 값을 구하고 그 과정을 서술하시오.

08 이차함수 $f(x) = ax^2 + bx + c$ 가 다음 조건을 만족시킨다.

> ㈎ 모든 실수 x에 대하여
> $$ax^4 + bx^2 + c = \int_{0}^{x} (x^2 + 2t)f'(t)\,dt$$
> 이다.
> ㈏ $(a+b)^2 = 4$

$f(1) > 0$ 일 때, $f'(1)$ 의 값을 구하고 그 과정을 서술하시오. (단, a, b, c는 상수이다.)

09 $a > 0$인 실수 a에 대하여 함수 $f(x)$를

$$f(x) = \begin{cases} x^2 + ax & (x < 0) \\ -x^2 + ax & (x \geq 0) \end{cases}$$

이라 하자. $\displaystyle\int_{-a}^{a} |f'(x)|\, dx = 1$일 때,

$\displaystyle\lim_{h \to 0} \frac{f(-a + 2h) - f(a - h)}{h}$ 의 값을

구하고 그 과정을 서술하시오.

수학(오후)

▶ 해답 p.220

01 다음은 $0 \leq \theta < 2\pi$ 일 때,

x에 대한 이차방정식

$$2x^2 + (4\cos\theta)x + 3 - 3\sin\theta = 0$$

이 중근을 갖도록 하는 모든 θ의 값을 구하는

과정이다.

이차방정식

$2x^2 + (4\cos\theta)x + 3 - 3\sin\theta = 0$의 판

별식을 D라 하면

이차방정식이 중근을 가져야 하므로

$D = (4\cos\theta)^2 - 8(3 - 3\sin\theta) = 0$이어

야 한다.

즉, $2\cos^2\theta + 3\sin\theta - 3 = 0$이고,

$\cos^2\theta = 1 - \sin^2\theta$이므로

$2(1 - \sin^2\theta) + 3\sin\theta - 3 = 0$이다.

따라서 $(\boxed{\text{(가)}})(\sin\theta - 1) = 0$이므로

$\sin\theta = \boxed{\text{(나)}}$ 또는 $\sin\theta = 1$

$0 \leq \theta < 2\pi$ 에서

$\sin\theta = \boxed{\text{(나)}}$ 일 때, $\theta = \boxed{\text{(다)}}$

또는 $\theta = \boxed{\text{(라)}}$ 이고

$\sin\theta = 1$일 때, $\theta = \boxed{\text{(마)}}$ 이다.

위의 과정에서 (가) ~ (마)에 알맞은 식 또는 값을

구하시오.

02 두 곡선 $y = \log_3(-x)$,

$y = \log_{\frac{1}{3}} x + a$가 직선 $y = 2$와

만나는 점을 각각 A, B라 하자.

$\overline{AB} = 18$ 일 때, 상수 a의 값을 구하고

그 과정을 서술하시오.

03 모든 항이 양수인 등비수열 $\{a_n\}$이 모든 자연수 n에 대하여 $2^{a_{n+2}} = 16^{a_n}$을 만족시킨다.

수열 $\{a_n\}$의 첫째항부터 제 n항까지의 합을 S_n이라 하자.

$S_8 - S_4 = 160$일 때, a_5의 값을 구하고 그 과정을 서술하시오.

04 서로 다른 두 상수 a, b에 대하여

함수 $f(x) = x^3 - \dfrac{3}{2}x^2 - 3x + 4$가

$$\lim_{h \to 0} \frac{f(a + 3h) - f(a)}{h} = \lim_{h \to 0} \frac{f(b) - f(b - 3h)}{h} = 9$$

를 만족시킬 때, 곡선 $y = f(x)$ 위의 점 $(a + b, \ f(a + b))$에서의 접선이 방정식을 구하고 그 과정을 서술하시오.

05 실수 $a\,(a > 1)$에 대하여 함수

$$f(x) = x^3 - \frac{3}{2}(a+1)x^2 + 3ax - \frac{9}{4}a^2 + 3a$$

의 극솟값을 $g(a)$라 할 때, $\displaystyle\lim_{a \to 1+}\frac{g'(a)}{a-1}$ 의 값을 구하고 그 과정을 서술하시오.

06 두 점 P, Q는 시각 $t = 0$일 때 동시에 원점을 출발하여 수직선 위를 움직인다. 두 점 P, Q의 시각 $t\,(t \geq 0)$에서의 속도가 각각 $v_1(t) = 3t^2 - 11t + 8$, $v_2(t) = -3t^2 + 5t$ 이다. 점 P가 출발한 후 점 Q와 만날 때까지 점 P가 움직인 거리를 구하고 그 과정을 서술하시오.

07 함수 $f(x) = x^2 + 2 \ (x \geq 0)$의 역함수를 $g(x)$라 할 때, 곡선 $y = g(x)$와 직선 $y = \dfrac{1}{3}(x - 2)$로 둘러싸인 부분의 넓이를 구하고 그 과정을 서술하시오.

08 다항함수 $f(x)$가 다음 조건을 만족시킨다.

> ㈎ 함수 $f(x)$의 한 부정적분을 $F(x)$라 할 때, 모든 실수 x에 대하여
> $$\int_0^x t f'(t)\, dt = 2F(x) + kx \text{이다.}$$
> (단, k는 상수이다.)
>
> ㈏ 함수 $f(x)$의 최솟값은 -3이다.

$f(1) \geq 0$ 일 때, $\displaystyle\int_0^1 f(x)\, dx$의 최솟값을 구하고 그 과정을 서술하시오.

09 $a>1$인 상수 a에 대하여 다항함수 $f(x)$가 다음 조건을 만족시킬 때, $f'(a)$의 값을 구하고 그 과정을 서술하시오.

(가) $\displaystyle\lim_{x\to\infty}\frac{f(x)-x^3}{x^2}=-a$

(나) $\displaystyle\lim_{x\to 0}\frac{f(x)-a}{x}=-1$

(다) $\displaystyle\int_{-1}^{1}f(x)\,dx=\int_{1}^{a}|f(x)|\,dx$

2024학년도
한국공학대
논술 모의문제

수학

▶ 해답 p.223

01 다음은 두 실수 x, y에 대하여 $2^x = 5^{3y} = 10$ 일 때, $\log_3\left(\dfrac{3}{x} + \dfrac{1}{y}\right)$ 의 값을 구하는 과정을 서술한 것이다. (개) ~ (매)에 알맞은 값을 구하시오.

$2^x = 10$ 에서 $10^{\frac{3}{x}} = \boxed{\text{(개)}}$ 이고,

$5^{3y} = 10$ 에서 $10^{\frac{1}{y}} = \boxed{\text{(내)}}$ 이다.

$10^{\frac{3}{x} + \frac{1}{y}} = \boxed{\text{(다)}}$ 이므로

$\dfrac{3}{x} + \dfrac{1}{y} = \boxed{\text{(라)}}$

따라서 $\log_3\left(\dfrac{3}{x} + \dfrac{1}{y}\right) = \boxed{\text{(매)}}$ 이다.

02 지수함수 $f(x) = a^x$ $(a > 0,\ a \neq 1)$이 $2f(2) = 7a - 3$ 을 만족시킨다. 어떤 양수 b에 대하여 $f(b) > 1$일 때, $f(2)$의 값을 구하는 과정을 서술하시오. (단, a는 상수이다.)

03 $0 \leq x < 2\pi$ 에서 함수 $y = -2\cos^2 x + 2\sin x + 1$의 최댓값과 최솟값을 구하는 과정을 서술하시오.

04 모든 항이 양수인 등비수열 $\{a_n\}$에 대하여 $a_1 = \dfrac{1}{3}$, $a_2 + a_3 = 2$ 일 때, 부등식 $a_n > 40$ 을 만족시키는 자연수 n의 최솟값을 구하는 과정을 서술하시오.

05 다항함수 $f(x)$가 모든 실수 x에 대하여

$$\lim_{h \to 0}\frac{f(h)}{h} \times \lim_{h \to 0}\frac{f(x+2h)-f(x)}{h} = 2x^2+18$$

를 만족시킨다. 함수 $y=f(x)$의 그래프 위의 점 $(0,\ 0)$에서의 접선의 기울기가 양수일 때, 함수 $f(x)$를 구하는 과정을 서술하시오.

06 시각 $t=0$일 때 동시에 원점을 출발하여 수직선 위를 움직이는 두 점 P, Q의 시각 $t(t \geq 0)$에서의 속도가 각각 $v_1(t) = 3t^2 - 6t$, $v_2(t) = 4t$이고, 출발한 후 두 점 P, Q가 시각 $t=a$에서 만난다. 점 P가 시각 $t=0$에서 $t=a$까지 움직인 거리를 s라 할 때, s를 구하는 과정을 서술하시오. (단, $a>0$)

07 함수 $f(x)$가 다음과 같다. 물음에 답하시오.

$$f(x) = \begin{cases} -2x - 5 & (x < a) \\ bx^2 - 4 & (x \geq a) \end{cases}$$

(단, a, b는 상수이다.)

함수 $f(x)$가 실수 전체의 집합에서 미분가능할 때, 상수 a와 b의 값과 함수 $f(x)$를 구하는 과정을 서술하시오.

수학(오전)

▶ 해답 p.225

[01~04]
함수 $f(x)=3\sin 2x-1$에 대하여 다음 물음에 답하시오.

01 $0 \leq x \leq \pi$일 때, 방정식 $f(x)=2$를 푸시오.

02 $0 \leq x \leq \pi$일 때, 함수 $g(x) = 2^{1-x} + 3$ 에 대하여 $y = (g \circ f)(x)$의 최댓값과 최솟값을 구하시오.

03 $0 \leq x \leq \pi$일 때, 함수 $y=f(x)$의 그래프가 직선 $y=-3$과 만나는 서로 다른 두 점의 x좌표를 각각 a, b라 하자. $a+b$의 값을 구하시오.

04 모든 실수 x에 대하여 부등식

$$f(x) \geq k + \sin 2x$$
$$- \sin^2\left(2x - \frac{\pi}{2}\right)$$

가 항상 성립하도록 하는 실수 k의 값의 범위를 구하시오.

05 수열 $\{a_n\}$은 모든 자연수 n에 대하여 $(a_{n+1})^2 = a_n a_{n+2}$ 를 만족시킨다. $a_1 = 1$, $a_2 = 2$일 때, a_5의 값을 구하시오.

06 수열 $\{b_n\}$은 모든 자연수 n에 대하여 $2b_{n+1} = b_n + b_{n+2}$ 를 만족시킨다. $b_1 = 1$, $b_2 = 3$일 때, $\sum_{n=1}^{6} (1 + b_n)^2$의 값을 구하시오.

07 수열 $\{C_n\}$은 모든 자연수 n에 대하여

$$c_{n+2} = \begin{cases} \dfrac{(c_{n+1})^2}{c_n} & (c_n < 5) \\ 2c_{n+1} - c_n & (c_n \geq 5) \end{cases}$$

를 만족시킨다. $c_1 = 6$, $c_2 = 4$일 때, c_8의 값을 구하시오.

08 제4항이 p이고 제7항이 q인 등차수열 $\{d_n\}$에 대하여 함수

$$f(x) = \frac{1}{3}x^3 - \frac{1}{2}x^2 - 20x + 3$$ 이

$x = p$에서 극소이고 $x = q$에서 극대일 때, 일반항 d_n을 구하시오.

[09~12]
함수 $f(x)=x^3+3x^2-9x+2$에 대하여 다음 물음에 답하시오.

09 함수 $f(x)$의 극솟값을 구하시오.

10 다항함수 $g(x)$가 모든 실수 x에 대하여
$$\frac{d}{dx}\int_1^x g(t)\,dt = (x^4 - x^2 + 1)f(x)$$
를 만족시킬 때, $g'(1)$의 값을 구하시오.

11 함수 $p(x) = f(x) + mx^2 + 10x - 2$ 의 역함수가 존재하도록 하는 정수 m의 값을 모두 구하시오.

12 함수 $h(x) = f(x) - 4x^2 + 10x - 2$ 의 역함수를 $k(x)$라고 할 때, 두 곡선 $y = h(x)$와 $y = k(x)$로 둘러싸인 도형의 넓이를 구하시오.

수학(오후)

▶ 해답 p.226

01 함수 $y = f(x)$의 역함수를 $y = g(x)$라 하자. $f(x) = \log_2 x$이고 $f(3) = a$, $f(5) = b$일 때, $g(3a - 2b)$의 값을 구하시오.

02 정의역이 $\{x \mid 1 \leq x \leq 4\}$일 때, 함수 $y = \left(\dfrac{1}{2}\right)^{x^2 - 4x + 6}$의 최댓값과 최솟값을 구하시오.

03 함수 $y = a^{x-m} (a > 1)$의 그래프와 그 역함수의 그래프가 두 점에서 만나고, 두 교점의 x좌표가 각각 1과 3일 때, 실수 a와 m의 값을 구하시오.

04 방정식 $x^3 - 3x^2 + (1 + \log_2 a) = 0$이 서로 다른 세 실근을 갖도록 하는 양수 a의 값의 범위를 구하시오.

[05~08]

함수 $f(x) = \dfrac{1}{3}x^3 + x^2 - 3x + \dfrac{2}{3}$ 에

대하여 다음 물음에 답하시오.

05 함수 $f(x)$의 극솟값을 구하시오.

06 미분가능한 함수 $y = g(x)$에 대하여 함수 $h(x) = f(x)g(x)$라 하자.

함수 $y = g(x)$의 그래프 위의

점 $(1,\ g(1))$에서의 접선의 기울기가 3일 때,

$h'(1)$의 값을 구하시오.

07 부등식 $f(x) \geq -3x^2 + 17x + a + \dfrac{1}{3}$ 이 $x > 0$ 인 모든 실수에 대하여 항상 성립하도록 하는 실수 a의 최댓값을 구하시오.

08 닫힌구간 $[k,\ k+2]$ 에서 함수 $f(x)$의 최솟값이 -1이 되도록 하는 정수 k의 값을 모두 구하시오.

[09~12]

$x \geq 0$에서 정의된 두 함수 $f(x)$, $g(x)$에 대하여 함수 $f(x)$가 조건

> ㈎ $f(x) = 1 - (x-2)^2 \ (1 \leq x \leq 3)$
> ㈏ $f(x+2) = \sqrt{3}\,f(x)$

를 만족시키고 함수 $g(x)$가 조건

> ㈐ $g(x) = \begin{cases} (x-1)^2 & (1 \leq x < 2) \\ (x-3)^2 & (2 \leq x \leq 3) \end{cases}$
> ㈑ $g(x+2) = \sqrt{3}\,g(x)$

를 만족시킨다. 다음 물음에 답하시오.

09 $f(0)$과 $g(0)$의 값을 각각 구하시오.

10 곡선 $y = f(x)$ 위의 세 점 $A(5, f(5))$, $B(6, f(6))$, $C(7, f(7))$로 이루어진 삼각형 ABC에서 $\sin A$의 값을 구하시오.

11 $\displaystyle\sum_{n=1}^{13} f(n)$ 의 값을 구하시오.

12 닫힌구간 $[1,\ 5]$ 에서 두 곡선 $y = f(x)$ 와 $y = g(x)$ 로 둘러싸인 도형의 넓이를 구하시오.

2023학년도
한국공학대
논술 모의문제

수학

▶ 해답 p.228

[01~04]

수열 $\{a_n\}$의 첫째항부터 제 n항까지의 합이

$S_n = \dfrac{3}{2}(n + n^2)$ 이고 수열 $\{c_n\}$의 일반

$c_n = \left(\dfrac{a_{n+1}}{3}\right)^2 - \left(\dfrac{a_n}{3}\right)^2 - 1$ 일 때, 다음 물음에

답하시오. (n은 자연수)

01 수열 $\{a_n\}$의 일반항을 구하시오.

02 수열 $\{c_n\}$에 대하여 $\displaystyle\sum_{n=1}^{10} c_n$ 을 구하시오.

03 함수 $f(x) = \sum\limits_{n=1}^{7} \dfrac{1}{7}(x - a_n)^2$ 의 최솟값을 구하시오.

04 좌표평면 위의 직선 $x + 3y = (a_n)^2$ 와 직선 $x - \dfrac{1}{n}y = 1$ 이 만나는 점을 A_n, 두 직선이 y축과 만나는 점을 각각 B_n과 C_n 이라 하자.

$\triangle A_n B_n C_n$ 의 넓이를 M_n 이라 할 때, $\sum\limits_{n=1}^{5} \dfrac{M_n}{3}$ 을 구하시오.

[05~08]

실수 전체에서 미분 가능한 함수 $f(x)$에 대하여 도함수 $f'(x) = \begin{cases} 4 & (x \leq 1) \\ 6 - 2x & (x \geq 1) \end{cases}$ 이고, $f(2) = 0$이다.

05 $f(1)$의 값을 구하시오.

06 $f(x)$의 최댓값을 구하시오.

07 극한값 $\displaystyle\lim_{x \to 3}\dfrac{3f(x) - xf(3)}{x^2 - 9}$ 의 값을 구하라.

08 다음 정적분 값을 구하라.

$$\int_0^3 f(x) + |f(x)|\,dx$$

[09~12]

3차 함수

$$f(x) = 3x^3 + 6\sin\theta\cos\theta\, x^2 + \sin^2\theta\, x + \cos\theta$$

에 대하여 다음 물음에 답하시오.

09 $\theta = \dfrac{\pi}{2}$ 일 때, 곡선 $y = f(x)$ 가 x축과 만나는 점의 x좌표를 구하시오.

10 $\theta = \pi$ 일 때, 곡선 $y = f(x)$ 에 대한 $x = 1$ 에서의 접선을 구하시오.

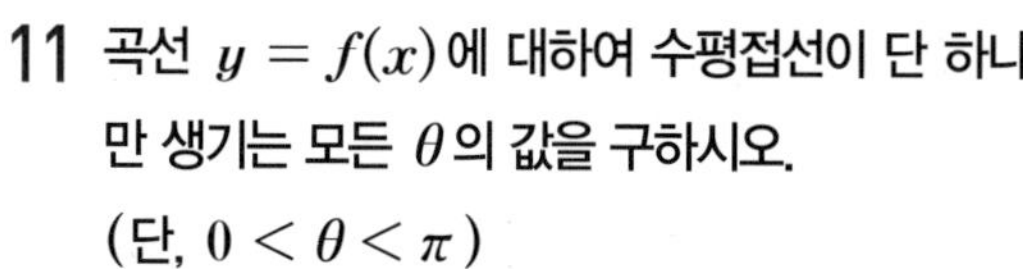

11 곡선 $y = f(x)$에 대하여 수평접선이 단 하나만 생기는 모든 θ의 값을 구하시오.

(단, $0 < \theta < \pi$)

12 $\theta = \dfrac{\pi}{3}$ 일 때, 곡선 $y = f(x)$와 이 곡선에 대한 $x = 0$ 에서의 접선으로 둘러싸인 영역의 넓이를 구하시오.

2022학년도
한국공학대
논술 기출문제

수학(오전)

수학(오후)

수학(오전)

▶ 해답 p.230

01 함수 $f(x) = \log_3(x-1) + 2$ 에 대하여 $f(x)$ 의 역함수를 $g(x)$ 라 할 때, 다음 물음에 답하시오.

(1) $g(3)$ 의 값을 구하는 과정을 서술하시오.

(2) 함수 $y = g(x)$ 의 그래프의 점근선을 직선 $y = p$ 라 하자.

함수 $y = \log_2 x - p$ 의 그래프와 직선 $y = p$ 가 만나는 점의 x 좌표를 k 라 할 때, k 의 값을 구하는 과정을 서술하시오. (단, p 는 상수이다.)

02 자연수 n 에 대하여

[문제1]의 함수 $y = g(x)$ 의 그래프와 함수 $y = g(-x+n)$ 의 그래프가 만나는 점의 좌표를 (a_n, b_n) 이라 할 때, 다음 물음에 답하시오.

(1) a_n 과 b_n 을 n 에 관한 식으로 나타내는 과정을 서술하시오.

(2) 두 점 $P(a_4, b_4)$, $Q(a_6, b_6)$ 에 대하여 삼각형 OPQ 에서 $\cos(\angle POQ)$ 의 값을 구하는 과정을 서술하시오. (단, O 는 원점이다.)

03 [문제1]의 (2)에서 구한 k에 대하여

직선 $y = \dfrac{k}{4}$ 와

함수 $y = \log_a x \, (a > 1, \, a \neq 4)$ 의 그래프가 만나는 점을 A, 직선 $y = \dfrac{k}{4}$ 와 함수 $y = \log_4 x$ 의 그래프가 만나는 점을 B라 하자. 점 $C(1, 1)$에 대하여 $\overline{AB} = 2\overline{AC}$ 를 만족시키는 a의 값을 구하는 과정을 서술하시오.

04 함수 $f(x) = x^3 + ax^2 + bx + 2$ 가 $x = 2$ 에서 극솟값 -2를 가질 때, 다음 물음에 답하시오.

(1) 함수 $f(x)$를 구하는 과정을 서술하시오.

(2) (1)에서 구한 함수 $f(x)$에 대하여 곡선 $y = f(x)$ 위의 점 $P(3, f(3))$을 지나고 점 P에서의 접선과 수직인 직선의 방정식을 구하는 과정을 서술하시오.

PART 1 수학

PART 2 기출문제

PART 3 해답

05 [문제 4]의 ⑴에서 구한 함수 $f(x)$에 대하여 곡선 $y = f(x)$와 직선 $y = x - 1$로 둘러싸인 부분의 넓이를 구하는 과정을 서술하시오.

06 [문제4]의 ⑴에서 구한 함수 $f(x)$에 대하여 함수 $g(x)$를
$$g(x) = f(x) + (3 - c)x^2 + cx - 2$$
라 하자.

함수 $g(x)$가 다음 조건을 만족시킬 때, 실수 c의 최댓값을 구하는 과정을 서술하시오.

> 임의의 서로 다른 두 실수 x_1, x_2에 대하여 $(x_1 - x_2)\{g(x_1) - g(x_2)\} > 0$이다.

07 최고차항의 계수가 1인 삼차함수 $f(x)$ 가 다음 조건을 만족시킬 때, 함수 $f(x)$ 와 양수 p 의 값을 구하는 과정을 서술하시오.

> ㈎ $f'(-1) = 0$, $f'(2) = 0$
>
> ㈏ $\displaystyle\int_0^2 f(x)\,dx = -2$
>
> ㈐ $\displaystyle\lim_{h \to 0} \frac{f(p+h) - f(p-2h)}{h} = -18$

08 [문제7]에서 구한 함수 $f(x)$ 와 p 에 대하여 다항함수 $g(x)$ 가 다음 조건을 만족시킬 때, 다음 물음에 답하시오.

> ㈎ $g(p) = -p$
>
> ㈏ 모든 실수 x에 대하여
> $$xg(x) = 2f(x) + ax^2 + 12x - 13 + \int_1^x g(t)\,dt$$
> 이다. (단, a는 상수이다.)

⑴ a의 값과 함수 $g(x)$를 구하는 과정을 서술하시오.

⑵ 함수 $g(x)$에서 x의 값이 1에서 3까지 변할 때의 평균변화율이 $kg'(1)$의 값과 같게 되도록 하는 실수 k의 값을 구하는 과정을 서술하시오.

09 [문제 8]의 ⑴에서 구한 함수 $g(x)$와 양의 실수 t에 대하여 함수 $h(x)$를

$$h(x) = \frac{1}{3}\{g(x) + 4\} - 2tx \text{ 라 하자.}$$

닫힌구간 $[0, 1]$에서 함수 $y = |h(x)|$의 최댓값을 $M(t)$라 할 때, 함수 $M(t)$와 $M'\left(\dfrac{2}{3}\right)$의 값을 구하는 과정을 서술하시오.

수학(오후)

▶ 해답 p.232

01 함수 $f(x) = 2^{x+1} - 4$에 대하여 $f(x)$의 역함수를 $g(x)$라 할 때, 다음 물음에 답하시오.

(1) $g(4)$의 값을 구하는 과정을 서술하시오.

(2) 함수 $y = g(x)$의 그래프를 x축의 방향으로 a만큼 평행이동한 그래프가 함수 $y = \log_b x\,(b > 0,\ b \neq 1)$의 그래프와 점 $(2, 1)$에서 만날 때, 두 상수 $a,\,b$의 값을 구하는 과정을 서술하시오.

02 [문제 1]의 (2)에서 구한 $a,\,b$에 대하여 두 함수
$$y = a^{x+1},\quad y = -\left(\frac{1}{b}\right)^x + 3$$
의 그래프가 만나는 서로 다른 두 점의 y좌표의 합을 k라 할 때, k의 값을 구하는 과정을 서술하시오.

03 [문제 2]에서 구한 k에 대하여 $\overline{AB} = \overline{AC} = k$인 삼각형 ABC가 있다. 삼각형 ABC에서 선분 AB를 $(k+1) : 1$로 외분하는 점을 D라 하자. $\overline{CD} = 2\sqrt{3}$일 때, 다음 물음에 답하시오.

(1) 삼각형 ADC에서 $\cos(\angle DAC)$의 값을 구하는 과정을 서술하시오.

(2) 삼각형 ABC에서 선분 BC의 길이를 구하는 과정을 서술하시오.

04 최고차항의 계수가 1인 삼차함수 $f(x)$가 다음 조건을 만족시킬 때, 함수 $f(x)$를 구하는 과정을 서술하시오.

> (가) $\displaystyle\lim_{x \to 0} \frac{f(x)}{x} = -4$
> (나) $f'(2) = 0$

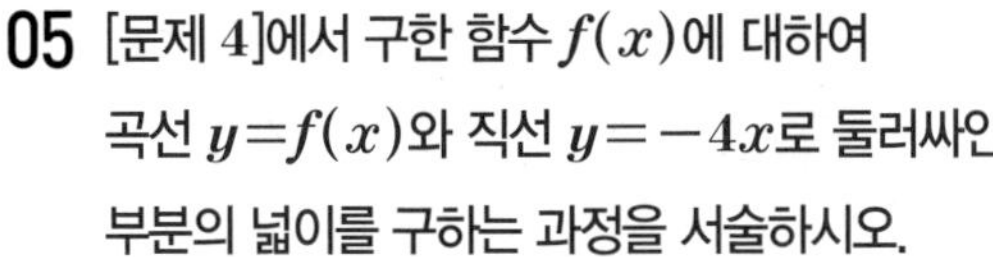

05 [문제 4]에서 구한 함수 $f(x)$에 대하여 곡선 $y=f(x)$와 직선 $y=-4x$로 둘러싸인 부분의 넓이를 구하는 과정을 서술하시오.

06 [문제4]에서 구한 함수 $f(x)$에 대하여 함수 $g(x)$를
$$g(x)=f(x)+(k+2)x^2+(k+10)x$$
라 하자.
함수 $g(x)$가 다음 조건을 만족시킬 때, 실수 k의 최댓값을 구하는 과정을 서술하시오.

> 임의의 두 실수 x_1, x_2에 대하여 $x_1 \neq x_2$이면 $g(x_1) \neq g(x_2)$이다.

07 삼차함수 $f(x)$가 다음 조건을 만족시킬 때, 함수 $f(x)$를 구하는 과정을 서술하시오.

> (가) 함수 $f(x)$는 $x=0$과 $x=2$에서 극한값을 갖는다.
>
> (나) $\displaystyle\lim_{h \to 0} \frac{f(1+3h)-f(1)}{h} = -9$
>
> (다) $\displaystyle\int_{-1}^{1} f(x)\,dx = 4$

08 [문제 7]에서 구한 함수 $f(x)$에 대하여 함수

$$g(x) = \begin{cases} 9x+b & (x<a) \\ f(x)-3 & (x \geq a) \end{cases} 가$$

실수 전체의 집합에서 연속이다.

함수 $g(x)$의 극댓값과 극솟값의 차가 2일 때,

$g(x)$를 구하는 과정을 서술하시오.

(단, a, b는 상수이고, $-1 < a < 2$ 이다.)

09 [문제 8]에서 구한 함수 $g(x)$와 $1 < t < 3$인 실수 t에 대하여 그림과 같이 좌표평면 위의 함수 $y = |g(x)|$의 그래프 위의 점 $Q(t, |g(t)|)$에서 x축, y축에 내린 수선의 발을 각각 P, R라 하자.

곡선 $y = kx^2 \ (k > 0)$이 직사각형 $OPQR$의 넓이를 이등분할 때, 곡선 $y = kx^2$은 선분 RQ 위의 점 S에서 만난다.

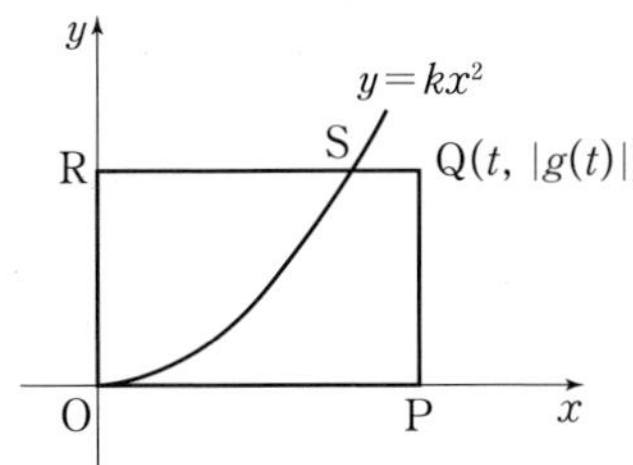

k의 값을 $W(t)$라 할 때, $W(t)$를 구하는 과정을 서술하시오. (단, O는 원점이다.)

2022학년도
한국공학대
논술 모의문제

수학(1차)

수학(2차)

수학(1차)

▶ 해답 p.235

01 좌표평면에서 곡선 $y = \log_a x \,(a > 1)$ 위의 서로 다른 두 점을 A, B라 하자. 직선 AB는 직선 $y = x$와 평행하고 $\overline{AB} = 2\sqrt{2}$ 이다. 점 A의 x좌표가 $\dfrac{2}{3}$일 때, a의 값을 구하시오.

(단, 점 B의 x좌표는 점 A의 x좌표보다 크다.)

02 [문제1]에서 구한 a에 대하여 함수

$$f(x) = a^{x+k} \ (k \leq -1)$$

의 역함수를 $g(x)$라 하고, 두 곡선 $y = f(x)$와 $y = g(x)$가 만나는 서로 다른 두 점을 C, D라 하자. $\overline{CD} = \sqrt{2}$ 이고 두 점 C, D의 x좌표의 합이 3일 때, $f(3)$의 값을 구하시오. (단, 점 D의 x좌표는 점 C의 x좌표보다 크다.)

03 [문제2]에서 구한 함수 $f(x)$에 대하여 $f(x)$의 역함수를 $g(x)$라 하자. 곡선 $y = g(x)$와 직선 $y = 1$이 만나는 점을 P, 곡선 $y = g(x)$와 직선 $x = 4$가 만나는 점을 Q, 직선 $y = x$와 직선 $x = 4$가 만나는 점을 R라 할 때, $\cos(\angle PQR)$의 값을 구하시오.

[04~06]

곡선 $y = x^2$ 위의 점 $P(t,\ t^2)\,(t > 0)$에서의 접선을 L_1, 점 P를 지나고 이 점에서 직선 L_1에 수직인 직선을 L_2, 직선 L_2가 y축과 만나는 점을 Q라 하자.

04 곡선 $y = x^2$, 직선 L_1 및 x축으로 둘러싸인 부분의 넓이를 $f(t)$라 할 때, $f(t)$를 구하시오.

05 [문제4]에서의 삼각형 OPQ의 넓이를 $g(t)$라 하자. [문제4]에서 구한 $f(t)$와 $g(t)$에 대하여, $\lim\limits_{t \to \infty} \dfrac{f(t)}{g(t)}$ 를 구하시오. (단, O는 원점이다.)

06 [문제4]와 [문제5]에서 구한 함수 $f(t)$와 $g(t)$에 대하여 함수 $h(t)$를 $h(t) = 9f(t) - g(t)$라 하자.

모든 실수 x에 대하여 함수 $F(x)$를

$$F(x) = \int_0^x h(t)\,dt$$ 라 할 때, 함수 $F(x)$의 극값을 모두 구하시오.

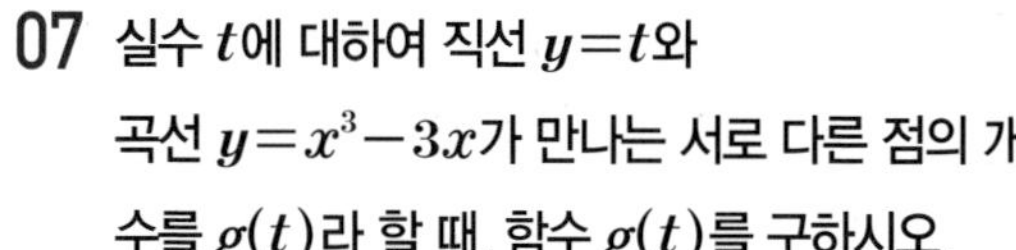

07 실수 t에 대하여 직선 $y=t$와 곡선 $y=x^3-3x$가 만나는 서로 다른 점의 개수를 $g(t)$라 할 때, 함수 $g(t)$를 구하시오.

08 [문제7]에서 구한 함수 $g(x)$와 최고차항의 계수가 1인 이차함수 $h(x)$에 대하여 함수 $g(x)h(x)$가 실수 전체의 집합에서 연속일 때, 함수 $h(x)$와 $h(1)\times h'(1)$의 값을 구하시오.

09 [문제8]에서 구한 함수 $h(x)$에 대하여

함수 $r(x)$를 $r(x)=h(x)(ax+b)$라 하자.

$r'(2)=0$이고 함수 $r(x)$의 극댓값은 $\dfrac{128}{27}$

이다. (단, a, b는 상수이고 $a\neq0$이다.)

⑴ 함수 $f(r)$을 구하시오.

⑵ 곡선 $y=r'(x)$와 x축으로 둘러싸인 부분의 넓이 S를 구하시오.

수학(2차)

▶ 해답 p.237

01 지수함수 $f(x)=a^x\,(a>1)$가
$0 \leq x \leq 3$에서 최댓값 8을 가질 때,
상수 a의 값을 구하시오.

02 [문제1]에서 구한 a에 대하여 직선 $x=a$가
로그함수 $y=\log_b x\,(b>1)$의 그래프와
만나는 점을 A라 하자.
점 $B(0,\,3)$에 대하여 직선 AB의 기울기가
-1일 때, 상수 b의 값을 구하시오.

03 [문제2]에서 구한 b에 대하여 두 곡선 C_1, C_2 를 $C_1 : y = \log_b x$, $C_2 : y = b^x$ 라 하고, 곡선 C_1 위의 점 $(4, \log_b 4)$ 를 P, 직선 $y = x$ 에 대하여 점 P와 대칭이면서 곡선 C_2 위에 있는 점을 Q라 하자. 삼각형 POQ에서 $\angle POQ = \theta$ 라 할 때, 코사인법칙을 이용하여 $\cos\theta$ 의 값을 구하시오. (단, O는 원점이다.)

04 삼차함수 $f(x) = x^3 + ax^2 + bx$ 가 $x = 1$ 에서 극댓값 4를 가질 때, 함수 $f(x)$ 를 구하시오. (단, a, b는 상수이다.)

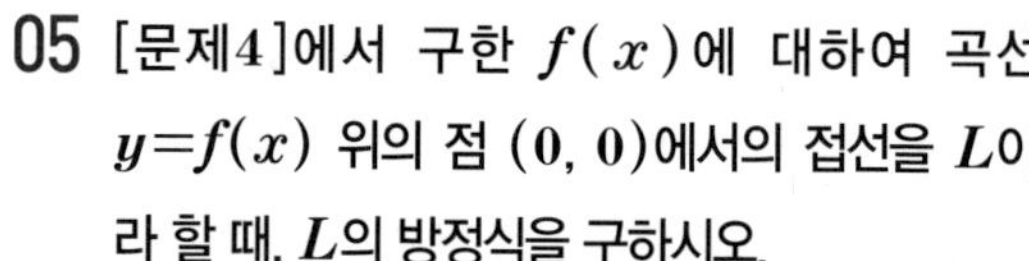

05 [문제4]에서 구한 $f(x)$에 대하여 곡선 $y=f(x)$ 위의 점 $(0,\,0)$에서의 접선을 L이라 할 때, L의 방정식을 구하시오.

06 [문제4]에서 구한 함수 $f(x)$와 [문제5]에서 구한 직선 L에 대하여 곡선 $y=f(x)$와 직선 L로 둘러싸인 부분의 넓이 S를 구하시오.

[07~09]

삼차함수 $f(x) = \dfrac{1}{3}x^3 - \dfrac{a}{2}x^2$ $(a > 0)$에 대하여 다음 물음에 답하시오.

07 함수 $f(x)$의 극댓값과 극솟값의 합이 $-\dfrac{1}{6}$일 때 상수 a와 $f(x)$를 구하시오.

08 [문제7]에서 구한 함수 $f(x)$에 대하여 함수 $g(x)$를 $g(x) = f(x) + bx$라 하자. 함수 $g(x)$가 극값을 갖도록 하는 정수 b의 최댓값을 구하시오.

09 [문제7]에서 구한 함수 $f(x)$에 대하여 다음 조건을 만족시키는 함수 $h(x)$를 구하시오.

> ㈎ 함수 $h(x)$는 실수 전체의 집합에서 미분가능하다.
>
> ㈏ 모든 실수 x에 대하여
> $$\int_1^x h(t)\,dt = 6f(x) + px$$
> 이다. (단, p는 상수이다.)

You go back. You search for what made you
happy when you were smaller.
We are all grown up children, really...
So one should go back and search for what
was loved and found to be real.

돌아 가보라. 당신이 더 어렸을 때
당신을 행복하게 만들었던 것들을 찾아보라.
우리 모두는 다 큰 아이들이다.
그러므로 우리는 돌아가서 자신이 사랑했던 것과
진실이라고 믿었던 것을 찾아봐야 한다.

– 오드리 햅번 –

수학영역

[수학 I]

01 [모범답안]

$$\sqrt[6]{10^{n^2}} \times (64^6)^{\frac{1}{n}} = 10^{\frac{n^2}{6}} \times 2^{6 \times 6 \times \frac{1}{n}}$$

$$= 5^{\frac{n^2}{6}} \times 2^{\frac{n^2}{6}} \times 2^{\frac{36}{n}} = 5^{\frac{n^2}{6}} \times 2^{\frac{n^2}{6} + \frac{36}{n}}$$

$5^{\frac{n^2}{6}} \times 2^{\frac{n^2}{6} + \frac{36}{n}}$ 이 자연수가 되기 위해서는

$\dfrac{n^2}{6}$, $\dfrac{n^2}{6} + \dfrac{36}{n}$ 이 모두 음이 아닌 정수이어야 한다.

$\dfrac{n^2}{6}$ 이 음이 아닌 정수가 되기 위해서는 n^2이 6의 배수이어야

하므로 자연수 n도 6의 배수이다.

$\dfrac{n^2}{6} + \dfrac{36}{n}$ 이 음이 아닌 정수가 되기 위해서는

n이 6의 배수인 동시에 36의 약수이어야 한다.

36의 약수는 1, 2, 3, 4, 6, 9, 12, 18, 36이고,

이 중 6의 배수는 6, 12, 18, 36이므로

구하는 자연수 n의 모든 합은 $6 + 12 + 18 + 36 = 72$

02 [모범답안]

이차방정식 $3x^2 - (\log_6 \sqrt{n^m})x - \log_6 n + 12 = 0$의

한 실근이 2이므로

$$12 - 2\log_6 \sqrt{n^m} - \log_6 n + 12 = 0$$

$$24 - \log_6 (\sqrt{n^m})^2 - \log_6 n = 0$$

$$24 - (\log_6 n^m + \log_6 n) = 0$$

$$24 - \log_6 n^{m+1} = 0$$

$\log_6 n^{m+1} = 24$에서 $n^{m+1} = 6^{24}$

$$(6^1)^{24} = (6^2)^{12} = (6^3)^8 = (6^4)^6 = (6^6)^4 = (6^8)^3$$

$$= (6^{12})^2 = (6^{24})^1$$

$m + 1 \geq 2$이므로 순서쌍 (m, n)은

$(23, 6)$, $(11, 6^2)$, $(7, 6^3)$, $(5, 6^4)$, $(3, 6^6)$, $(2, 6^8)$, $(1, 6^{12})$

이고, 그 합의 최솟값은 순서쌍 $(23, 6)$에서

$23 + 6 = 29$이다.

03 [모범답안]

$y = \log_3(ax + b)$에 $y = 0$을 대입하면

$0 = \log_3(ax + b)$, $ax + b = 1$

$x = \dfrac{1 - b}{a}$이므로 점 A의 좌표는 $\left(\dfrac{1-b}{a}, 0\right)$

$y = \log_3(ax + b)$에 $x = 0$을 대입하면

$y = \log_3 b$이므로 점 B의 좌표는 $(0, \log_3 b)$

함수 $y = f(x)$의 그래프의 점근선의 방정식은

$x = -\dfrac{b}{a}$이므로 점 H의 좌표는 $\left(-\dfrac{b}{a}, 0\right)$

점 A는 선분 OH의 중점이므로

$$\frac{0 + \left(-\dfrac{b}{a}\right)}{2} = \frac{1 - b}{a}$$

$-\dfrac{b}{2} = 1 - b$에서 $b = 2$

$\overline{OA} = \overline{OB}$이므로 $\dfrac{b-1}{a} = \log_3 b$에서 $\dfrac{1}{a} = \log_3 2$

$a = \dfrac{1}{\log_3 2} = \log_2 3$

따라서 $\dfrac{b^a}{3} = \dfrac{2^{\log_2 3}}{3} = \dfrac{3^{\log_2 2}}{3} = 1$

04 [모범답안]

$x = 2$가 부등식 $2^{-x}(32 - 2^{x+a}) + 2^x \leq 0$의 해이므로

$$2^{-2}(32 - 2^{2+a}) + 2^2 \leq 0$$

$8 - 2^a + 4 \leq 0$, $2^a \geq 12 = 2^{\log_2 12}$

밑 2가 1보다 크므로 $a \geq \log_2 12$

이때 실수 a의 최솟값은 $k = \log_2 12$이므로 $2^k = 12$

$2^{-x}(32 - 2^{x+k}) + 2^x = 0$에서

$$2^{-x}(32 - 12 \times 2^x) + 2^x = 0$$

양변에 2^x을 곱하면

$$(2^x)^2 - 12 \times 2^x + 32 = 0$$

$2^x = t (t > 0)$이라 하면

$t^2 - 12t + 32 = 0$, $(t - 4)(t - 8) = 0$

$t = 4$ 또는 $t = 8$

즉, $2^x = 4$에서 $x = 2$, $2^x = 8$에서 $x = 3$

따라서 조건을 만족시키는 모든 실수 x의 합은

$2 + 3 = 5$

05 [모범답안]

함수 $f(x) = \left(\dfrac{1}{2}\right)^{x-2} + a$에서 밑 $\dfrac{1}{2}$이 1보다 작으므로

닫힌구간 $[1, 3]$에서 함수 $f(x)$의

최댓값은 $f(1) = \left(\dfrac{1}{2}\right)^{-1} + a = 2 + a$,

최솟값은 $f(3) = \dfrac{1}{2} + a$이다.

이때 최댓값이 5이므로 $2 + a = 5$에서 $a = 3$

따라서 $m = \dfrac{1}{2} + a = \dfrac{1}{2} + 3 = \dfrac{7}{2}$이고,

$m - a = \dfrac{7}{2} - 3 = \dfrac{1}{2}$

06

[모범답안]

$-n^2 + 9n - 18$의 n제곱근 중에서 음의 실수가 존재하기 위해서는

n이 홀수일 때, $-n^2 + 9n - 18 < 0$

n이 짝수일 때, $-n^2 + 9n - 18 > 0$

이어야 한다.

(i) n이 홀수일 때

$-n^2 + 9n - 18 < 0$에서 $(n-3)(n-6) > 0$

즉, $n < 3$ 또는 $n > 6$

$2 \le n \le 11$이므로 $2 \le n < 3$ 또는 $6 < n \le 11$

이를 만족시키는 홀수는 7, 9, 11이다.

(ii) n이 짝수일 때

$-n^2 + 9n - 18 > 0$에서 $(n-3)(n-6) < 0$

즉, $3 < n < 6$

$2 \le n \le 11$이므로 $3 < n < 6$

이를 만족시키는 짝수는 4이다.

(i), (ii)에 의하여 조건을 만족시키는 모든 n의 값은

4, 7, 9, 11이다.

따라서 모든 n의 최솟값과 최댓값의 곱은

$4 \times 11 = 44$

07

[모범답안]

함수 $y = \log_2 (x - a)$의 그래프의 점근선은

직선 $x = a$이므로 점 A의 좌표는 $\left(a, \log_2 \dfrac{a}{4}\right)$.

점 B의 좌표는 $(a, \log_{\frac{1}{2}} a)$이다.

두 점 A, B의 x좌표가 서로 같으므로

$\overline{AB} = \left|\log_2 \dfrac{a}{4} - \log_{\frac{1}{2}} a\right| = \left|\log_2 \dfrac{a}{4} + \log_2 a\right| = \left|\log_2 \dfrac{a^2}{4}\right|$

$a > 2$에서 $\log_2 \dfrac{a^2}{4} > \log_2 1 = 0$이므로 $\overline{AB} = \log_2 \dfrac{a^2}{4}$

$\overline{AB} = 3$에서 $\log_2 \dfrac{a^2}{4} = 3$, $\dfrac{a^2}{4} = 2^3 = 8$, $a^2 = 32$

따라서 $a = 4\sqrt{2}$

08

[모범답안]

$^{2n+1}\sqrt{a^2+3} + {}^{2n+1}\sqrt{7(1-a)} = 0$에서

$^{2n+1}\sqrt{a^2+3} = -{}^{2n+1}\sqrt{7(1-a)}$ …… ㉠

이때 $2n+1$이 홀수이므로

$-{}^{2n+1}\sqrt{7(1-a)} = {}^{2n+1}\sqrt{-7(1-a)} = {}^{2n+1}\sqrt{7(a-1)}$

㉠에서 $^{2n+1}\sqrt{a^2+3} = {}^{2n+1}\sqrt{7(a-1)}$

그러므로 $a^2+3 = 7(a-1)$,

$a^2 - 7a + 10 = 0$, $(a-2)(a-5) = 0$

$a = 2$ 또는 $a = 5$

따라서 모든 실수 a의 값의 곱은 $2 \times 5 = 10$

09

[모범답안]

진수는 양수이므로

$x + 3k > 0$, $4x - 8 > 0$

따라서

$x > -3k$, $x > 2$

이때 k는 자연수 이므로

$x > 2$

또한 밑이 1보다 크므로

$x + 3k > 4x - 8$

$3x < 8 + 3k$

$x < \dfrac{8}{3} + k$

따라서 x값의 범위는

$2 < x < \dfrac{8}{3} + k$

이때 위의 부등식을 만족시키는 정수 x의 개수가 3개이므로

$5 < \dfrac{8}{3} + k \le 6$

$\dfrac{7}{3} < k \le \dfrac{10}{3}$

$\therefore k = 3$

10

[모범답안]

a는 양수이므로

$\log_2 a(x+5) = \log_2 a + \log_2 (x+5)$

따라서 $y = \log_2 a(x+5)$의 그래프는 $y = \log_2 x$의 그래프를

x축의 방향으로 -5만큼, y축의 방향으로 $\log_2 a$만큼 평행이

동한 것과 같다.

이때 함수 $y = \log_2 a(x+5)$의 그래프가 제2사분면을 지나

지 않으려면 y축과 만나는 점의 y좌표가 0보다 작거나 같아야

하므로, $\log_2 5a \le 0$의 조건을 만족시켜야 한다.

$\log_2 5a \le 0$

$5a \le 1$

$\therefore 0 < a \le \dfrac{1}{5}$

따라서 a의 최댓값은 $\dfrac{1}{5}$

11

[모범답안]

부등식 $2(5^{2x+1} - 26 \times 5^x) + 10 \le 0$에서 $5^x = t \,(t > 0)$로 치환하면

$2(5t^2 - 26t) + 10 \le 0$

$10t^2 - 52t + 10 \le 0$

$5t^2 - 26t + 5 \le 0$

$(5t-1)(t-5) \le 0$

$\therefore \dfrac{1}{5} \le t \le 5$

따라서 $5^{-1} \le 5^x \le 5^1$이므로 $-1 \le x \le 1$

정수 x가 될 수 있는 값은 -1, 0, 1이므로 3개

12 [모범답안]

주어진 식 $n=3200+600\log3k\,(k\geq1)$에서 진수 조건에 의해 $3k>0$, $k>0$

한편,

상품을 5000개 이상 생산하려면 $n\geq5000$이므로

$3200+600\log3k\geq5000$

$600\log3k\geq1800$, $\log3k\geq3$

$\log3k\geq\log10^3$

$3k\geq1000$

따라서 이 상품을 5000개 이상 생산하려면 재료는 최소 334개가 필요하다.

13 [모범답안]

로그의 진수 조건에 의하여

$x^2-x-6>0$, $(x+2)(x-3)>0$

$x<-2$ 또는 $x>3$ …… ㉠

부등식 $\log_2(x^2-x-6)\leq\log_{\sqrt{2}}6$에서

$\log_2(x^2-x-6)\leq2\log_26=\log_236$

이때 밑 2가 1보다 크므로

$x^2-x-6\leq36$, $x^2-x-42\leq0$, $(x+6)(x-7)\leq0$

$-6\leq x\leq7$ …… ㉡

㉠, ㉡에 의하여 주어진 부등식의 해는

$-6\leq x<-2$ 또는 $3<x\leq7$

따라서 모든 정수 x의 개수는

-6, -5, -4, -3, 4, 5, 6, 7로 총 8개이다.

14 [모범답안]

다항식 x^6+x^3+1을 $(x-2)^2$으로 나누었을 때,

몫을 $Q(x)$ 나머지를 $h(x)=ax+b\,(a, b$은 상수)라고 하면

$\therefore x^6+x^3+1=(x-2)^2Q(x)+ax+b$

위 식의 양변에 $x=2$를 대입하면 $2^6+2^3+1=73=2a+b$

$\therefore 2a+b=73$ …… ㉠

한편,

$x^6+x^3+1=(x-2)^2Q(x)+ax+b$ 양변을 x에 대하여 미분하면

$6x^5+3x^2=2(x-2)Q(x)+(x-2)^2Q'(x)+a$

위 식의 양변에 $x=2$를 대입하면

$6\times2^5+3\times2^2=192+12=204=a$

$\therefore a=204$ …… ㉡

㉠과㉡을 연립하면 $a=204$, $b=-335$

$h(x)=204x-335$

$\therefore h(3)=612-335=277$

15 [모범답안]

함수 $g(x)=\log_a(2x-b)$의 그래프가 $(1, 2)$을 지나므로,

$2=\log_a(2-b)$,

$\therefore a^2=2-b$, $b=2-a^2$ …… ㉠

함수 $f(x)$의 그래프가 $y=2$에서 만나므로 이때 x의 좌표는

$2=a^{-x+1}$, $\log_a2=-x+1$

$\therefore x=1-\log_a2$

따라서 점 A의 좌표는 $(1-\log_a2, 2)$

또한 함수 $g(x)$의 그래프가 $y=2$에서 만나므로 이때 x의 좌표는

$2=\log_a(2x-b)$, $a^2=2x-b$, $a^2+b=2x$

$\therefore x=\dfrac{a^2+b}{2}$

따라서 점 B의 좌표는 $\left(\dfrac{a^2+b}{2}, 2\right)$

한편 $\overline{AB}=3$이므로

$\left|(1-\log_a2)-\left(\dfrac{a^2+b}{2}\right)\right|=3$, $2\log_a2+a^2+b=-4$

이때 ㉠을 이용하여 위의 식을 정리하면

$2\log_a2+a^2+b=2\log_a2+a^2+2-a^2=-4$

$2\log_a2=-6$, $\log_a2=-3$

$\therefore a^3=\dfrac{1}{2}$

16 [모범답안]

로그의 진수 조건에 의하여

$x^2-1>0$에서 $x>1$ 또는 $x<-1$

$x+1>0$에서 $x>-1$

그러므로 $x>1$ …… ㉠

$\log_3(x^2-1)<1+\log_3(x+1)$에서

$\log_3(x^2-1)<\log_3\{3(x+1)\}$

밑 3이 1보다 크므로 $x^2-1<3(x+1)$에서

$x^2-3x-4<0$, $(x+1)(x-4)<0$

그러므로 $-1<x<4$ …… ㉡

㉠, ㉡에 의하여 $1<x<4$

따라서 모든 정수 x의 합은 $2+3=5$

17 [모범답안]

$2\times9^x-4\times3^x>-k$에서 $3^x=t$라고 하면

t의 범위는 $t>0$이고

$2\times9^x-4\times3^x=2t^2-4t>-k$

이를 정리하면

$\therefore 2t^2-4t+k=2(t-1)^2-2+k>0$

따라서 부등식 $2(t-1)^2-2+k>0$가 모든 실수 x에 대하여 성립하기 위해서는 $-2+k>0$의 조건을 만족시켜야 한다.

$\therefore k>2$

18 [모범답안]

$x^2 - 2kx + \log_2 9 = 0$의 두 근이 α, $\log_2 3$이므로 근과 계수의 관계를 이용하면

$\alpha + \log_2 3 = 2k$, $\alpha \log_2 3 = \log_2 9$

$\alpha \log_2 3 = \log_2 9$에서 양변에 $\dfrac{1}{\log_2 3}$을 곱하면,

$\alpha = \dfrac{\log_2 9}{\log_2 3} = \log_3 9$

$\therefore \alpha = 2$

따라서 $\alpha + \log_2 3 = 2 + \log_2 3 = 2k$이므로

$\therefore k = 1 + \dfrac{\log_3 2}{2}$

19 [모범답안]

주어진 식 $k^2 \times \log_k(7k+1) = \dfrac{1}{3k\log_6 k} \times 6k^3$를 변형하면

$k^2 \times \log_k(7k+1) = \dfrac{\log_k 6}{k} \times 2k^3$,

$k^2 \times \log_k(7k+1) = 2\log_k 6 \times k^2$

따라서 $7k+1 = 6^2$이므로, $7k = 35$

$\therefore k = 5$

20 [모범답안]

$n^{\log_5 m}$을 변형하면 $n^{\log_5 m} = m^{\log_5 n}$이므로

$m^{\log_5 n} = m^{\log_5 5^b} = m^b = 49$

한편, $a = \log_7 m$의 양변에 b를 곱하면

$ab = b\log_7 m = \log_7 m^b = \log_7 49 = \log_7 7^2$

따라서 $ab = 2$

Ⅱ. 삼각함수

01 [모범답안]

$S_1 = \dfrac{1}{2} \times (4\sqrt{3})^2 \times \theta = 24\theta$

$S_2 = \dfrac{1}{2} \times r^2 \times 3\theta = \dfrac{3}{2}r^2\theta$

$S_1 = \dfrac{16}{9}S_2$에서

$24\theta = \dfrac{16}{9} \times \dfrac{3}{2}r^2\theta$, $r^2 = 9$

$r > 0$이므로 $r = 3$

02 [모범답안]

$\tan\theta = -\dfrac{1}{2}$에서 $\dfrac{\sin\theta}{\cos\theta} = -\dfrac{1}{2}$이므로

$\cos\theta = -\sin\theta$ ····· ㉠

㉠을 $\sin^2\theta + \cos^2\theta = 1$에 대입하면

$5\sin^2\theta = 1$, $\sin^2\theta = \dfrac{1}{5}$

$\dfrac{\pi}{2} < \theta < \pi$일 때, $\sin\theta > 0$이므로 $\sin\theta = \dfrac{1}{\sqrt{5}}$

이것을 ㉠에 대입하면 $\cos\theta = -\dfrac{2}{\sqrt{5}}$

따라서 $\sin\theta - 2\cos\theta = \dfrac{1}{\sqrt{5}} - 2\left(-\dfrac{2}{\sqrt{5}}\right)$

$= \dfrac{5}{\sqrt{5}} = \sqrt{5}$

03 [모범답안]

함수 $f(x) = a\cos bx$에서 $f(0) = a\cos 0 = a$이므로

$a = 2$

한편, 주어진 함수의 주기가 3이고 $b > 0$이므로

$\dfrac{2\pi}{b} = 3$에서 $b = \dfrac{2}{3}\pi$

따라서 $\dfrac{a}{b} = \dfrac{2}{\frac{2}{3}\pi} = \dfrac{3}{\pi}$

04 [모범답안]

$a > 0$에서 함수 $f(x)$의 최댓값은 $a + b$이므로

$a + b = 3$ ····· ㉠

$f\left(\dfrac{1}{6}\right) = a\sin\dfrac{\pi}{6} + b = \dfrac{1}{2}a + b$에서

$\dfrac{1}{2}a + b = 1$ ····· ㉡

㉠, ㉡을 연립하여 풀면

$a = 4$, $b = -1$

따라서 $b - a = (-1) - 4 = -5$

05 [모범답안]

a가 양수이므로

함수 $f(x) = a\sin bx + c\left(0 \le x \le \dfrac{2\pi}{b}\right)$의 최댓값은 $a + c$이고 최솟값은 $-a + c$이다.

즉, $M = a + c$, $m = -a + c$

조건 (가)에 의하여

$a + c = 5(-a + c)$, $3a = 2c$ ····· ㉠

b가 양수이므로 함수 $f(x)$의 주기는 $\dfrac{2\pi}{b}$이고

$x = \alpha$일 때 최대, $x = \beta$일 때 최소이므로

$\beta - \alpha = \dfrac{\pi}{b}$

조건 (나)에 의하여 $\dfrac{\pi}{b} = 2\pi$에서 $b = \dfrac{1}{2}$

사다리꼴 $AA'B'B$의 넓이는

$\dfrac{1}{2} \times \{(a+c) + (-a+c)\} \times (\beta - \alpha)$

$= \dfrac{1}{2} \times 2c \times 2\pi = 2c\pi$

조건 (다)에 의하여 $2c\pi = 12\pi$, $c = 6$

이것을 ㉠에 대입하면 $3a = 12$, $a = 4$

따라서 $a + b + c = 4 + \dfrac{1}{2} + 6 = \dfrac{21}{2}$

06 [모범답안]

삼각형 ABC에서 $\overline{AB}=c$, $\overline{BC}=a$, $\overline{CA}=b$라 하고
삼각형 ABC의 외접원의 반지름의 길이를 R이라 하면
사인법칙에 의하여
$$\sin A = \frac{a}{2R}, \ \sin B = \frac{b}{2R}, \ \sin C = \frac{c}{2R}$$
조건 (가)에서 $\sin^2 A = \sin^2 B + \sin^2 C$이므로
$$\left(\frac{a}{2R}\right)^2 = \left(\frac{b}{2R}\right)^2 + \left(\frac{c}{2R}\right)^2$$
$$a^2 = b^2 + c^2 \ \cdots\cdots ㉠$$
조건 (나)에서 $\sin B = 2\sin C$이므로
$$\frac{b}{2R} = 2 \times \frac{c}{2R}$$
$$b = 2c \ \cdots\cdots ㉡$$
㉡을 ㉠에 대입하면 $a^2 = 5c^2$
$a = 3\sqrt{5}$이므로 $5c^2 = 45$에서 $c = 3$
㉡에서 $b = 6$
따라서 선분 CA의 길이는 6이다.

07 [모범답안]

중심각의 크기가 $\sqrt{5}$인 부채꼴의 반지름의 길이를 r이라 하자.
이 부채꼴의 넓이가 $15\sqrt{5}$이므로
$$\frac{1}{2} \times r^2 \times \sqrt{5} = 15\sqrt{5}$$
$r^2 = 30$이고 $r > 0$이므로 $r = \sqrt{30}$

08 [모범답안]

$\cos^2\theta = \frac{4}{9}$이고 $\frac{\pi}{2} < \theta < \pi$일 때 $\cos\theta < 0$이므로
$$\cos\theta = -\frac{2}{3}$$
한편, $\sin^2\theta + \cos^2\theta = 1$이므로
$$\sin^2\theta = 1 - \cos^2\theta = 1 - \frac{4}{9} = \frac{5}{9}$$
따라서 $\sin^2 - 2\cos\theta = \frac{5}{9} - 2\left(-\frac{2}{3}\right) = \frac{17}{9}$

09 [모범답안]

함수 $f(x) = a - \sqrt{3}\tan 2x$의 그래프의 주기는 $\frac{\pi}{2}$이다.
함수 $f(x)$가 닫힌구간 $\left[-\frac{\pi}{6}, b\right]$에서 최댓값과 최솟값을 가지
므로 $-\frac{\pi}{6} < b < \frac{\pi}{4}$이다.
한편, 함수 $y = f(x)$의 그래프는 닫힌구간 $\left[-\frac{\pi}{6}, b\right]$에서 x
의 값이 증가할 때, y의 값이 감소하므로
함수 $f(x) = -\frac{\pi}{6}$에서 최댓값 7을 갖는다.
즉, $f\left(-\frac{\pi}{6}\right) = a - \sqrt{3}\tan\left(-\frac{\pi}{3}\right) = 7$에서
$a + \sqrt{3}\tan\frac{\pi}{3} = 7$, $a + 3 = 7$, $a = 4$
함수 $f(x)$는 $x = b$에서 최솟값 3을 가지므로
$$f(b) = 4 - \sqrt{3}\tan 2b = 3$$에서 $\tan 2b = \frac{\sqrt{3}}{3}$
이때 $-\frac{\pi}{3} < 2b < \frac{\pi}{2}$이므로 $2b = \frac{\pi}{6}$, $b = \frac{\pi}{12}$

따라서 $\dfrac{ab}{3} = \dfrac{4 \times \frac{\pi}{12}}{3} = \dfrac{\pi}{9}$

10 [모범답안]

$\angle BAC = \angle CAD = \theta \left(0 < \theta < \frac{\pi}{2}\right)$라 하면
삼각형 ABC에서 코사인법칙에 의하여
$$\overline{BC}^2 = \overline{AB}^2 + \overline{AC}^2 - 2 \times \overline{AB} \times \overline{AC} \times \cos\theta$$
$$= 5^2 + (3\sqrt{5})^2 - 2 \times 5 \times 3\sqrt{5} \times \cos\theta$$
$$= 70 - 30\sqrt{5}\cos\theta$$
삼각형 ACD에서 코사인법칙에 의하여
$$\overline{CD}^2 = \overline{AC}^2 + \overline{AD}^2 - 2 \times \overline{AC} \times \overline{AD} \times \cos\theta$$
$$= (3\sqrt{5})^2 + 7^2 - 2 \times 3\sqrt{5} \times 7 \times \cos\theta$$
$$= 94 - 42\sqrt{5}\cos\theta$$
$\angle BAC = \angle CAD$이므로 $\overline{BC} = \overline{CD}$,
즉 $\overline{BC}^2 = \overline{CD}^2$이다.
이때 $70 - 30\sqrt{5}\cos\theta = 94 - 42\sqrt{5}\cos\theta$에서
$$\cos\theta = \frac{2\sqrt{5}}{5}$$
$$\overline{BC}^2 = 70 - 30\sqrt{5}\cos\theta = 70 - 30\sqrt{5} \times \frac{2\sqrt{5}}{5} = 10,$$
$$\overline{BC} = \sqrt{10}$$
한편, $\sin^2\theta = 1 - \cos^2\theta = 1 - \left(\frac{2\sqrt{5}}{5}\right)^2 = \frac{1}{5}$이고,
$\sin^2\theta > 0$이므로 $\sin\theta = \frac{\sqrt{5}}{5}$
구하는 원의 반지름의 길이를 R이라 하면 삼각형 ABC에서
사인법칙에 의하여 $\dfrac{\overline{BC}}{\sin\theta} = 2R$이므로
$$\frac{\sqrt{10}}{\frac{\sqrt{5}}{5}} = 2R, \ 5\sqrt{2} = 2R, \ R = \frac{5\sqrt{2}}{2}$$
따라서 $\dfrac{2}{5}R = \dfrac{2}{5} \times \dfrac{5\sqrt{2}}{2} = \sqrt{2}$

11 [모범답안]

직선 AP가 원 C_2와 만나
는 점 중 P가 아닌 점을 C
라 하자. $\angle APB = \frac{\pi}{2}$이므
로 점 B에서 직선 AC에 내
린 수선의 발이 P이다. $\angle$

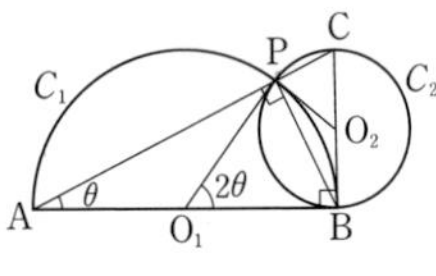

$PAB = \theta \left(0 < \theta < \frac{\pi}{2}\right)$로 놓으면 부채꼴 O_1BP의 중심각의
크기가 2θ이므로 부채꼴 O_1BP의 호의 길이 l_1은
$$l_1 = 1 \times 2\theta = 2\theta \ \cdots\cdots ㉠$$

$\angle ABC = \frac{\pi}{2}$에서 선분 BC는 원 C_2의 지름이고 $\angle PCB$
$= \frac{\pi}{2} - \theta$이므로 중심각의 크기가 π보다 작은 부채꼴 O_2BP
의 중심각의 크기는
$$2 \times \left(\frac{\pi}{2} - \theta\right) = \pi - 2\theta$$
따라서 부채꼴 O_2BP의 호의 길이 l_2는

$$l_2=\frac{1}{2}\times(\pi-2\theta)=\frac{\pi}{2}-\theta \ \cdots\cdots\ ⓛ$$

㉠, ㉡에서 $2l_1+4l_2=2(2\theta)+4\left(\frac{\pi}{2}-\theta\right)$

$$=4\theta+2\pi-4\theta=2\pi$$

12 [모범답안]

x에 관한 이차방정식 $x^2-3ax+2a^2=0$에서 근과 계수의 관계에 의해 $\sin\theta+\cos\theta=3a,\ \sin\theta\cos\theta=2a^2$

이때

$\sin\theta+\cos\theta=3a$의 양변을 제곱하면

$$\sin^2\theta+\cos^2\theta+2\sin\theta\cos\theta=9a^2$$

$$1+4a^2=9a^2$$

$$a^2=\frac{1}{5}\,(a는\ 양수)$$

따라서 $a=\dfrac{\sqrt{5}}{5}$

13 [모범답안]

함수 $y=a\sin\left(2x+\dfrac{\pi}{6}\right)+b$의 최댓값과 최솟값의 범위는

$-a+b\leq f(x)\leq a+b$이다.

이때 최댓값은 2이므로

$$\therefore\ a+b=2 \qquad\qquad \cdots\cdots①$$

$$f\left(\frac{\pi}{24}\right)=a\sin\left(\frac{\pi}{12}+\frac{\pi}{6}\right)+b=a\sin\left(\frac{3\pi}{12}\right)+b$$

$$=\frac{\sqrt{2}}{2}a+b$$

$$\therefore\ \frac{\sqrt{2}}{2}a+b=\sqrt{2} \qquad\qquad \cdots\cdots②$$

①과 ②를 연립하면 $a=2,\ b=0$이다.

따라서 $f(x)$의 최솟값은 -2

14 [모범답안]

$\sin^2x=1-\cos^2x$이므로 $y=\sin^2x-\cos x+1$에서

$$y=(1-\cos^2x)-\cos x+1$$

$$y=-\cos^2x-\cos x+2$$

이때 $\cos x=t$라고 하면 $(-1\leq t\leq 1)$

$$y=-t^2-t+2$$

$$=-\left(t+\frac{1}{2}\right)^2+\frac{9}{4}$$

따라서 위의 함수는 $t=-\dfrac{1}{2}$일 때 최댓값 $\dfrac{9}{4}$, $t=1$일 때 최솟값 0을 갖는다.

$$\therefore\ M+N=\frac{9}{4}+0=\frac{9}{4}$$

15 [모범답안]

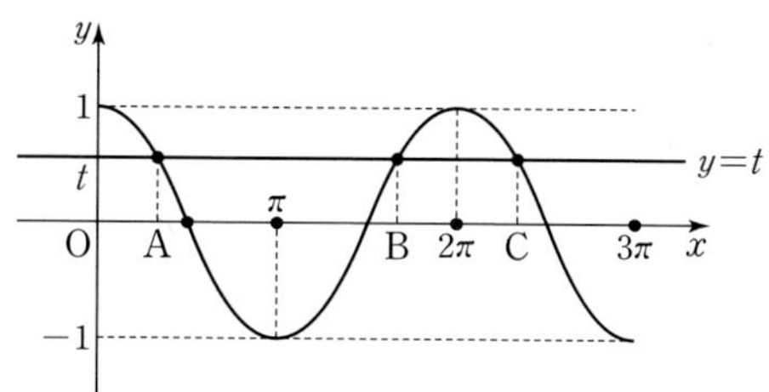

위의 그래프에서 $A,\ B,\ C$와 $y=\cos x$의 관계에 따라

$$\pi=\frac{A+B}{2},\ 2\pi=\frac{B+C}{2}\ 이다.$$

이때 $A=\dfrac{1}{3}\pi$이므로

$$2\pi=\frac{1}{3}\pi+B,\ B=\frac{5}{3}\pi$$

$$4\pi=\frac{5}{3}\pi+C,\ C=\frac{7}{3}\pi$$

따라서 $C-B=\dfrac{7}{3}\pi-\dfrac{5}{3}\pi=\dfrac{2}{3}\pi$

16 [모범답안]

이차방정식 $x^2-3ax-8a^2=0$에서 두 근이 $\sin\theta,\ \cos\theta$이므로 근과 계수의 관계를 이용하면

$$\sin\theta+\cos\theta=3a,\ \sin\theta\times\cos\theta=-8a^2$$

이때, $\sin\theta+\cos\theta=3a$의 양변을 제곱하면

$$\sin^2\theta+\cos^2\theta+2\sin\theta\cos\theta=9a^2이므로$$

$\sin^2\theta+\cos^2\theta=1$을 이용하여 식을 변형하면

$$1-16a^2=9a^2,\ 1=25a^2$$

$$\therefore\ a^2=\frac{1}{25}$$

따라서 a가 될 수 있는 모든 값은 $\dfrac{1}{5},\ -\dfrac{1}{5}$

17 [모범답안]

$\cos x=t$라고 하면 t값의 범위는 $-1\leq t\leq 1$이고,

$$2\cos^2x+4\cos x-(k+3)=2t^2+4t-(k+3)\geq 0,$$

$$2t^2+4t-3\geq k$$

$$\therefore\ 2(t+1)^2-5\geq k$$

$f(t)=2(t+1)^2-5$라고 하면 함수 $f(t)$는 $-1\leq t\leq 1$의 범위에서 $t=-1$일 때 최솟값 -5를 갖는다.

따라서 부등식 $2(t+1)^2-5\geq k$가 모든 실수 x에 대해 항상 성립하기 위해서는 함수 $f(t)$가 직선 $y=-5$에 접하면서 그 위쪽의 범위에서 존재해야 하므로 $k\leq -5$

$\therefore\ k$의 최댓값은 -5

18 [모범답안]

$$f(x)=\left|4\cos\left(\frac{\pi}{2}-\frac{x}{3}\right)+k\right|-5=\left|4\sin\frac{x}{3}+k\right|-5$$

$-1\le\sin\frac{x}{3}\le1$이므로 $-4+k\le4\sin\frac{x}{3}+k\le4+k$

$(4+k)-(-4+k)=8$이고 $M-m=5$이므로

$-4+k<0,\ 4+k>0$

즉, $-4<k<4$

이때 함수 $f(x)=\left|4\sin\frac{x}{3}+k\right|-5$의 최댓값 M은

$-(-4+k)-5=-k-1$ 또는 $(4+k)-5=k-1$이고,

최솟값 m은 -5이다.

$M-m=5$에서

(ⅰ) $M=-k-1$일 때,

　　$M-m=-k-1-(-5)=5$이므로 $k=-1$

(ⅱ) $M=k-1$일 때,

　　$M-m=k-1-(-5)=5$이므로 $k=1$

(ⅰ), (ⅱ)에 의하여 구하는 모든 실수 k의 값의 합은

$-1+1=0$

19 [모범답안]

부등식 $f(3\cos x)\ge3(3\cos x)^3$에서 $t=3\cos x$로 놓으면

t값의 범위는 $-3\le t\le3$이고

$f(t)\ge3t^3,\ t^4-t^3+4t^2-k\ge3t^3$

따라서 위의 식을 정리하면

$t^4-4t^3+4t^2-k\ge0$

이때, $g(t)=t^4-4t^3+4t^2-k$라고 하면,

$g'(t)=4t^3-12t^2+8t$이므로 $g'(t)=4t(t-1)(t-2)$

따라서 $t=0,\ t=1,\ t=2$에서 함수 $g(t)$는 극값을 갖는다.

$-3\le t\le3$에서 함수 $g(t)$의 증가와 감소를 표로 나타내면 다음과 같다.

t		0	$\cdots$	1	$\cdots$	2	
$g'(t)$	$-$	0	$+$	0	$-$	0	$+$
$g(t)$	$\searrow$	$-k$	$\nearrow$	$1-k$	$\searrow$	$-k$	$\nearrow$

따라서 함수 $g(t)$는 $t=0,\ t=2$일 때, 최솟값 $-k$를 가지므로

$-k\ge0$

$\therefore k\le0,\ k$의 최댓값은 0

20 [모범답안]

이차방정식 $x^2-3kx+5k=0$에서 두 근이 $\sin\theta,\ \cos\theta$이므로 근과 계수의 관계를 이용하면,

$\sin\theta+\cos\theta=3k,\ \sin\theta\cos\theta=5k$

이때 $\sin\theta+\cos\theta=3k$의 양변을 제곱하면

$\therefore \sin^2\theta+\cos^2\theta+2\sin\theta\cos\theta=9k^2$

이때 $\sin^2\theta+\cos^2\theta=1,\ \sin\theta\cos\theta=5k$를 위 식에 대입하면

$1+10k=9k^2,\ 9k^2-10k-1=0$이므로 이를 정리하면

$9k^2-10k-1=0,\ 9\left(k^2-\frac{10}{9}k+\frac{25}{81}-\frac{25}{81}\right)-1=0,$

$9\left(k-\frac{5}{9}\right)^2-\frac{34}{9}=0$

$\therefore k=\frac{5}{9}\pm\frac{\sqrt{34}}{9}$

따라서 모든 상수 k값의 합은 $\frac{10}{9}$이다.

Ⅲ. 수열

01 [모범답안]

이차방정식의 근과 계수의 관계에 의하여

$p+q=\frac{5}{2},\ pq=5$이므로

$a_2=\frac{5}{2},\ a_4=5$

수열 $\{a_n\}$의 공차가 d이므로

$a_4-a_2=2d$

$5-\frac{5}{2}=\frac{5}{2}=2d$

따라서 $d=\frac{5}{4}$

02 [모범답안]

집합 A를 원소나열법으로 나타내면

$\{2,\ 4,\ 6,\ 8,\ 10,\ 12,\ 14,\ 16,\ 18,\ \cdots\}$이고

집합 B를 원소나열법으로 나타내면

$\{3,\ 6,\ 9,\ 12,\ 15,\ 18,\ \cdots\}$이다.

집합 $A-B$를 원소나열법으로 나타내면

$A-B=\{2,\ 4,\ 8,\ 10,\ 14,\ 16,\ \cdots\}$이다.

이때 수열 $\{a_n\}$의 짝수번째 항들을 작은 수부터 크기순으로 나열하면 $4,\ 10,\ 16,\ \cdots$이고, 모든 자연수 n에 대하여 $b_n=a_{2n}$이므로 수열 $\{b_n\}$은 첫째항이 4이고 공차가 6인 등차수열이다.

즉, $b_n=4+(n-1)\times6=6n-2$이므로

$b_n>30$에서

$6n-2>30,\ n>\frac{16}{3}$

따라서 구하는 자연수 n의 최솟값은 6이다.

03 [모범답안]

첫째항이 1인 등차수열 $\{a_n\}$의 공차를 d라 하면

$a_n=1+(n-1)d=dn-d+1$이므로

$b_n=a_{2n-1}+a_{2n}$

$=\{d(2n-1)-d+1\}+(d\times2n-d+1)$

$=4dn-3d+2$

즉, 수열 $\{b_n\}$은 첫째항이 $d+2$이고 공차가 $4d$인 등차수열

이므로

$$S_5 = \frac{5\{2(d+2) + 4 \times 4d\}}{2} = 5(9d+2) = 50$$에서

$$9d + 2 = 10, \ d = \frac{8}{9}$$

따라서 $a_4 = 1 + 3 \times \frac{8}{9} = \frac{11}{3}$

04 [모범답안]

등차수열 $\{a_n\}$의 첫째항과 공차가 모두 $\frac{2}{3}$이므로

$$a_n = \frac{2}{3} + (n-1) \times \frac{2}{3} = \frac{2}{3}n$$

$$a_3 = 2, \ a_4 + a_8 = \frac{8}{3} + \frac{16}{3} = 8$$이고

세 수 $2, 8, \ a_{2m-2} + a_{2m} + a_{2m+2}$는 이 순서대로 등비수열을

이루므로

$$8^2 = 2(a_{2m-2} + a_{2m} + a_{2m+2})$$

$$32 = a_{2m-2} + a_{2m} + a_{2m+2}$$

한편, $a_{2m-2}, \ a_{2m}, \ a_{2m+2}$는 이 순서대로 등차수열을 이루므로

$$a_{2m-2} + a_{2m} + a_{2m+2} = 3a_{2m}$$

즉, $32 = 3a_{2m}$이므로 $32 = 3 \times \frac{2}{3} \times 2m$

$$4m = 32, \ m = 8$$

따라서 $\frac{1}{8}a_m = \frac{1}{8}a_8 = \frac{1}{8} \times \frac{2}{3} \times 8 = \frac{2}{3}$

05 [모범답안]

조건 (가)에서 모든 자연수 n에 대하여

$$b_n = a_n + a_{n+1} + a_{n+2}$$이므로

$$b_{3k} = a_{3k} + a_{3k+1} + a_{3k+2}$$

조건 (나)에서 모든 자연수 n에 대하여

$$\sum_{k=1}^{n} a_{3k} = \sum_{k=1}^{n} b_{3k} - \sum_{k=3}^{3n+3} a_k$$

$$= \sum_{k=1}^{n} (a_{3k} + a_{3k+1} + a_{3k+2}) - \sum_{k=3}^{3n+3} a_k$$

$$= \sum_{k=3}^{3n+2} a_k - \sum_{k=3}^{3n+3} a_k$$

$$= -a_{3n+3} \quad \cdots\cdots \ \bigcirc$$

즉, $\sum_{k=1}^{n} a_{3k} + a_{3n+3} = 0$이므로

모든 자연수 n에 대하여 $\sum_{k=1}^{n+1} a_{3k} = 0$

이때 $a_{3n+6} = \sum_{k=1}^{n+2} a_{3k} - \sum_{k=1}^{n+1} a_{3k} = 0$이므로

$$a_9 = a_{12} = a_{15} = \cdots = 0$$

$a_3 = 5$이고 $\bigcirc$에서 $n = 1$일 때 $a_3 = -a_6$이므로

$$a_6 = -a_3 = -5$$

따라서

$$\sum_{k=1}^{5} |a_{3k}| = |a_3| + |a_6| + |a_9| + |a_{12}| + |a_{15}|$$

$$= 5 + 5 + 0 + 0 + 0 = 10$$

06 [모범답안]

$$\sum_{k=1}^{m} \frac{k^3 + 1}{(k-1)k+1} = \sum_{k=1}^{m} \frac{(k+1)(k^2-k+1)}{k^2-k+1} = \sum_{k=1}^{m} (k+1)$$

$$= \sum_{k=1}^{m} k + \sum_{k=1}^{m} 1 = \frac{m(m+1)}{2} + m = 44$$이므로

$$m^2 + 3m - 88 = 0, \ (m-8)(m+11) = 0$$

따라서 m은 $8, \ -11$이고 두 수의 곱은 -88이다.

07 [모범답안]

모든 자연수 n에 대하여 $a_{2n+2} = a_{2n} + 3$이므로

수열 $\{a_{2n}\}$은 공차가 3인 등차수열이다. $\quad \cdots\cdots \ \bigcirc$

$$a_{2n} = a_{2n-1} + 1 \quad \cdots\cdots \ \bigcirc$$

$\bigcirc$에 $n = 6$을 대입하면

$$a_{12} = a_{11} + 1$$

$a_{11} = a_{12} - 1$을 $a_8 + a_{11} = 35$에 대입하면

$$a_8 + a_{12} - 1 = 35$$

$$a_8 + a_{12} = 36$$

$\bigcirc$에 의하여

$$(a_2 + 3 \times 3) + (a_2 + 5 \times 3) = 36$$

$$2a_2 = 12, \ a_2 = 6$$

$\bigcirc$에 $n = 1$을 대입하면

$$a_2 = a_1 + 1$$

따라서 $a_1 = a_2 - 1 = 6 - 1 = 5$

08 [모범답안]

$S_{k+2} - S_k = -12 - (-16) = 4$에서

$$a_{k+2} + a_{k+1} = 4$$

등차수열 $\{a_n\}$의 공차가 2이므로

$$a_1 + 2(k+1) + a_1 + 2k = 4, \ 2a_1 + 4k = 2$$

$$a_1 = 1 - 2k \quad \cdots\cdots \ \bigcirc$$

한편, $S_k = \frac{k\{2a_1 + 2(k-1)\}}{2} = -16$이고

$\bigcirc$을 대입하면

$$\frac{k\{2(1-2k) + 2(k-1)\}}{2} = -16$$

$k^2 = 16$에서 k는 자연수이므로 $k = 4$

이것을 $\bigcirc$에 대입하면 $a_1 = -7$

따라서 $a_{3k} = a_{12} = a_1 + 11d = -7 + 11 \times 2 = 15$

09 [모범답안]

$$x^2 - nx + 4(n-4) = 0$$에서

$$(x-4)(x-n+4) = 0$$

$$x = 4 \ \text{또는} \ x = n - 4$$

한편, 세 수 $1, \ \alpha, \ \beta$가 이 순서대로 등차수열을 이루므로

$$2\alpha = \beta + 1 \quad \cdots\cdots \ \bigcirc$$

(i) $\alpha = 4, \ \beta = n - 4$일 때

$\alpha < \beta$이므로 $4 < n - 4$에서 $n > 8$

$\bigcirc$에서 $8 = (n-4) + 1$이므로 $n = 11$

(ii) $\alpha = n - 4$, $\beta = 4$일 때

$\alpha < \beta$이므로 $n - 4 < 4$에서 $n < 8$

$\bigcirc$에서 $2(n-4) = 4 + 1$이므로 $n = \dfrac{13}{2}$

(i), (ii)에서 구하는 모든 실수 n의 합은

$11 + \dfrac{13}{2} = \dfrac{35}{2}$

10 [모범답안]

$a_n = 2n^2 - 3n + 1$이므로

$$\sum_{n=1}^{9}(a_n - n^2 + n) = \sum_{n=1}^{9}\{(2n^2 - 3n + 1) - n^2 + n\}$$
$$= \sum_{n=1}^{9}(n^2 - 2n + 1) = \sum_{n=1}^{9}n^2 - 2\sum_{n=1}^{9}n + \sum_{n=1}^{9}1$$
$$= \frac{9 \times 10 \times 19}{6} - 2 \times \frac{9 \times 10}{2} + 1 \times 9$$
$$= 285 - 90 + 9 = 204$$

11 [모범답안]

등차수열 $\{a_n\}$의 공차를 $d\,(d \neq 0)$이라 하면

모든 자연수 n에 대하여 $a_{n+1} - a_n = d$이므로

$b_4 = a_1 - a_2 + a_3 - a_4 = -2d$

$b_4 = 4$에서 $d = -2$

$b_{2n} = (a_1 - a_2) + (a_3 - a_4) + (a_5 - a_6) + \cdots + (a_{2n-1} - a_{2n})$

$= 2 + 2 + 2 + \cdots + 2 = 2_n$이므로

수열 $\{b_{2n}\}$은 첫째항이 2이고 공차가 2인 등차수열이다.

따라서 수열 $\{b_{2n}\}$의 첫째항부터 제11항까지의 합은

$$\frac{11(2 \times 2 + 10 \times 2)}{2} = 132$$

12 [모범답안]

이차방정식 $x^2 - 4kx + 7k = 0$에서 근과 계수의 관계에 의해

$\alpha_k + \beta_k = 4k$, $\alpha_k \beta_k = 7k$

$(\alpha_k - \beta_k)^2 = (a_k + b_k)^2 - 4\alpha_k \beta_k$
$$= (4k)^2 - 4 \times (7k)$$
$$= 16k^2 - 28k$$

따라서 $\displaystyle\sum_{k=1}^{5}(\alpha_k - \beta_k)^2$의 값은

$$\sum_{k=1}^{5}(16k^2 - 28k) = 16 \times \frac{5 \times 6 \times 11}{6} - 28 \times \frac{5 \times 6}{2} = 460$$

13 [모범답안]

이차방정식 $x^2 - 33x + n(n+1) = 0$의 두 근이 α_n, β_n이므로 근과 계수의 관계를 이용하면

$\alpha_n + \beta_n = 33$, $\alpha_n \beta_n = n(n+1)$

따라서

$$\frac{1}{\alpha_n} + \frac{1}{\beta_n} = \frac{\alpha_n + \beta_n}{\alpha_n \beta_n} = \frac{33}{n(n+1)} = 33\left(\frac{1}{n} - \frac{1}{n+1}\right)$$

이므로

$$\sum_{n=1}^{10}\left(\frac{1}{\alpha_n} + \frac{1}{\beta_n}\right) = \sum_{n=1}^{10}33\left(\frac{1}{n} - \frac{1}{n+1}\right)$$
$$= 33\left\{\left(1 - \frac{1}{2}\right) + \left(\frac{1}{2} - \frac{1}{3}\right) + \cdots + \left(\frac{1}{10} - \frac{1}{11}\right)\right\}$$
$$= 33\left(1 - \frac{1}{11}\right) = 30$$

14 [모범답안]

등차수열의 공차를 d라 하면 $a_{2n} = a_{2n-1} + d$

$\displaystyle\sum_{n=1}^{2019}a_{2n} = \sum_{n=1}^{2019}(a_{2n-1} + d) = \sum_{n=1}^{2019}a_{2n-1} + 2019d$이므로

$2019d = 4038$, $d = 2$, $a_n = 2n - 1$

$\therefore \displaystyle\sum_{n=1}^{2019} = a_n = \sum_{n=1}^{2019}(2n-1) = 2 \times \frac{2019 \times 2020}{2} - 2019$
$$= 2019^2$$

따라서 k의 값은 2이다.

15 [모범답안]

주어진 등비수열의 첫째항을 a, 공차를 r이라 하면

(가)에서 $ar^2 \times ar^3 = 4ar^5$

$\therefore a = 4$

(나)에서 $\dfrac{ar^4 + ar^6}{ar + ar^3} = \dfrac{ar^4(1+r^2)}{ar(1+r^2)} = r^3 = 27$

$\therefore r = 3$

따라서 a_3의 값은 $4 \times 3^2 = 36$

16 [모범답안]

주어진 식 $\displaystyle\sum_{k=1}^{9}f(k+1) - \sum_{k=2}^{10}f(k-1)$을 전개하면

$$\sum_{k=1}^{9}f(k+1) - \sum_{k=2}^{10}f(k-1)$$
$$= \{f(2) + f(3) + \cdots + f(9) + f(10)\} - \{f(1) + f(2) + \cdots + f(8) + f(9)\}$$
$$= f(10) - f(1)$$
$$= 32 - 2 = 30$$

따라서 구하고자 하는 값은 30

17 [모범답안]

$a_{n+1} = a_n + 2$에서 수열 $\{a_n\}$은 공차가 2인 등차수열임을 알 수 있다.

$\therefore a_n = 1 + (n-1) \times 2 = 2n - 1$

한편 $\displaystyle\sum_{k=1}^{15}\frac{1}{a_n a_{n+1}}$에서

$$\sum_{k=1}^{15}\frac{1}{a_n a_{n+1}} = \sum_{k=1}^{15}\frac{1}{(2n-1)(2n+1)}$$
$$= \sum_{k=1}^{15}\frac{1}{2}\left(\frac{1}{2n-1} - \frac{1}{2n+1}\right)$$

$$=\frac{1}{2}\left\{\left(\frac{1}{1}-\frac{1}{3}\right)+\left(\frac{1}{3}-\frac{1}{5}\right)+\cdots\right.$$
$$\left.+\left(\frac{1}{29}-\frac{1}{31}\right)\right\}$$
$$=\frac{1}{2}\left(\frac{1}{1}-\frac{1}{31}\right)=\frac{1}{2}\times\frac{30}{31}=\frac{15}{31}$$

$$\therefore \frac{15}{31}$$

18 [모범답안]

등차수열 $\{a_n\}$에서 첫째항을 a, 공차를 d라고 하면,

$a=29$, $d=-3$이므로 일반항 a_n은

$$a_n=29+(n-1)\times-3=-3n+32$$

$a_n=-3n+32<0$을 만족시키는 n의 최솟값은 11이므로 a_n은 제1항부터 제10항까지 양수이고 제11항부터는 음수이다.

따라서 S_n은 a_n이 양수인 항으로만 이루어져 있을 때 최댓값을 가지므로 S_{10}일 때 최대이다.

$$\therefore S_{10}=\frac{10\{(2\times29)+(9\times-3)\}}{2}=155$$

19 [모범답안]

등차수열 $\{a_n\}$의 첫째항을 a, 공차를 d라고 할 때,

$$S_5=25=\frac{5(a_1+a_5)}{2}$$ 이므로 $a_1+a_5=10$,

$$\therefore 2a+4d=10$$

$$S_{15}=90=\frac{15(a_1+a_5)}{2}$$ 이므로 $a_1+a_{15}=12$,

$$\therefore 2a+14d=12$$

위의 두 식을 연립하면

$$a=\frac{23}{5},\ d=\frac{1}{5}$$

따라서 $a_n=\frac{23}{5}+(n-1)\times\frac{1}{5}$ 이므로

$$\therefore a_3=5$$

20 [모범답안]

등차수열 $\{a_n\}$은 첫째항이 a이고, 공차가 d이므로

$$a_6=a+5d$$

따라서 $S_6=60$에서 $S_6=\frac{6(a_1+a_6)}{2}=\frac{6(a+a+5d)}{2}$

$$=60$$

$$\therefore 2a+5d=20$$

이때, a와 d는 모두 자연수이므로, $a=5$, $d=2$일 때만 위 식이 성립한다.

따라서

$$a_n=5+(n-1)\times2=2n+30$$ 이므로

$$\therefore a_3=9$$

Ⅳ. 함수의 극한과 연속

01 [모범답안]

정수 m에 대하여

$$\lim_{x\to(3m+1)-}f(x)-\lim_{x\to(3m+1)+}f(x)$$
$$=\lim_{x\to1-}f(x)-\lim_{x\to1+}f(x)=0-0=0$$
$$\lim_{x\to(3m+2)-}f(x)-\lim_{x\to(3m+2)+}f(x)$$
$$=\lim_{x\to2-}f(x)-\lim_{x\to2+}f(x)=a-(-1)=a+1$$
$$\lim_{x\to3m-}f(x)-\lim_{x\to3m+}f(x)$$
$$=\lim_{x\to3-}f(x)-\lim_{x\to0+}f(x)=0-a=-a$$ 이므로
$$\sum_{k=1}^{10}\left\{\lim_{x\to2k-}f(x)-\lim_{x\to2k+}f(x)\right\}$$
$$=3\{(a+1)+0+(-a)\}+(a+1)$$
$$=a+4$$

따라서 $a+4=12$에서 $a=8$

02 [모범답안]

$$\lim_{x\to0}\frac{g(x)}{x^2+2x}=5$$ 이므로

$$\lim_{x\to0}\frac{g(x)}{x}=\lim_{x\to0}\left\{\frac{g(x)}{x^2+2x}\times(x+2)\right\}$$
$$=\lim_{x\to0}\frac{g(x)}{x^2+2x}\times\lim_{x\to0}(x+2)$$
$$=5\times2=10$$

따라서

$$\lim_{x\to0}\frac{f(x)g(x)}{x\{f(x)+xg(x)\}}=\lim_{x\to0}\frac{\dfrac{f(x)g(x)}{x^3}}{\dfrac{x\{f(x)+xg(x)\}}{x^3}}$$
$$=\lim_{x\to0}\frac{\dfrac{f(x)}{x^2}\times\dfrac{g(x)}{x}}{\dfrac{f(x)}{x^2}+\dfrac{g(x)}{x}}$$
$$=\frac{5\times10}{5+10}=\frac{50}{15}=\frac{10}{3}$$

03 [모범답안]

$$\lim_{x\to0}\left\{\left(x^2-\frac{1}{x}\right)f(x)\right\}=\lim_{x\to0}\left\{\frac{x^3-1}{x}\times f(x)\right\}$$
$$=\lim_{x\to0}\frac{(x^3-1)f(x)}{x}$$

즉, $\displaystyle\lim_{x\to0}\frac{(x^3-1)f(x)}{x}=4$ ······ ㉠

㉠에서 $x\to0$일 때 (분모)$\to0$이고 극한값이 존재하므로 (분자)$\to0$이어야 한다.

즉, $\displaystyle\lim_{x\to0}(x^3-1)f(x)=-f(0)=0$에서

$$f(0)=0 \ \cdots\cdots ㉡$$

$$\lim_{x\to1}\left\{\left(x^2-\frac{1}{x}\right)\frac{1}{f(x)}\right\}=\lim_{x\to1}\left\{\frac{x^3-1}{x}\times\frac{1}{f(x)}\right\}$$
$$=\lim_{x\to1}\frac{x^3-1}{xf(x)}$$
$$=\lim_{x\to1}\frac{(x-1)(x^2+x+1)}{xf(x)}$$

즉, $\displaystyle\lim_{x\to1}\frac{(x-1)(x^2+x+1)}{xf(x)}=1$ ······ ㉢

©에서 $x \to 1$일 때 (분자) $\to$ 이고 0이 아닌 극한값이 존재하므로 (분모) $\to 0$이어야 한다.

즉, $\lim\limits_{x \to 1} xf(x) = f(1) = 0$ ······ ㉣

©, ㉣에 의하여

$f(x) = x(x-1)(ax+b)$ (a, b는 상수, $a \neq 0$)으로 놓을 수 있다.

㉠에서

$$\lim\limits_{x \to 0} \frac{(x^3-1)f(x)}{x} = \lim\limits_{x \to 0} \frac{(x^3-1) \times x(x-1)(ax+b)}{x}$$

$$= \lim\limits_{x \to 0} (x^3-1)(x-1)(ax+b) = b$$

즉, $b = 4$

$f(x) = x(x-1)(ax+4)$이므로 ©에서

$$\lim\limits_{x \to 1} \frac{(x-1)(x^2+x+1)}{xf(x)} = \lim\limits_{x \to 1} \frac{(x-1)(x^2+x+1)}{x^2(x-1)(ax+4)}$$

$$= \lim\limits_{x \to 1} \frac{x^2+x+1}{x^2(ax+4)} = \frac{3}{a+4}$$

즉, $\dfrac{3}{a+4} = 1$에서 $a+4 = 3$이므로 $a = -1$

따라서 $f(x) = -x(x-1)(x-4)$이므로

$f(-2) = -(-2) \times (-3) \times (-6) = 36$

04 [모범답안]

$x > 0$에서 방정식 $f(x) = f(-2)$의 해는

$\dfrac{1}{2}x = -4a$, $x = -8a$

함수 $y = f(x)$의 그래프는 그림과 같다.

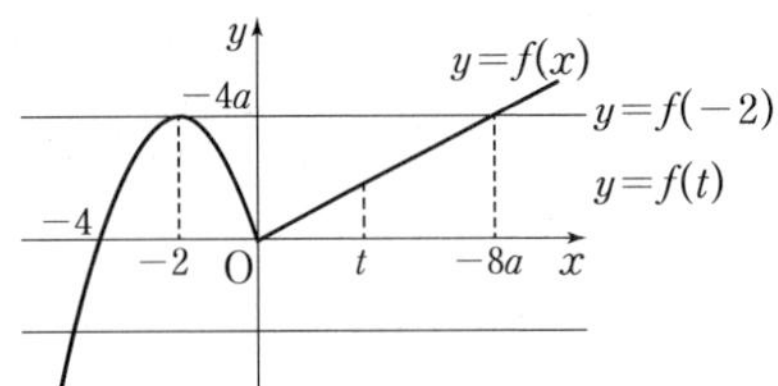

함수 $g(t)$는 다음과 같다.

$$g(t) = \begin{cases} 1 & (t < -4) \\ 2 & (t = -4) \\ 3 & (-4 < t < -2) \\ 2 & (t = -2) \\ 3 & (-2 < t < 0) \\ 2 & (t = 0) \\ 3 & (0 < t < -8a) \\ 2 & (t = -8a) \\ 1 & (t > -8a) \end{cases}$$

이때 $\lim\limits_{t \to -4+} g(t) - \lim\limits_{t \to -4-} g(t) = 3 - 1 = 2$,

$\lim\limits_{t \to -8a+} g(t) - \lim\limits_{t \to -8a-} g(t) = 1 - 3 = -2$

즉, $\left| \lim\limits_{t \to k+} g(t) - \lim\limits_{t \to k-} g(t) \right| = 2$를 만족시키는 실수 k의 값은 -4 또는 $-8a$이고, 그 합이 2이므로

$-4 + (-8a) = 2$, $a = -\dfrac{3}{4}$

따라서 $f(x) = \begin{cases} -\dfrac{3}{4}x(x+4) & (x \leq 0) \\ \dfrac{1}{2}x & (x > 0) \end{cases}$ 이므로

$f(-2) \times g(-4) = 3 \times 2 = 6$

05 [모범답안]

함수 $f(x)$가 $x = 2$에서 연속이므로

$\lim\limits_{x \to 2} f(x) = f(2)$이다.

즉, $\lim\limits_{x \to 2} \dfrac{x^2 + ax + b}{x - 2} = 3$ ······ ㉠

㉠에서 $x \to 2$일 때 (분모) $\to 0$이고 극한값이 존재하므로 (분자) $\to 0$이어야 한다.

즉, $\lim\limits_{x \to 2} (x^2 + ax + b) = 4 + 2a + b = 0$에서

$b = -2a - 4$ ······ ©

©을 ㉠에 대입하면

$$\lim\limits_{x \to 2} \frac{x^2 + ax + b}{x - 2} = \lim\limits_{x \to 2} \frac{x^2 + ax - 2a - 4}{x - 2}$$

$$= \lim\limits_{x \to 2} \frac{(x-2)(x+2+a)}{x-2}$$

$$= \lim\limits_{x \to 2} (x+2+a) = 4 + a$$

즉, $4 + a = 3$에서 $a = -1$

©에서 $b = -2$

따라서 $2a - b = 2 \times (-1) - (-2) = 0$

06 [모범답안]

$f(x) = x^3 - 3x + 2\lim\limits_{t \to 1} f(t)$ ······ ㉠

다항함수 $f(x)$는 실수 전체의 집합에서 연속이므로

$\lim\limits_{t \to 1} f(t) = f(1)$

그러므로 ㉠에서

$f(x) = x^3 - 3x + 2f(1)$ ······ ©

©의 양변에 $x = 1$을 대입하면

$f(1) = 1 - 3 + 2f(1)$, $f(1) = 2$

따라서 ㉠에서 $f(x) = x^3 - 3x + 4$이므로

$f(-1) = (-1) + 3 + 4 = 6$

07 [모범답안]

$x \to 0-$일 때, $f(x) \to -2$이므로 $\lim\limits_{x \to 0-} f(x) = -2$

$x \to 1+$일 때, $f(x) \to 1$이므로 $\lim\limits_{x \to 1+} f(x) = 1$

따라서 $3 \lim\limits_{x \to 0-} f(x) + 2 \lim\limits_{x \to 1+} f(x)$

$= 3 \times (-2) + 2 \times 1 = -4$

08 [모범답안]

$\lim\limits_{x \to 1} (x+1)f(x) = 1$이므로

$\lim\limits_{x \to 1} (2x^2+1)f(x) = \lim\limits_{x \to 1} \left\{ \dfrac{2x^2+1}{x+1} \times (x+1)f(x) \right\}$

$= \lim\limits_{x \to 1} \dfrac{2x^2+1}{x+1} \times \lim\limits_{x \to 1} (x+1)f(x) = \dfrac{3}{2} \times 1 = \dfrac{3}{2}$

따라서 $a = \dfrac{3}{2}$이므로 $11a = 11 \times \dfrac{3}{2} = \dfrac{33}{2}$

09 [모범답안]

$\lim\limits_{x \to 0} \dfrac{f(x)}{x} = 1$에서 $x \to 0$일 때 (분모) $\to 0$이고
극한값이 존재하므로 (분자) $\to 0$이어야 한다.

즉, $\lim\limits_{x \to 0} f(x) = f(0) = 0$

$\lim\limits_{x \to 1} \dfrac{f(x)}{x-1} = 1$에서 $x \to 1$일 때 (분모) $\to 0$이고
극한값이 존재하므로 (분자) $\to 0$이어야 한다.

즉, $\lim\limits_{x \to 1} f(x) = f(1) = 0$

$f(0) = f(1) = 0$이므로 삼차함수 $f(x)$를
$f(x) = x(x-1)(ax+b)$ (a는 0이 아닌 상수, b는 상수)라 하자.

$\lim\limits_{x \to 0} \dfrac{f(x)}{x} = \lim\limits_{x \to 0} (x-1)(ax+b) = -b$이므로
$-b = 1$에서 $b = -1$

$\lim\limits_{x \to 1} \dfrac{f(x)}{x-1} = \lim\limits_{x \to 1} x(ax+b) = a+b$이므로
$a+b = a-1 = 1$에서 $a = 2$

따라서 $f(x) = x(x-1)(2x-1)$이므로
$f(-1) = (-1)(-1-1)(-2-1)$
$= (-1)(-2)(-3) = -6$

10 [모범답안]

$\lim\limits_{x \to 2} \dfrac{f(x) + x^2}{x-2} = 10$에서 $x \to 2$일 때 (분모) $\to 0$이고
극한값이 존재하므로 (분자) $\to 0$이어야 한다.

즉, $\lim\limits_{x \to 2} \{f(x) + x^2\} = f(2) + 4 = 0$에서 $f(2) = -4$

이차함수 $f(x)$의 최고차항의 계수가 -1이면
함수 $f(x) = x^2$은 일차함수 또는 상수함수이다.

이때 함수 $f(x) + x^2$이 상수함수이면
$\lim\limits_{x \to 2} \dfrac{f(x) + x^2}{x-2} = 10$이 될 수 없으므로
함수 $f(x) + x^2$은 일차함수이고 $f(x) + x^2 = 10(x-2)$
이다.

즉, $f(x) = -x^2 + 10x - 20$이고
이때 $f(3) = -9 + 30 - 20 = 1$이므로 주어진 조건을 만
족시키지 않는다.

이차함수 $f(x)$의 최고차항의 계수가 -1이 아니면
함수 $f(x) + x^2$은 이차함수이고 $\lim\limits_{x \to 2} \dfrac{f(x) + x^2}{x-2} = 10$을
만족시켜야 하므로
$f(x) + x^2 = a(x-2)(x-k)$ (a는 0이 아닌 상수, k는
상수)라 하자.

$\lim\limits_{x \to 2} \dfrac{f(x) + x^2}{x-2} = \lim\limits_{x \to 2} \dfrac{a(x-2)(x-k)}{x-2} = \lim\limits_{x \to 2} a(x-k)$
$= a(2-k) = 10$ $\cdots\cdots$ ㉠

$f(3) = 3$이므로 $f(3) + 9 = a(3-k)$에서
$a(3-k) = 12$ $\cdots\cdots$ ㉡

㉠, ㉡에서 $2a - ak = 10$, $3a - ak = 12$이므로
$a = 2$, $k = -3$

따라서 $f(x) = 2(x-2)(x+3) - x^2$이므로

$f(-1) = -12 - 1 = -13$

11 [모범답안]

함수 $f(x)$가 $x = 3$에서 연속이므로 $\lim\limits_{x \to 3} f(x) = f(3)$

$x \neq 3$일 때, $\lim\limits_{x \to 3} f(x) = \lim\limits_{x \to 3} \dfrac{\sqrt{2x^2 + k} - 1}{(x^2 + 7)(x-3)}$

$x \to 3$일 때 (분모) $\to 0$이고 극한값이 존재하므로 (분자) $\to 0$

따라서 $\lim\limits_{x \to 3} \sqrt{2x^2 + k} - 1 = \sqrt{18 + k} - 1 = 0$

$\therefore k = -17$

$\lim\limits_{x \to 3} f(x)$

$= \lim\limits_{x \to 3} \dfrac{\sqrt{2x^2 - 17} - 1}{(x^2 + 7)(x-3)}$

$= \lim\limits_{x \to 3} \dfrac{(\sqrt{2x^2 - 17} - 1)(\sqrt{2x^2 - 17} + 1)}{(x^2 + 7)(x-3)(\sqrt{2x^2 - 17} + 1)}$

$= \lim\limits_{x \to 3} \dfrac{2x^2 - 18}{(x^2 + 7)(x-3)(\sqrt{2x^2 - 17} + 1)}$

$= \lim\limits_{x \to 3} \dfrac{2(x+3)}{(x^2 + 7)(\sqrt{2x^2 - 17} + 1)}$

$= \dfrac{3}{8} = f(3)$

$k \times f(3) = -\dfrac{51}{8}$

12 [모범답안]

$1 - x = t$로 놓으면 $x \to 1$일 때 $t \to 0$이므로

$\lim\limits_{x \to 1} \dfrac{f(1-x)}{2-2x} = \lim\limits_{t \to 0} \dfrac{f(t)}{2t} = 3$

$\lim\limits_{t \to 0} \dfrac{f(t)}{t} = 6$이므로 $\lim\limits_{x \to 0} \dfrac{f(x)}{x} = 6$

$\lim\limits_{x \to 0} \dfrac{x^2 + 8f(x)}{2x + f(x)} = \lim\limits_{x \to 0} \dfrac{x^2 + 8\dfrac{f(x)}{x}}{2 + \dfrac{f(x)}{x}} = 6$

13 [모범답안]

선분 OP의 기울기는 $\dfrac{\sqrt{t}}{t}$이므로 직선 l의 기울기는

$-\dfrac{t}{\sqrt{t}} = -\sqrt{t}$이고, 점 P를 지나므로

$y - \sqrt{t} = -\sqrt{t}(x-t)$, $y = -\sqrt{t}x + (t+1)\sqrt{t}$

이때, $f(t) = t+1$, $g(t) = (t+1)\sqrt{t}$

따라서

$\lim\limits_{t \to \infty} \dfrac{2g(t) + f(t)}{g(t) - 2f(t)} = \lim\limits_{t \to \infty} \dfrac{2(t+1)\sqrt{t} + (t+1)}{(t+1)\sqrt{t} - 2(t+1)}$

$= \lim\limits_{t \to \infty} \dfrac{2\sqrt{t} + 1}{\sqrt{t} - 2} = 2$

14 [모범답안]

$\overline{PQ}=3t-(\sqrt{t^2+3t+4}-2)$
$=3t+2-\sqrt{t^2+3t+4}$이므로

삼각형 OPQ의 넓이 $S(t)$는

$$S(t)=\frac{1}{2}\times t\times\overline{PQ}$$

$$=\frac{1}{2}\times t\times(3t+2-\sqrt{t^2+3t+4})$$

따라서

$$\lim_{t\to0+}\frac{S(t)}{t^2}=\lim_{t\to0+}\frac{\frac{1}{2}t(3t+2-\sqrt{t^2+3t+4})}{t^2}$$

$$=\lim_{t\to0+}\frac{3t+2-\sqrt{t^2+3t+4}}{2t}$$

$$=\lim_{t\to0+}\frac{(3t+2-\sqrt{t^2+3t+4})(3t+2+\sqrt{t^2+3t+4})}{2t(3t+2+\sqrt{t^2+3t+4})}$$

$$=\lim_{t\to0+}\frac{(9t^2+12t+4)-(t^2+3t+4)}{2t(3t+2+\sqrt{t^2+3t+4})}$$

$$=\lim_{t\to0+}\frac{8t^2+9t}{2t(3t+2+\sqrt{t^2+3t+4})}$$

$$=\lim_{t\to0+}\frac{8t+9}{2(3t+2+\sqrt{t^2+3t+4})}=\frac{9}{8}$$

15 [모범답안]

주어진 함수 $f(x)$의 그래프를 그리면

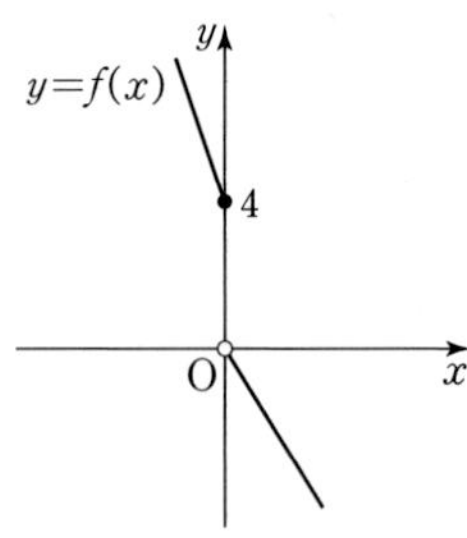

$h(x)=f(f(x))$이므로, $\displaystyle\lim_{x\to0+}h(x)=\lim_{x\to0+}f(f(x))$

한편, $\displaystyle\lim_{x\to0+}f(x)=0-$이므로

$$\lim_{x\to0+}f(f(x))=\lim_{x\to0-}f(x)=4$$

16 [모범답안]

$g(x)=(3x-4)f(x)$에서

$g'(x)=3f(x)+(3x-4)f'(x)$ …… ㉠

$\displaystyle\lim_{h\to0}\frac{f(2+2h)-2}{h}=5$에서

$h\to0$일 때, (분모) $\to0$이고

극한값이 존재하므로 $\displaystyle\lim_{h\to0}\{f(2+2h)-2\}=0$

$f(2)-2=0$에서 $f(2)=2$ …… ㉡

또한 $\displaystyle\lim_{h\to0}\frac{f(2+2h)-2}{h}=2\times\lim_{h\to0}\frac{f(2+2h)-f(2)}{2h}$

$=2f'(2)$

$2f'(2)=5$에서 $f'(2)=\dfrac{5}{2}$ …… ㉢

㉠, ㉡, ㉢에서

$$g'(2)=3f(2)+2f'(2)=3\times2+2\times\frac{5}{2}=11$$

17 [모범답안]

주어진 조건에서 a는 1이 아닌 양수이므로 함수 $f(x)=a^x-3a^2+2$는 x의 값이 증가할 때, y의 값이 증가하는 증가함수이다.

따라서 정의역 $\{x\,|\,2\le x\le3\}$의 범위에서 x값이 3일 때 함수 $f(x)$는 최댓값 2를 가지므로

$f(3)=a^3-3a^2+2=2$,

$a^3-3a^2=0$,

$a^2(a-3)=0$

$\therefore\ a=3$

한편, 함수 $f(x)$는 x값이 2일 때 최솟값을 가지므로

$f(2)=3^2-3\times3^2+2=-16$

따라서 $f(x)$의 최솟값은 -16

18 [모범답안]

$f'(x)=3x^2-6x$에서

$$f(x)=\int(3x^2-6x)dx=x^3-3x^2+C$$

(단, C는 적분상수)

한편 $f'(x)=3x(x-2)=0$

$x=0$ 또는 $x=2$

함수 $f(x)$의 증가와 감소를 표로 나타내면 다음과 같다.

x	$\cdots$	0	$\cdots$	2	$\cdots$
$f'(x)$	$+$	0	$-$	0	$+$
$f(x)$	↗	C	↘	$C-4$	↗

함수 $f(x)$는 $x=0$에서 극댓값, $x=2$에서 극솟값을 갖는다.
함수 $f(x)$의 극댓값이 5이므로 $f(0)=C=5$

$f(x)=x^3-3x^2+5$

따라서 $f(x)$의 극솟값은 1

19 [모범답안]

조건 (가)에서 부등식의 각 변을 x로 나누면

$$3-\frac{1}{x}\le\frac{f(x)-x^2}{x}\le3+\frac{1}{x^2}$$

이때, $\displaystyle\lim_{x\to\infty}\left(3-\frac{1}{x}\right)=3$, $\displaystyle\lim_{x\to\infty}\left(3+\frac{1}{x^2}\right)=3$이므로 극한값의 대소 관계에 의하여

$$\lim_{x\to\infty}\frac{f(x)-x^2}{x}=3$$

따라서 $f(x)=x^2+3x+a$ (a는 상수)

조건 (나)에서 $f(1)=4+a=4$, $a=0$

$\therefore f(x)=x^2+3x$

$f(2)=4+6=10$

20 [모범답안]

$\displaystyle\lim_{x\to\infty}\frac{f(x)+x^3}{x^2}=1$이므로 $f(x)=-x^3+x^2+ax+b$

$\displaystyle\lim_{x\to0}\frac{f(x)}{x}=-3$에서 $f(0)=0$이므로

$f(x)=-x^3+x^2+ax$

따라서

$\displaystyle\lim_{x\to0}\frac{(-x^3+x^2+ax)}{x}=-3$이므로 $a=-3$

$f(x)=-x^3+x^2-3x$이므로

$\begin{aligned}
\therefore \lim_{x\to1}\frac{f(x)-f(1)}{(x-1)} &=\lim_{x\to1}\frac{(-x^3+x^2-3x)-(-3)}{(x-1)}\\
&=\lim_{x\to1}\frac{-(x^3-x^2+3x-3)}{(x-1)}\\
&=\lim_{x\to1}\frac{-(x-1)(x^2+3)}{(x-1)}
\end{aligned}$

$\displaystyle\lim_{x\to1}-(x^2+3)=-4$

V. 다항함수의 미분법

01 [모범답안]

함수 $y=f(x)$에서 x의 값이 $1-h$에서 $1+h$까지 변할 때의 평균변화율은

$\dfrac{f(1+h)-f(1-h)}{(1+h)-(1-h)}=h^2-3h+7$

즉, $\dfrac{f(1+h)-f(1-h)}{2h}=h^2-3h+7$ ······ ㉠

다항함수 $f(x)$는 $x=1$에서 미분가능하므로

$\begin{aligned}
&\lim_{h\to0}\frac{f(1+h)-f(1-h)}{2h}\\
&=\lim_{h\to0}\frac{\{f(1+h)-f(1)\}-\{f(1-h)-f(1)\}}{2h}\\
&=\frac{1}{2}\lim_{h\to0}\left\{\frac{f(1+h)-f(1)}{h}+\frac{f(1-h)-f(1)}{-h}\right\}\\
&=\frac{1}{2}\{f'(1)+f'(1)\}=f'(1)
\end{aligned}$

따라서 ㉠에서

$\begin{aligned}
f'(1) &=\lim_{h\to0}\frac{f(1+h)-f(1-h)}{2h}\\
&=\lim_{h\to0}(h^2-3h+7)=7
\end{aligned}$

02 [모범답안]

함수 $f(x)$가 실수 전체의 집합에서 미분가능하므로 $x=-1$에서 미분가능하다.

함수 $f(x)$가 $x=-1$에서 연속이므로

$\displaystyle\lim_{x\to-1-}f(x)=\lim_{x\to-1+}f(x)=f(-1)$이어야 한다.

$\displaystyle\lim_{x\to-1-}f(x)=\lim_{x\to-1-}(x^3+ax+b)=-1-a+b$,

$\displaystyle\lim_{x\to-1+}f(x)=\lim_{x\to-1+}(-2x+3)=5$,

$f(-1)=-1-a+b$이므로

$-1-a+b=5$에서

$a-b=-6$ ······ ㉠

함수 $f(x)$가 $x=-1$에서 미분가능하므로

$\displaystyle\lim_{x\to-1-}\frac{f(x)-f(-1)}{x+1}=\lim_{x\to-1+}\frac{f(x)-f(-1)}{x+1}$

이어야 한다.

$\begin{aligned}
&\lim_{x\to-1-}\frac{f(x)-f(-1)}{x+1}\\
&=\lim_{x\to-1-}\frac{(x^3+ax+b)-(-1-a+b)}{x+1}\\
&=\lim_{x\to-1-}\frac{(x^3+1)+a(x+1)}{x+1}\\
&=\lim_{x\to-1-}\frac{(x+1)+(x^2-x+1)+a(x+1)}{x+1}\\
&=\lim_{x\to-1-}\frac{(x+1)+(x^2-x+1+a)}{x+1}\\
&=\lim_{x\to-1-}(x^2-x+1+a)\\
&=3+a
\end{aligned}$

$\begin{aligned}
&\lim_{x\to-1+}\frac{f(x)-f(-1)}{x+1}=\lim_{x\to-1+}\frac{(-2x+3)-(-1-a+b)}{x+1}\\
&=\lim_{x\to-1+}\frac{(-2x+3)-5}{x+1}\\
&=\lim_{x\to-1+}\frac{-2(x+1)}{x+1}=-2
\end{aligned}$이므로

$3+a=-2$에서 $a=-5$

㉠에서 $b=1$

따라서 $2a-b=2\times(-5)-1=-11$

03 [모범답안]

$f(x)=\dfrac{1}{3}x^3-x+2$라 하면

$f'(x)=x^2-1$

곡선 $y=f(x)$ 위의 점 $\left(t, \dfrac{1}{3}t^3-t+2\right)$에서의 접선의 방정식은

$y-\left(\dfrac{1}{3}t^3-t+2\right)=(t^2-1)(x-t)$

$y=(t^2-1)x-\dfrac{2}{3}t^3+2$

이 직선이 점 $(2, 0)$을 지나므로

$0=2(t^2-1)-\dfrac{2}{3}t^3+2$

$\dfrac{2}{3}t^3-2t^2=0$, $\dfrac{2}{3}t^2(t-3)=0$

$t=0$ 또는 $t=3$

따라서 두 접선의 기울기의 합은

$f'(0)+f'(3)=(-1)+8=7$

04 [모범답안]

$$f(x) = x^3 + \frac{1}{2}x^2 + a|x| + 2$$

$$= \begin{cases} x^3 + \frac{1}{2}x^2 - ax + 2 \ (x < 0) \\ x^3 + \frac{1}{2}x^2 + ax + 2 \ (x \geq 0) \end{cases}$$

이때

$$\lim_{h \to 0-} \frac{f(h) - f(0)}{h} = \lim_{h \to 0-} \frac{h^3 + \frac{1}{2}h^2 - ah}{h}$$

$$= \lim_{h \to 0-}\left(h^2 + \frac{1}{2}h - a\right)$$

$$= -a$$

$$\lim_{h \to 0+} \frac{f(h) - f(0)}{h} = \lim_{h \to 0+} \frac{h^3 + \frac{1}{2}h^2 + ah}{h}$$

$$= \lim_{h \to 0+}\left(h^2 + \frac{1}{2}h + a\right)$$

$$= a$$이므로

$$\lim_{h \to 0-} \frac{f(h) - f(0)}{h} \times \lim_{h \to 0+} \frac{f(h) - f(0)}{h} = -4$$에서

$$-a \times a = -4$$

즉, $a^2 = 4$에서 $a > 0$이므로 $a = 2$

그러므로

$$f(x) = \begin{cases} x^3 + \frac{1}{2}x^2 - 2x + 2 \ (x < 0) \\ x^3 + \frac{1}{2}x^2 + 2x + 2 \ (x \geq 0) \end{cases}$$

$x < 0$에서

$$f'(x) = 3x^2 + x - 2 = (x + 1)(3x - 2)$$

$f'(x) = 0$에서 $x < 0$이므로

$$x = -1$$

$x > 0$에서

$$f'(x) = 3x^2 + x + 2 = 3\left(x + \frac{1}{6}\right)^2 + \frac{23}{12} > 0$$

함수 $f(x)$의 증가와 감소를 표로 나타내면 다음과 같다.

x	$\cdots$	-1	$\cdots$	0	$\cdots$
$f'(x)$	$+$	0	$-$		$+$
$f(x)$	↗	극대	↘	극소	↗

함수 $f(x)$는 $x = -1$에서 극대이고,
$x = 0$에서 극소이다.

따라서 함수 $f(x)$의 모든 극값의 곱은

$$f(-1) \times f(0) = \left(-1 + \frac{1}{2} + 2 + 2\right) \times 2 = 7$$

05 [모범답안]

$$f(x) = 3x^4 - 8x^3 - 6x^2 + 24x$$에서

$$f'(x) = 12x^3 - 24x^2 - 12x + 24$$

$$= 12(x + 1)(x - 1)(x - 2)$$

$f'(x) = 0$에서 $x = -1$ 또는 $x = 1$ 또는 $x = 2$

함수 $f(x)$의 증가와 감소를 표로 나타내면 다음과 같다.

x	$\cdots$	-1	$\cdots$	1	$\cdots$	2	$\cdots$
$f'(x)$	$-$	0	$+$	0	$-$	0	$+$
$f(x)$	↘	극소	↗	극대	↘	극소	↗

$$f(-1) = -19, \ f(1) = 13, \ f(2) = 8$$이므로
함수 $y = f(x)$의 그래프는 그림과 같다.

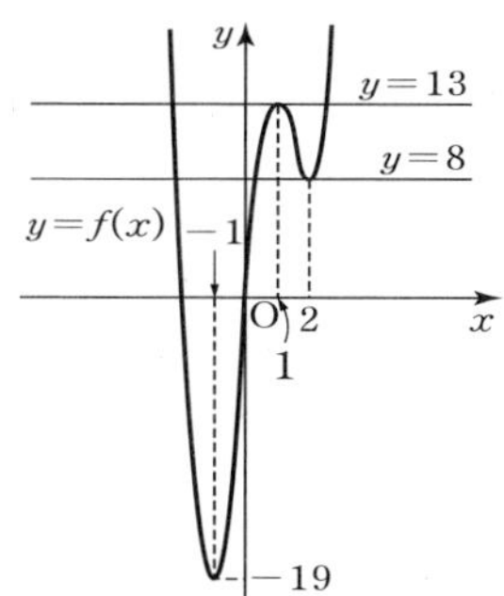

함수 $y = f(x)$의 그래프와 직선 $y = k$가 서로 다른 세 점에서 만나는 경우는 $k = 8$, $k = 13$일 때이다.
따라서 모든 실수 k의 값의 곱은

$$8 \times 13 = 104$$

06 [모범답안]

$$f(x) = x^3 + 3x^2 - 9x$$라 하면

$$f'(x) = 3x^2 + 6x - 9 = 3(x + 3)(x - 1)$$

$f'(x) = 0$에서 $x = -3$ 또는 $x = 1$

함수 $f(x)$의 증가와 감소를 표로 나타내면 다음과 같다.

x	$\cdots$	-3	$\cdots$	1	$\cdots$
$f'(x)$	$+$	0	$-$	0	$+$
$f(x)$	↗	극대	↘	극소	↗

$$f(-3) = 27, \ f(1) = -5$$이므로
함수 $y = f(x)$의 그래프와 직선 $y = k$는 그림과 같다.

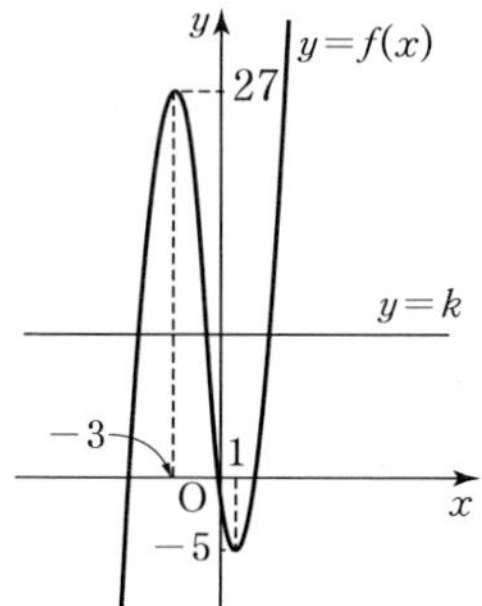

곡선 $y = f(x)$와 직선 $y = k$가 서로 다른 두 점에서 만나야 하므로
$k = 27$ 또는 $k = -5$이어야 한다.
따라서 모든 실수 k의 값의 곱은

$$27 \times (-5) = -135$$

07 [모범답안]

점 P의 시각 t에서의 속도를 v라 하면

$$v = \frac{dx}{dt} = 6t^2 + 6t - 12$$

$v = 0$에서

$$6t^2 + 6t - 12 = 0$$

$$t^2 + t - 2 = 0, \ (t-1)(t+2) = 0$$

$t_1 > 0$이므로 시각 $t = 1$에서 점 P는 운동 방향을 바꾼다.

즉, $t_1 = 1$

점 P의 시각 t에서의 가속도를 a라 하면

$$a = \frac{dv}{dt} = 12t + 6$$

따라서 점 P의 시각 $t = 2t_1$, 즉 $t = 2$에서의 가속도는

$$12 \times 2 + 6 = 30$$

08 [모범답안]

함수 $f(x)$가 실수 전체의 집합에서 미분가능하므로 $x = 1$에서도 미분가능하다.

함수 $f(x)$가 $x = 1$에서 미분가능하면 $x = 1$에서 연속이므로 $\lim\limits_{x \to 1-} f(x) = \lim\limits_{x \to 1+} f(x) = f(1)$이어야 한다.

이때

$$\lim_{x \to 1-} f(x) = \lim_{x \to 1-}(x^3 + ax + b) = 1 + a + b$$

$$\lim_{x \to 1+} f(x) = \lim_{x \to 1+}(bx + 4) = b + 4$$

$f(1) = b + 4$이므로

$1 + a + b = b + 4$에서 $a = 3$

또한 함수 $f(x)$가 $x = 1$에서 미분가능하므로

$$\lim_{x \to 1-} \frac{f(x) - f(1)}{x - 1} = \lim_{x \to 1+} \frac{f(x) - f(1)}{x - 1}$$
이어야 한다.

이때

$$\lim_{x \to 1-} \frac{f(x) - f(1)}{x - 1} = \lim_{x \to 1-} \frac{(x^3 + 3x + b) - (b + 4)}{x - 1}$$
$$= \lim_{x \to 1-} \frac{x^3 + 3x - 4}{x - 1}$$
$$= \lim_{x \to 1-} \frac{(x - 1)(x^2 + x + 4)}{x - 1}$$
$$= \lim_{x \to 1-}(x^2 + x + 4) = 1 + 1 + 4 = 6$$

$$\lim_{x \to 1+} \frac{f(x) - f(1)}{x - 1} = \lim_{x \to 1+} \frac{(bx + 4) - (b + 4)}{x - 1}$$
$$= \lim_{x \to 1+} \frac{b(x - 1)}{x - 1} = \lim_{x \to 1+} b = b$$
이므로

$b = 6$

따라서 $2a - b = 6 - 6 = 0$

09 [모범답안]

$f(x) = x^3 + ax^2 - (a^2 - 8a)x + 3$에서

$$f'(x) = 3x^2 + 2ax - (a^2 - 8a)$$

함수 $f(x)$가 실수 전체의 집합에서 증가하기 위한 필요조건은 모든 실수 x에 대하여 $f'(x) \geq 0$인 것이다.

이 경우 이차방정식 $f'(x) = 0$의 판별식을 D라 하면 $D \leq 0$이어야 하므로

$$\frac{D}{4} = a^3 + 3(a^2 - 8a) \leq 0$$

$$4a(a - 6) \leq 0, \ 0 \leq a \leq 6$$

이때 $0 < a < 6$인 경우에는 $D < 0$, 즉 모든 실수 x에 대하여 $f'(x) > 0$이므로 함수 $f(x)$가 실수 전체의 집합에서 증가한다.

또한 $a = 0$ 또는 $a = 6$인 경우에는 하나의 실수 α에서만 $f'(\alpha) = 0$이고 이를 제외한 모든 실수 x에 대하여 $f'(x) > 0$이므로 이 경우에도 함수 $f(x)$가 실수 전체의 집합에서 증가한다.

따라서 함수 $f(x)$가 실수 전체의 집합에서 증가하기 위한 필요충분조건은 $0 \leq a \leq 6$이므로 실수 a의 최솟값은 0이고 최댓값은 6, 그리고 그 곱은 0이다.

10 [모범답안]

$f(x) = 2x^3 - 6x^2 + k$라 하면

방정식 $2x^3 - 6x^2 + k = 0$의 실근은 함수 $y = f(x)$의 그래프와 x축이 만나는 점의 x좌표이다.

$f'(x) = 6x^2 - 12x = 6x(x - 2)$이므로

$f'(x) = 0$에서 $x = 0$ 또는 $x = 2$

함수 $f(x)$의 증가와 감소를 표로 나타내면 다음과 같다.

x	$\cdots$	0	$\cdots$	2	$\cdots$
$f'(x)$		$+$	0	$-$	0	$+$
$f(x)$	$\nearrow$	극대	$\searrow$	극소	$\nearrow$

함수 $f(x)$는 $x = 0$에서 극대이고, $x = 2$에서 극소이다. 이때 방정식 $2x^3 - 6x^2 + k = 0$의 서로 다른 양의 실근의 개수가 2이려면 그림과 같이 함수 $f(x)$의 극댓값은 양수이고, 함수 $f(x)$의 극솟값은 음수이어야 한다.

이때 $f(0) = k$, $f(2) = k - 8$이므로

$k > 0$, $k - 8 < 0$, 즉 $0 < k < 8$

따라서 구하는 정수 k의 값은 1, 2, 3, 4, 5, 6, 7이고

그 합은 $\dfrac{n(n + 1)}{2} = \dfrac{7 \times 8}{2} = 28$

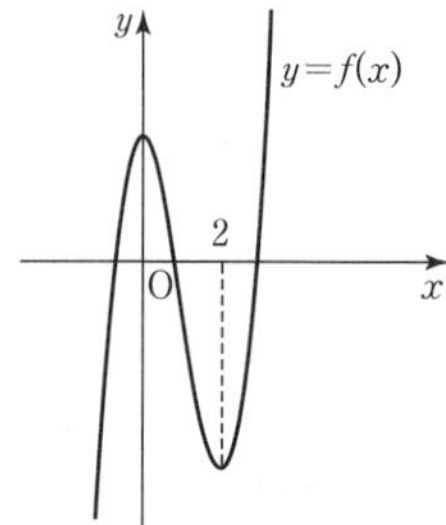

11 [모범답안]

다항식 $x^{15} - x^7 + 5x^2 + 1$을 이차식인 $(x - 1)^2$으로 나누었을 때의 나머지는 일차식인 $mx + n$이다.

따라서

$$x^{15} - x^7 + 5x^2 + 1 = Q(x)(x - 1)^2 + (mx + n)$$

주어진 식에, $x=1$을 대입하면

$1-1+5+1=m+n=6$

$\therefore m+n=6$

한편 주어진 식을 x에 대하여 미분하면

$15x^{14}-7x^6+10x=Q'(x)(x-1)^2$
$$+2Q(x)(x-1)+m$$

위 식에, $x=1$을 대입하면

$15-7+10=18=m$

$\therefore m=18,\ n=-12$

따라서 나머지는 $18x-12$

12 [모범답안]

최고차항의 계수가 1인 이차함수 $f(x)$를

$f(x)=x^2+ax+b$ ($a,\,b$는 상수)라 하자.

함수 $y=f(x)$의 그래프와 직선 $y=f(2)$가 만나는 서로 다른 두 점 A, B의 x좌표는 이차방정식 $f(x)=f(2)$의 서로 다른 두 실근이다.

$f(x)=f(2)$에서 $x^2+ax+b=4+2a+b$

$x^2+ax-2a-4=0$ …… ㉠

이때 주 점 A, B의 x좌표의 합이 3이므로 이차방정식 ㉠의 두 실근의 합도 3이다.

이차방정식의 근과 계수의 관계에 의하여 $-a=3$, 즉 $a=-3$ 이므로

$f(x)=x^2-3x+b$

따라서 $f'(x)=2x-3$이므로

$\displaystyle\sum_{n=1}^{10}f'(n)=\sum_{n=1}^{10}(2n-3)=2\sum_{n=1}^{10}n-\sum_{n=1}^{10}3$

$\displaystyle=2\times\frac{10\times11}{2}-3\times10=80$

13 [모범답안]

함수 $f(x)$가 열린구간 $(-\infty,\ \infty)$에서 감소하려면 모든 실수 x에 대하여 $f'(x)\le0$을 만족하여야 한다.

$f(x)=-4x^3+2kx^2-kx+1$이므로

$f'(x)=-12x^2+4kx-k$

이때 $f'(x)\le0$이 성립해야 하므로

$f(x)=-12x^2+4kx-k\le0$

이차방정식 $f'(x)=0$의 판별식을 D라고 하면

$\dfrac{D}{4}=(2k)^2-12k=4k^2-12k=4k(k-3)\le0$

$\therefore 0\le k\le3$

따라서 $M=3,\ m=0$이므로 $M-m=3$이다.

14 [모범답안]

$f(x)-g(x)=h(x)$라 하면

$h(x)=\{3x^3+5x^2-2x\}-\{2x^3+5x^2+x+k\}$

$=x^3-3x-k$

$h'(x)=3x^2-3$이고 $h'(x)=0$을 만족하는 $x=\pm1$이다.

이때 $h(x)$의 증감을 따져보면

$x=1$에서 극솟값 $h(1)=-2-k$를,

$x=-1$에서 극댓값 $h(-1)=+2-k$를 갖는다.

한편, $h(0)=-k$이며 $h(x)=-k$를 만족하는 $x=\pm\sqrt{3}$, $x=0$이다.

$h(x)=0$인 방정식에서 서로 다른 두 개의 양의 실근과 한 개의 음의 실근을 갖도록 하기 위해서는 $h(0)=-k$이고 $h(1)=-2-k$를 참고하면 직선 $y=0$이 $h(0)$과 $h(1)$ 사이에 존재해야 하므로,

$h(1)=-2-k<0<h(0)=-k$이어야 한다.

$\therefore -2<k<0$

15 [모범답안]

$f(x)=\dfrac{1}{2}x^2$으로 놓으면 $f'(x)=x$

접점의 좌표를 $\left(t,\ \dfrac{1}{2}t^2\right)$이라고 하면 이 점에서의 접선의 기울기는 $f'(t)=t$이므로 접선의 방정식은

$y-\dfrac{1}{2}t^2=t(x-t),\ y=tx-\dfrac{1}{2}t^2$

이 접선이 점 $P(a,\ 2a-3)$을 지나므로

$2a-3=at-\dfrac{1}{2}t^2,\ t^2-2at+2(2a-3)=0$ ……㉠

t에 관한 이차방정식 ㉠의 두 근을 $\alpha,\ \beta$라고 하면 $\alpha,\ \beta$는 접점의 x좌표이므로 접선의 기울기는 각각 $f'(\alpha)f'(\beta)$

이때 두 접선의 이루는 각이 직각이므로 $\alpha\beta=-1$

㉠에서 $\alpha\beta=2(2a-3)=-1$이므로 $a=\dfrac{5}{4}$

16 [모범답안]

두 점 $P,\ Q$의 시각 t에서의 속도를 각각 $v_1,\ v_2$라 하면,

$v_1=2t-4=2(t-2),\ v_2=3t^2-18t+24$
$=3(t-2)(t-4)$

이때, 두 점 $P,\ Q$가 서로 다른 방향으로 움직이기 위해서는 속도의 부호가 달라야하므로

$\therefore v_1v_2=6(t-2)^2(t-4)<0$

$t\ge2$이므로 $2<t<4$

따라서 p의 최솟값 $m=2$, q의 최댓값 $M=4$이므로

$m+M=6$

17 [모범답안]

$(x^2-9)g(x)=f(x)-9$의 양변에 $x=3$을 대입하면

$(3^2-9)g(3)=f(3)-9$이므로 $f(3)-9=0$

$\therefore f(3)=9$ ……㉠

$$g(3)=\lim_{x\to 3}g(x)=\lim_{x\to 3}\frac{f(x)-9}{x^2-9}$$

$$=\lim_{x\to 3}\frac{f(x)-f(3)}{(x-3)(x+3)}=\frac{1}{6}\lim_{x\to 3}\frac{f(x)-f(3)}{x-3}$$

$$=\frac{1}{6}f'(3)=1$$

$$\therefore g(3)=1 \qquad\cdots\cdots\text{ⓛ}$$

함수 $h(x)$의 도함수는 $h'(x)=f'(x)g(x)+f(x)g'(x)$이므로 ㉠과ⓛ을 이용하면

$$h'(3)=f'(3)g(3)+f(3)g'(3)=6\times 1+9\times 2=24$$

18 [모범답안]

$$\lim_{h\to 0}\frac{f(1+h)-f(1-h)}{h}$$

$$=\lim_{h\to 0}\left\{\frac{f(1+h)-f(1)}{h}+\frac{f(1-h)-f(1)}{-h}\right\}$$

$$=f'(1)+f'(1)=2f'(1)$$

$2f'(1)=6$에서 $f'(1)=3$

$f(x)=x^3+ax$에서 $f'(x)=3x^2+a$이므로

$f'(1)=3+a=3$

따라서 $a=0$

19 [모범답안]

다항함수 $f(x)$는 실수 전체의 집합에서 연속이고

$n=1,2,3,4,5$이므로 $f(n)f(n+1)<0$에서 사잇값 정리를 이용하면,

$f(a_n)=0 (n<a_n<n+1)$인 상수 $a_n(n=1,2,3,4,5)$이 존재한다.

다항함수 $f(x)$는 실수 전체의 집합에서 미분가능하고

$f(a_1)=f(a_2)$, $f(a_2)=f(a_3)$, $f(a_3)=f(a_4)$, $f(a_4)=f(a_5)$이므로, 롤의 정리에 의하여

$f'(c_1)=f'(c_2)=f'(c_3)=f'(c_4)=0$ $(a_n<c_n<a_{n+1})$

인 상수 c_1, c_2, c_3, c_4이 적어도 하나씩 존재한다.

따라서 방정식 $f'(x)=0$의 서로 다른 실근의 개수의 최솟값은 4이다.

20 [모범답안]

$$f'(0)=\lim_{h\to 0}\frac{f(0+h)-f(0)}{h}=\lim_{h\to 0}\frac{f(h)-f(0)}{h-0}=3$$

$f(x+y)=f(x)+f(y)+4xy$에서 $x=2, y=h$라 하면,

$$f(2+h)=f(2)+f(h)+8h,$$

$$f(2+h)-f(2)=f(h)+8h$$

따라서

$$f'(2)=\lim_{h\to 0}\frac{f(2+h)-f(2)}{h}=\lim_{h\to 0}\frac{f(h)+8h}{h}$$이므로

$$\therefore \lim_{h\to 0}\frac{f(h)+8h}{h}=\lim_{h\to 0}\frac{f(h)}{h}+8=f'(0)+8=11$$

Ⅵ. 다항함수의 적분법

01 [모범답안]

$2F(x)=(2x+1)f(x)-3x^4-2x^3+x^2+x+4$ 의 양변을 x에 대하여 미분하면

$$2f(x)=2f(x)+(2x+1)f'(x)-12x^3-6x^2+2x+1$$

$$(2x+1)f'(x)=12x^3+6x^2-2x-1$$

$$=6x^2(2x+1)-(2x+1)$$

$$=(6x^2-1)(2x+1)$$

$f(x)$는 다항함수이므로

$$f'(x)=6x^2-1$$

$$f(x)=\int (6x^2-1)dx=2x^3-x+C_1$$

(단, C_1은 적분상수)

$f(0)=C_1=0$이므로 $f(x)=2x^3-x$

또한

$2F(x)=(2x+1)f(x)-3x^4-2x^3+x^2+x+4$의 양변에 $x=0$을 대입하면

$$2F(0)=f(0)+4=4$$에서

$$F(0)=2$$

$$F(x)=\int f(x)dx=\int (2x^3-x)dx$$

$$=\frac{1}{2}x^4-\frac{1}{2}x^2+C_2 \ (\text{단, } C_2\text{는 적분상수})$$

$F(0)=2$이므로 $C_2=2$

따라서 $F(x)=\frac{1}{2}x^4-\frac{1}{2}x^2+2$이므로

$$F(-1)=\frac{1}{2}-\frac{1}{2}+2=2$$

02 [모범답안]

최고차항의 계수가 1인 이차함수 $f(x)$가 모든 실수 x에 대하여 $f(-x)=f(x)$를 만족시키므로

$f(x)=x^2+k$ (k는 상수)로 놓을 수 있다.

$$\int_{-3}^{3}f(x)dx=\int_{-3}^{3}(x^2+k)dx$$

$$=2\int_{0}^{3}(x^2+k)dx$$

$$=2\times\left[\frac{1}{3}x^3+kx\right]_{0}^{3}$$

$$=2(9+3k)$$

$2(9+3k)=36$에서 $k=3$

따라서 $f(x)=x^2+3$이므로

$$f(5)=25+3=28$$

03 [모범답안]

$f(x)=x^2+ax+b$ (a,b는 상수)라 하자.

$g'(x)=f(x)$이고 함수 $g(x)$가 $x=2$에서 극솟값 $-\frac{4}{3}$를 가지므로

$$g'(2)=f(2)=0, \ g(2)=-\frac{4}{3}$$

$f(2) = 4 + 2a + b = 0$에서

$b = -2a - 4$

즉, $f(x) = x^2 + ax - 2a - 4$이므로

$g(2) = \displaystyle\int_0^2 f(t)\,dt$

$= \displaystyle\int_0^2 (t^2 + at - 2a - 4)\,dt$

$= \left[\dfrac{1}{3}t^3 + \dfrac{a}{2}t^2 - 2at - 4t\right]_0^2$

$= \dfrac{8}{3} + 2a - 4a - 8 = -2a - \dfrac{16}{3}$

$-2a - \dfrac{16}{3} = -\dfrac{4}{3}$에서

$2a = -4,\ a = -2$

따라서 $f(x) = x^2 - 2x$이므로

$g'(3) = f(3) = 9 - 6 = 3$

04 [모범답안]

$ax^2 = a(x + 2)$에서 $x^2 - x - 2 = 0$

$(x - 2)(x + 1) = 0$

$x = 2$ 또는 $x = -1$

즉, 곡선 $y = ax^2$과 직선 $y = a(x + 2)$의 교점의 x좌표는 $-1, 2$이고 $a > 0$이므로

$-\ \leq x \leq 2$에서 $a(x + 2) \geq ax^2$

곡선 $y = ax^2$과 직선 $y = a(x + 2)$로 둘러싸인 부분의 넓이는

$\displaystyle\int_{-1}^2 \{a(x + 2) - ax^2\}dx = \int_{-1}^2 a(-x^2 + x + 2)\,dx$

$= a\left[-\dfrac{1}{3}x^3 + \dfrac{1}{2}x^2 + 2x\right]_{-1}^2$

$= a\left\{\left(-\dfrac{8}{3} + 2 + 4\right) - \left(\dfrac{1}{3} + \dfrac{1}{2} - 2\right)\right\}$

$= \dfrac{9}{2}a$

따라서 $\dfrac{9}{2}a = 36$에서

$a = 8$

05 [모범답안]

시각 $t = 3$에서의 점 P의 속도는 3이므로

$v(3) = -6 + k = 3$에서 $k = 9$

그러므로 $v(t) = -2t + 9$

시각 t에서의 점 P의 위치를 $x(t)$라 하면 시각 $t = 3$에서의 점 P의 위치는

$x(3) = x(0) + \displaystyle\int_0^3 v(t)\,dt$

$12 = x(0) + \displaystyle\int_0^3 (-2t + 9)\,dt = x(0) + \left[-t^2 + 9t\right]_0^3$

$= x(0) + (-9 + 27) - 0$에서

$x(0) = -6$

따라서 시각 $t = 0$에서의 점 P의 위치는 -6이다.

06 [모범답안]

$f(x) = x^2 + x\displaystyle\int_0^2 f(t)\,dt + \int_{-1}^1 f(t)\,dt$에서

$\displaystyle\int_0^2 f(t)\,dt = a,\ \int_{-1}^1 f(t)\,dt = b\ (a, b$는 상수$)$라 하면

$f(x) = x^2 + ax + b$

$a = \displaystyle\int_0^2 (t^2 + at + b)\,dt = \left[\dfrac{1}{3}t^3 + \dfrac{a}{2}t^2 + bt\right]_0^2$

$= \dfrac{8}{3} + 2a + 2b$이므로 $a + 2b + \dfrac{8}{3} = 0$ …… ㉠

$b = \displaystyle\int_{-1}^1 (t^2 + at + b)\,dt = 2\int_0^1 (t^2 + b)\,dt = 2\left[\dfrac{1}{3}t^3 + bt\right]_0^1$

$= 2\left(\dfrac{1}{3} + b\right) = \dfrac{2}{3} + 2b$이므로 $b = -\dfrac{2}{3}$ …… ㉡

㉡을 ㉠에 대입하면 $a = -\dfrac{4}{3}$

따라서 $f(x) = x^2 - \dfrac{4}{3}x - \dfrac{2}{3}$이므로

$f(-2) = 4 + \dfrac{8}{3} - \dfrac{2}{3} = 6$

07 [모범답안]

점 P의 시각 $t\,(t \geq 0)$에서의 가속도를 $a(t)$라 하면

$a(t) = v'(t) = 6t - 4$

시각 $t = k$에서의 점 P의 가속도가 12이므로

$6k - 4 = 12$에서 $k = 3$

따라서 시각 $t = 0$에서 $t = 3$까지 점 P의 위치의 변화량은

$\displaystyle\int_0^3 v(t)\,dt = \int_0^3 (3t^2 - 4t + 5)\,dt = \left[t^3 - 2t^2 + 5t\right]_0^3$

$= 27 - 18 + 15 = 24$

08 [모범답안]

시각 $t = 0$에서 $t = 5$까지 점 P가 움직인 거리가 12이므로

$\displaystyle\int_0^5 |v(t)|\,dt = 12$

시각 $t = 0$에서 $t = 3$까지 점 P의 위치의 변화량이 -7이므로

$\displaystyle\int_0^3 v(t)\,dt = -7$

조건 ㈎에서 $0 \leq t \leq 5$인 모든 실수 t에 대하여

$v(5 - t) = v(5 + t)$이므로 함수 $y = v(t)$

$(0 \leq t \leq 10)$의 그래프는 직선 $t = 5$에 대하여 대칭이다.

그러므로 $\displaystyle\int_5^{10} |v(t)|\,dt = \int_0^5 |v(t)|\,dt = 12$이고

$\displaystyle\int_7^{10} v(t)\,dt = \int_0^3 v(t)\,dt = -7$이다.

한편, 조건 ㈏에서 $0 < t < 3$인 모든 실수 t에 대하여

$v(t) < 0$이므로

$\displaystyle\int_0^3 |v(t)|\,dt = \int_0^3 \{-v(t)\}dt = -\int_0^3 v(t)\,dt = 7$

시각 $t = 3$에서 $t = 10$까지 점 P가 움직인 거리는

$\displaystyle\int_3^{10} |v(t)|\,dt = \int_0^5 |v(t)|\,dt + \int_5^{10} |v(t)|\,dt - \int_0^3 |v(t)|\,dt$

$= 12 + 12 - 7 = 17$

시각 $t = 3$에서 $t = 10$까지 점 P가 움직인 거리와 시각 $t = 7$에서의 점 P의 위치가 같으므로 시각 $t = 7$에서의 점 P의 위치가 17이다.

따라서 시각 $t=10$에서의 점 P의 위치는

$$17+\int_7^{10}v(t)dt=17+(-7)=10$$

09 [모범답안]

$f(x)=4x^3-3x^2+\int_{-1}^{1}f(t)dt$에서 $\int_{-1}^{1}f(t)dt=k$라 하면

$$f(x)=4x^3-3x^2+k$$

$$k=\int_{-1}^{1}(4x^3-3x^2+k)dx$$

$$=\Big[x^4-x^3+kx\Big]_{-1}^{1}=-2+2k$$

$\therefore k=2,\ f(x)=4x^3-3x^2+2$

곡선 $y=4x^3-3x^2+2$와 곡선 $y=2$의 교점의 좌표를 구하면

$$4x^3-3x^2+2=2$$

따라서

$4x^3-3x^2=0,\ x^2(4x-3)=0$에서 $x=0,\ x=\dfrac{3}{4}$

구하고자 하는 넓이는 구간 $\Big[0,\dfrac{3}{4}\Big]$에서 $3x^2-4x^3\geq0$

$$\int_0^{\frac{3}{4}}|4x^3-3x^2|dx$$

$$=\int_0^{\frac{3}{4}}(3x^2-4x^3)dx$$

$$=\Big[x^3-x^4\Big]_0^{\frac{3}{4}}=\frac{27}{256}=\frac{p}{q}$$

$p=27,\ q=256$

$\therefore p+q=283$

10 [모범답안]

$y=-x^2+4$에서 $y'=-2x$이다.

곡선 위의 임의의 점 $(k,\ -k^2+4)$에서 접선의 기울기는 $-2k$

이때 접선의 방정식은 $y=-2k(x-k)+(-k^2+4)$이다.

즉, $y=-2kx+k^2+4$이다.

곡선 $y=-x^2+4$와 접선 및 두 직선 $x=0,\ x=2$로 둘러싸인 도형의 넓이 $S(a)$는

$$\int_0^2\{(-2kx+k^2+4)-(-x^2+4)\}dx$$

$$=\int_0^2(x^2-2kx+k^2)dx$$

$$=\Big[\frac{1}{3}x^3-kx^2+k^2x\Big]_0^2$$

$$=2k^2-4k+\frac{8}{3}=2(k-1)^2+\frac{2}{3}$$

$S(k)=2(k-1)^2+\dfrac{2}{3}$, $k=1$일 때 최솟값 $\dfrac{2}{3}$

11 [모범답안]

$f(x)$를 n차 다항식이라고 하면

(나)조건에서 (좌변)$=n^2$차, (우변)$=n+2$차이다.

(좌변)$=$(우변)이므로 $n^2=n+2$이며, n은 자연수이므로 $n=2$이다.

이때, $n=2$이므로 $f(x)$는 이차식이다.

$f(x)=ax^2+bx+c$라고 하면

이때 (가)조건에 의하여 $f(x)=ax^2+c$

$f(x)=ax^2+c$를 (나)조건인

$$f(f(x))=(4x^2-5)f(x)+5\int_0^x f'(t)dt$$에 대입하면

$a(ax^2+c)^2+c=(4x^2-5)(ax^2+c)+5\{f(x)-f(0)\}$,

$a(a^2x^4+2acx^2+c^2)+c$

$=4ax^4+(4c-5a)x^2-5c+5(ax^2+c)-5c$,

$a^3x^4+2a^2cx^2+ac^2+c=4ax^4+4cx^2-5c$

이때, $a^3=4a$, $a^2=4$이고 $a>0$이므로 $a=2$

$8x^4+8cx^2+2c^2+c=8x^4+4cx^2-5c$

$8c=4c$

$2c^2+c=-5c$

따라서 $c=0$이다.

$\therefore f(x)=2x^2$

12 [모범답안]

$f(x)=\dfrac{1}{3}x^3-\dfrac{3}{2}x^2+2x+C$ (단, C는 적분상수)

$f'(x)=x^2-3x+2=(x-1)(x-2)$

이때 $f'(x)=0$를 만족하는 x값은 $x=1,\ x=2$이므로

이를 이용하여 함수 $f(x)$의 극댓값, 극솟값을 구하면 함수 $f(x)$는 극댓값 $f(1)$, 극솟값 $f(2)$를 갖는다.

x	$\cdots$	1	$\cdots$	2	$\cdots$
$f'(x)$		$+$	0	$-$	0	$+$
$f(x)$		$\nearrow$	극대	$\searrow$	극소	$\nearrow$

$f(1)=\dfrac{4}{3}$이므로

$f(1)=\dfrac{1}{3}-\dfrac{3}{2}+2+C=\dfrac{4}{3},\ C=\dfrac{1}{2}$

따라서 $f(x)=\dfrac{1}{3}x^3-\dfrac{3}{2}x^2+2x+\dfrac{1}{2}$이므로

$\therefore$ 극솟값 $f(2)=\dfrac{8}{3}-6+4+\dfrac{1}{2}=\dfrac{7}{6}$

13 [모범답안]

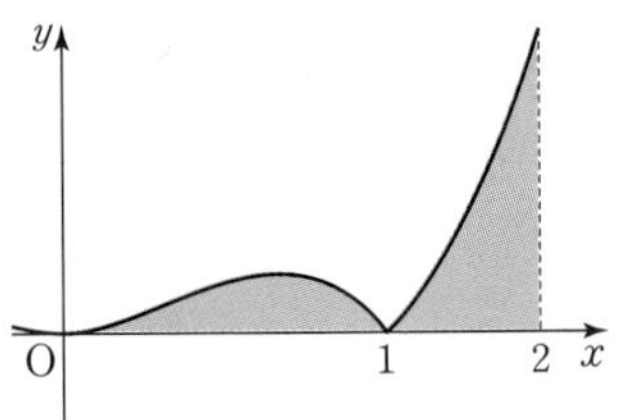

$$\int_0^2 |x^2(x-1)|\,dx$$

$$=-\int_0^1 x^2(x-1)\,dx+\int_1^2 x^2(x-1)\,dx$$

$$=\left[-\frac{1}{4}x^4+\frac{1}{3}x^3\right]_0^1+\left[\frac{1}{4}x^4-\frac{1}{3}x^3\right]_1^2$$

$$=\frac{3}{2}$$

14 [모범답안]

$$xf(x)=\frac{2}{3}x^3+ax^2+b+\int_1^x f(t)\,dt \quad\cdots\cdots\text{㉠}$$

㉠의 양변을 x에 대하여 미분하면

$$f(x)+xf'(x)=2x^2+2ax+f(x)$$

$$xf'(x)=2x^2+2ax$$

함수 $f(x)$가 다항함수이므로 $f'(x)=2x+2a$

$$f(x)=\int(2x+2a)\,dx=x^2+2ax+C \;(\text{단, }C\text{는 적분상수})$$

$f(0)=1$에서 $C=1$

$f(1)=1$에서 $1+2a+C+1=1+2a+1=1$이므로

$$a=-\frac{1}{2}$$

그러므로 $f(x)=x^2-x+1$

㉠의 양변에 $x=1$을 대입하면

$$f(1)=\frac{2}{3}+a+b=\frac{2}{3}-\frac{1}{2}+b=b+\frac{1}{6}$$

$f(1)=1$에서 $b+\frac{1}{6}=1$, $b=\frac{5}{6}$

따라서 $3b-a=3\times\frac{5}{6}-\left(-\frac{1}{2}\right)=3$이므로

$$f(3b-a)=f(3)=9-3+1=7$$

15 [모범답안]

함수 $f(x)$가 역함수를 갖기 위해서는 모든 실수 x에 대하여 함수 $f(x)$가 일대일 대응이어야 하므로 $f'(x)\geq0$,

$$\therefore f'(x)=3x^2+4ax+8a\geq0$$

이때, 이차방정식 $3x^2+4ax+8a=0$의 판별식을 D라고 하면 $D\leq0$이 성립해야 하므로

$$\frac{D}{4}=(2a)^2-24a\leq0$$

$$\therefore 0\leq a\leq6$$

따라서 실수 a의 최댓값은 6이므로

$$k=6,\; g(x)=x^3+6x^2+6x$$

한편, 함수 $g(x)$의 그래프와 $y=g^{-1}(x)$의 그래프는 $y=x$에서 교점을 가지므로

함수 $y=g(x)$의 그래프와 직선 $y=x$가 만나는 점의 x좌표는

$x^3+6x^2+6x=x$에서 $x(x+1)(x+5)=0$

$$\therefore x=0,\; x=-1,\; x=-5$$

따라서 함수 $y=g(x)$의 그래프와 $y=x$의 그래프는 다음과 같다.

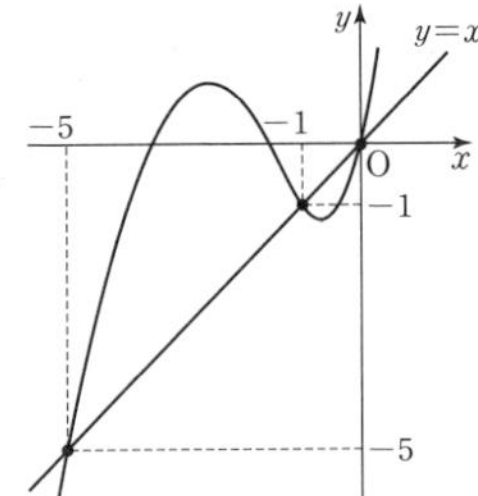

함수 $y=g(x)$와 $y=x$로 둘러싸인 부분의 넓이를 S라고 하면

$$S=\int_{-5}^{-1}|(x^3+6x^2+6x)-x|\,dx$$

$$+\int_{-1}^{0}|(x^3+6x^2+6x)-x|\,dx$$

$$=\int_{-5}^{-1}(x^3+6x^2+5x)\,dx-\int_{-1}^{0}(x^3+6x^2+5x)\,dx$$

$$=\left[\frac{1}{4}x^4+2x^3+\frac{5}{2}x^2\right]_{-5}^{-1}-\left[\frac{1}{4}x^4+2x^3+\frac{5}{2}x^2\right]_{-1}^{0}$$

$$=\frac{131}{4}$$

따라서 $g(x)$와 $g(x)$의 역함수의 그래프로 둘러싸인 부분의 넓이는

$$2S=2\times\frac{131}{4}=\frac{131}{2}$$

16 [모범답안]

함수 $f(x)=\int_0^x 12t(t-1)(t-3)\,dt$에서

$f'(x)=12x(x-1)(x-3)$이므로

$f'(1)=0$이고 $x=1$의 좌우에서 $f'(x)$의 부호가 양에서 음으로 바뀐다.

따라서 함수 $f(x)$는 $x=1$에서 극대이고 극댓값은

$$f(1)=\int_0^1 12t(t-1)(t-3)\,dt$$

$$=\int_0^1 (12t^3-48t^2+36t)\,dt$$

$$=[3t^4-16t^3+18t^2]_0^1=3-16+18=5$$

17 [모범답안]

함수 $f(x)$가 $f(x+4)=f(x)+2$이므로

$$\int_{-1}^3 f(x)dx=\int_{-1}^3 \{f(x+4)-2\}dx$$

$$=\int_{-1}^3 f(x+4)-\int_{-1}^3 2dx=\int_3^7 f(x)dx-8$$

$$\therefore \int_3^7 f(x)dx=\int_{-1}^3 f(x)dx+8$$

이와 마찬가지로

$$\int_7^{11} f(x)dx=\int_3^7 f(x)dx+8=\int_{-1}^3 f(x)dx+16$$이므로

$$\therefore \int_{-1}^{11} f(x)dx=\int_{-1}^3 f(x)dx+\int_3^7 f(x)dx$$

$$+\int_7^{11} f(x)dx$$

$$=2+(2+8)+(2+8+8)=30$$

18 [모범답안]

조건 (가)에서 $p\geq-4$인 모든 실수 p에 대하여

$$\int_{-1}^p f'(x)dx=f(p)-f(-1)\geq0$$이므로 $f'(-1)=0$

$$f(p)\geq f(-1) \qquad\qquad \cdots\cdots ㉠$$

조건 (나)에서 $q\geq-4$인 모든 실수 q에 대하여

$$\int_{-4}^q f'(x)dx=f(q)-f(-4)\geq0,$$

$$f(q)\geq f(-4) \qquad\qquad \cdots\cdots ㉡$$

$f(-1)=-1$이고 ㉠, ㉡에서 $p=-4$, $q=-1$라고 하면

$f(-4)\geq f(-1)$이고 $f(-1)\geq f(-4)$

$$\therefore f(-1)=f(-4)=-1$$

또한 $f'(-1)=0$이고 삼차함수 $f(x)$의 최고차항의 계수가 1

이므로

$$f(x)=(x+1)^2(x+4)-1$$

$$f(1)=19$$

19 [모범답안]

$$\int_{-1}^1 \{f(x)\}^2 dx$$

$$=\int_{-1}^1 (x^4+2kx^3+k^2x^2)dx$$

$$=2\int_0^1 (x^4+k^2x^2)dx$$

$$=2\left[\frac{1}{5}x^5+\frac{1}{3}k^2x^3\right]_0^1=2\left(\frac{1}{5}+\frac{1}{3}k^2\right)$$

$$=\frac{2}{5}+\frac{2}{3}k^2$$

$$=\frac{23}{30}k^2$$

$$\frac{2}{5}=\left(\frac{23}{30}-\frac{2}{3}\right)k^2=\frac{1}{10}k^2$$

$$\therefore k^2=4$$

20 [모범답안]

$y=x^4-(3+a)x^3+3ax^2=x^2(x-a)(x-3)$이므로 그래
프는 다음과 같다.

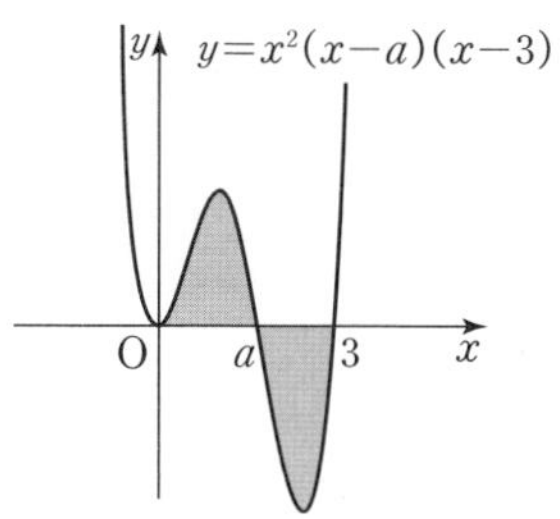

곡선 $y=x^4-(3+a)x^3+3ax^2$와 x축으로 둘러싸인 두 부분
의 넓이가 서로 같으므로

$$\int_0^3 \{x^4-(3+a)x^3+3ax^2\}dx=0$$

따라서

$$\int_0^3 \{x^4-(3+a)x^3+3ax^2\}dx$$

$$=\left[\frac{1}{5}x^5-\frac{3+a}{4}x^4+ax^3\right]_0^3$$

$$=\frac{243}{5}-\frac{243+81a}{4}+27a=0$$

$$\therefore a=\frac{9}{5}$$

따라서 $p=5$, $q=90$이므로

$$\therefore p+q=14$$

수학(오전)

01 [모범답안]

함수 $f(x)$는 주기가 $\dfrac{\pi}{2}$이고 $b > 0$이므로

$\dfrac{2\pi}{b} = \dfrac{\pi}{2}$, $b = 4$이다.

함수 $f(x) = a\sin bx + c$의 최댓값과 최솟값을 a와 c에 대한 식으로 나타내면 $a > 0$이므로

최댓값은 $a + c$이고 최솟값은 $-a + c$이다.

따라서 $a + c = 7$, $-a + c = 3$에서 $a = 2$, $c = 5$이다.

(1) 4

(2) $a + c$

(3) $-a + c$

(4) 2

(5) 5

02 [모범답안]

$2\log_a b : \log_a b + 1 = 1 : \log_a b$에서

$2(\log_a b)^2 = \log_a b + 1$, $2(\log_a b)^2 - \log_a b - 1 = 0$,

$(2\log_a b + 1)(\log_a b - 1) = 0$

$\log_a b = -\dfrac{1}{2}$ 또는 $\log_a b = 1$이고

$a \neq b$이므로 $\log_a b = -\dfrac{1}{2}$

따라서 $\log_a b + \log_b a = \log_a b + \dfrac{1}{\log_a b}$

$= \left(-\dfrac{1}{2}\right) + (-2) = -\dfrac{5}{2}$

03 [모범답안]

등비수열 $\{a_n\}$의 첫째항을 a, 공비를 r이라 하면 수열의 모든 항이 양수이므로 $r > 0$

$\dfrac{5a_2}{a_3 + a_4} = \dfrac{5ar}{ar^2 + ar^3} = \dfrac{5}{r + r^2} = 16$이므로

$16r^2 + 16r - 5 = 0$, $(4r - 1)(4r + 5) = 0$

$r = \dfrac{1}{4}$ 또는 $r = -\dfrac{5}{4}$

$r > 0$이므로 $r = \dfrac{1}{4}$

따라서 $\dfrac{a_3}{a_5} = \dfrac{1}{r^2} = \left(\dfrac{1}{r}\right)^2 = 4^2 = 16$

04 [모범답안]

함수 $y = 2^x + k$의 그래프가 점 $(1, 0)$을 지날 때

$k = -2$

함수 $y = 2^x + k$의 그래프가 점 $(0, 3)$을 지날 때 $k = 2$이므로 두 함수의 그래프가 제1사분면에서 만나도록 하는 모든 k의 값의 범위는 $-2 < k < 2$

따라서 $\alpha = -2$, $\beta = 2$이므로

$\log_{\sqrt{2}}(\beta - \alpha) = 2\log_2 4 = 4$

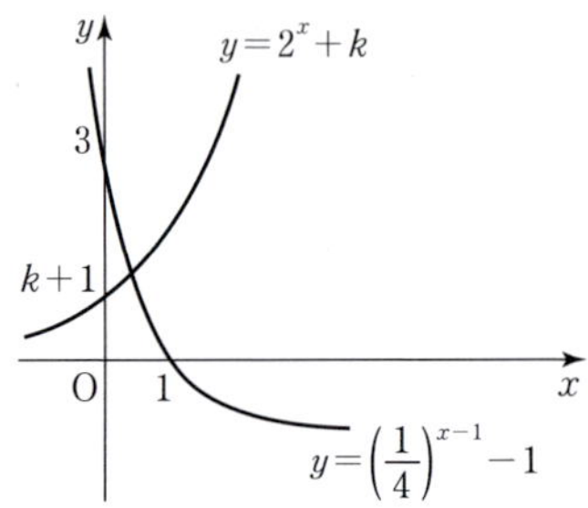

05 [모범답안]

조건 (가)에서 $\lim\limits_{x \to 1}(x - 1) = 0$이므로

$\lim\limits_{x \to 1}\{f(x) - g(x)\} = 0$, $f(1) - g(1) = 0$에서

$f(1) = g(1)$ ······ ㉠

$\lim\limits_{x \to 1}\dfrac{f(x) - g(x)}{x - 1} = \lim\limits_{x \to 1}\dfrac{f(x) - f(1) - g(x) + g(1)}{x - 1}$

$= \lim\limits_{x \to 1}\dfrac{f(x) - f(1)}{x - 1} - \lim\limits_{x \to 1}\dfrac{g(x) - g(1)}{x - 1}$

$= f'(1) - g'(1) = 0$에서 $f'(1) = g'(1)$ ······ ㉡

조건 (나)에서

(i) 양변에 $x = 1$을 대입하면 $f(1)g(1) = 4$

㉠에 의하여 $\{f(1)\}^2 = 4$이고

$f(1) > 0$이므로 $f(1) = 2$ ······ ㉢

(ii) 양변을 x에 대하여 미분하면

$f'(x)g(x) + f(x)g'(x) = 3x^2 - 8x + 1$에서

양변에 $x = 1$을 대입하면

$f'(1)g(1) + f(1)g'(1) = -4$

㉠, ㉡에 의하여 $2f'(1)f(1) = -4$이고 ㉢에 의하여

$f'(1) = -1$

06 [모범답안]

함수
$$\{f(x)\}^2 = \begin{cases}(-x-a)^2 & (x<1)\\(2a)^2 & (x=1)\\(bx-3)^2 & (x>1)\end{cases}$$
이

모든 실수 x에서 연속이려면 $x=1$에서 연속이어야 하므로

$$\lim_{x\to1-}\{f(x)\}^2 = \{f(1)\}^2 = \lim_{x\to1+}\{f(x)\}^2\text{이다.}$$

$$\lim_{x\to1-}\{f(x)\}^2 = \lim_{x\to1-}(-x-a)^2 = (1+a)^2 \ \cdots\cdots \ ㉠$$

$$\{f(1)\}^2 = 4a^2 \ \cdots\cdots \ ㉡$$

$$\lim_{x\to1+}\{f(x)\}^2 = \lim_{x\to1+}(bx-3)^2 = (b-3)^2 \ \cdots\cdots \ ㉢$$

㉠, ㉡에 의하여 $(1+a)^2 = 4a^2$,

$3a^2 - 2a - 1 = (a-1)(3a+1) = 0$에서

$$a=1 \text{ 또는 } a=-\frac{1}{3}$$

a는 양수이므로 $a=1$

㉡, ㉢에 의하여 $4a^2 = (b-3)^2$,

$a=1$을 대입하면 $b-3=2$ 또는 $b-3=-2$에서

$b=5$ 또는 $b=1$

$a\neq b$이므로 $b=5$ 따라서 $a=1$, $b=5$

$$f(x) = \begin{cases}-x-1 & (x<1)\\2 & (x=1)\\5x-3 & (x>1)\end{cases}$$
이므로

$f(a-b)+f(a+b) = f(-4)+f(6)$

$=3+27=30$

07 [모범답안]

좌표평면 위에 곡선 $y=-x^2+kx$와 두 직선 $y=x$, $x=k$를 나타내면 그림과 같다.

곡선 $y=-x^2+kx$와 직선 $y=x$가 만나는 점 P의 x좌표는 $k-1$이고 $B-A=\dfrac{2}{3}$이므로

$$\int_{k-1}^{k}\{x-(-x^2+kx)\}dx$$
$$-\int_0^{k-1}(-x^2+kx-x)dx = \frac{2}{3} \ \cdots\cdots \ ㉠$$

㉠에서 $\displaystyle\int_0^k(x^2-kx+x)dx = \frac{2}{3}$

$$\int_0^k(x^2-kx+x)dx = \left[\frac{x^3}{3}+\frac{1-k}{2}x^2\right]_0^k$$
$$=\frac{k^3}{3}+\frac{1-k}{2}k^2 = -\frac{k^3}{6}+\frac{k^2}{2} = \frac{2}{3} \ \cdots\cdots \ ㉡$$

㉡에서 $k^3-3k^2+4 = (k+1)(k-2)^2 = 0$이므로

$k=2$

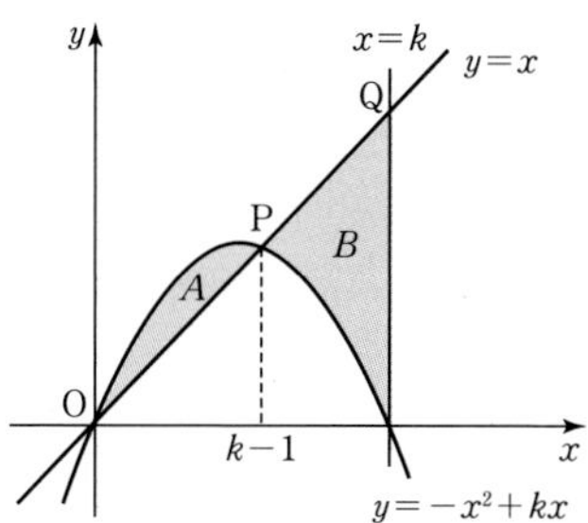

08 [모범답안]

점 P가 운동 방향을 바꿀 때 속도가 0이므로

$$v(t) = 6t^2 - (a+8b)t + (a+2b)b$$
$$= (t-b)(6t-a-2b) = 0\text{에서}$$

$$t=b \text{ 또는 } t=\frac{a+2b}{6}, \ a>4b\text{이므로 } \frac{a+2b}{6}>b$$

조건 (가)에서 $t_2-t_1 = \dfrac{a+2b}{6}-b = \dfrac{a-4b}{6} = \dfrac{1}{3}$

이므로 $a-4b=2 \ \cdots\cdots \ ㉠$

한편 $0\le t\le b$에서 $v(t)\ge 0$이고

조건 (나)에서 $\displaystyle\int_0^b|v(t)|dt = 3$이므로

$$\int_0^b|v(t)|dt = \int_0^b v(t)dt$$
$$= \int_0^b\{6t^2-(a+8b)t+(a+2b)b\}dt$$
$$= \left[2t^3-\frac{1}{2}(a+8b)t^2+(a+2b)bt\right]_0^b$$
$$= 2b^3-\frac{b^2}{2}(a+8b)+(a+2b)b^2$$
$$= \frac{1}{2}ab^2 = 3 \ \cdots\cdots \ ㉡$$

㉠, ㉡에서 $a=6$, $b=1$ 따라서 $v(t) = 6t^2-14t+8$

시각 t에서의 점 P의 위치를 $x(t)$라 하면 $t=2$에서의 점 P의 위치는

$$x(2) = x(0)+\int_0^2 v(t)dt = 0+\int_0^2(6t^2-14t+8)dt$$
$$= [2t^3-7t^2+8t]_0^2 = 4$$

09 [모범답안]

$\displaystyle\int_0^x f(t)dt = f(x)-\frac{2}{3}x^3+4x^2-2x-2$에서

(i) 양변에 $x=0$을 대입하면 $f(0)=2$

(ii) 양변을 x에 대하여 미분하면

$$f(x) = f'(x)-2x^2+8x-2 \ \cdots\cdots \ ㉠\text{에서}$$

$f(x)$의 최고차항은 $-2x^2$이고 $f(0)=2$이므로

$f(x) = -2x^2+ax+2$라 하자.

㉠에 의하여

$-2x^2+ax+2 = -4x+a-2x^2+8x-2$에서

$a=4$이므로 $f(x) = -2x^2+4x+2$

곡선 $y=-2x^2+4x+2$와 직선 $y=k$는

서로 다른 두 점에서 만나므로

방정식 $-2x^2+4x+2=k$는 서로 다른 두 실근을 갖는다.

방정식 $2x^2-4x+k-2=0$의 판별식을 D라 하면

$D = 16-8(k-2)>0$, $k<4$

k는 양수이므로 $0<k<4$

$2x^2-4x+k-2=0$의 서로 다른 두 실근을 α, β라 하면 $\alpha+\beta=2$, $\alpha\beta = \dfrac{k-2}{2}$

$$\overline{AB} = |\alpha-\beta| = \sqrt{(\alpha+\beta)^2-4\alpha\beta}$$
$$= \sqrt{4-2(k-2)} = \sqrt{8-2k}\text{이므로}$$

삼각형 AOB의 넓이 $g(k)$는

$$g(k) = \frac{1}{2} \times \sqrt{8 - 2k} \times k = \frac{1}{2}\sqrt{8k^2 - 2k^3}$$

$0 < k < 4$에서 함수 $h(k)$를 $h(k) = 8k^2 - 2k^3$이라 하면 $h(k)$가 최대일 때 $g(k)$도 최대이다.

$$h'(k) = 16k - 6k^2 = 2k(8 - 3k)$$

$h'(k) = 0$에서 $k = 0$ 또는 $k = \dfrac{8}{3}$

함수 $h(k)$의 증가와 감소를 표로 나타내면 다음과 같다.

k	(0)	$\cdots$	$\dfrac{8}{3}$	$\cdots$	(4)
$h'(k)$		$+$	0	$-$	
$h(k)$		$\nearrow$	극대	$\searrow$	

따라서 함수 $h(k)$가 $k = \dfrac{8}{3}$에서 최대이므로 $g(k)$도 $k = \dfrac{8}{3}$일 때 최대이다.

수학(오후)

01 [모범답안]

삼각형 ABC는 $\angle A > \dfrac{\pi}{2}$인 이등변삼각형이므로

$\angle B = \angle C$ …… ㉠

$\angle A > \dfrac{\pi}{2}$이고 $\sin A = \cos B$이므로

$\angle A = \dfrac{\pi}{2} + \angle B$ …… ㉡

삼각형의 세 내각의 크기의 합은 π이므로

$\angle A + \angle B + \angle C = \pi$ …… ㉢

㉠, ㉡, ㉢에 의하여 $\angle B = \dfrac{\pi}{6}$이므로

$\angle A = \dfrac{\pi}{2} + \angle B = \dfrac{2}{3}\pi$

삼각형 ABC의 외접원의 반지름의 길이를 R이라 할 때, 사인법칙을 이용하면

$$2R = \frac{\overline{AC}}{\sin B} = \frac{2\sqrt{3}}{\dfrac{1}{2}} = 4\sqrt{3}$$

따라서 $R = 2\sqrt{3}$이므로 외접원의 넓이는 $\pi R^2 = 12\pi$이다.

(1) $\dfrac{2}{3}\pi$

(2) $\dfrac{\pi}{6}$

(3) $2\sqrt{3}$

(4) 12π

02 [모범답안]

두 점 $(0, 0)$과 $(\sqrt[3]{4}, \sqrt[6]{2})$를 지나는 직선의 기울기는

$$\frac{\sqrt[6]{2}}{\sqrt[3]{4}} = 2^{\frac{1}{6} - \frac{2}{3}} = 2^{-\frac{1}{2}} = \frac{1}{\sqrt{2}}$$

이고 직선 $ax + 2y = 1$의 기울기는 $-\dfrac{a}{2}$이다.

두 직선이 서로 수직이므로

$$\frac{1}{\sqrt{2}} \times \left(-\frac{a}{2}\right) = -1, \; a = 2\sqrt{2}$$

따라서 $a^2 = 8$

03 [모범답안]

등차수열 $\{a_n\}$의 첫째항을 a, 공차를 d라 하자. 모든 자연수 n에 대하여

$$S_{n+2} - S_n = a_{n+2} + a_{n+1} = a + (n+1)d + a + nd$$
$$= 2dn + 2a + d = 10n + 9$$에서

$2d = 10$, $2a + d = 9$이므로 $d = 5$, $a = 2$

따라서 $a_3 = 2 + 2 \times 5 = 12$

04 [모범답안]

함수 $y = \log_2(x + k)$의 그래프가 점 $(7, 0)$을 지날 때

$k = -6$

함수 $y = \log_2(x + k)$의 그래프가 점 $(0, 3)$을 지날 때

$k = 8$이므로

두 함수의 그래프가 제1사분면에서 만나도록 하는 모든 k의 값의 범위는 $-6 < k < 8$

따라서 $\alpha = -6$, $\beta = 8$이므로

$$\log_4(\alpha + \beta) = \log_4 2 = \frac{1}{2}$$

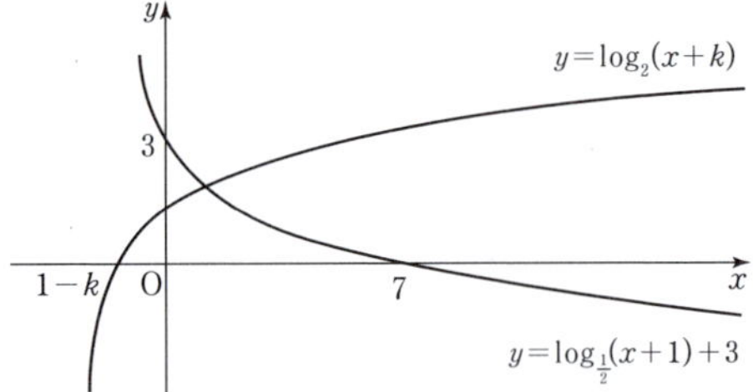

05 [모범답안]

조건 ㈎에서 $\lim\limits_{x \to 2}(x - 2) = 0$이므로

$\lim\limits_{x \to 2}\{g(x) - 4\} = 0$, $g(2) - 4 = 0$에서

$g(2) = 4$ …… ㉠

$\lim\limits_{x \to 2}\dfrac{g(x) - 4}{x - 2} = \lim\limits_{x \to 2}\dfrac{g(x) - g(2)}{x - 2} = g'(2)$이므로

$g'(2) = 2f(2)$ …… ㉡

조건 ㈏에서

(i) 양변에 $x = 2$를 대입하면 $f(2)g(2) = 12$에서

㉠에 의하여 $f(2) = 3$ …… ㉢

㉡, ㉢에 의하여 $g'(2) = 6$ …… ㉣

(ii) 양변을 x에 대하여 미분하면

$$f'(x)g(x) + f(x)g'(x) = 4x^3 - 2x$$에서

양변에 $x = 2$를 대입하면

$$f'(2)g(2) + f(2)g'(2) = 28$$이므로

㉠, ㉢, ㉣에 의하여 $f'(2) = \dfrac{5}{2}$

06 [모범답안]

(i) 함수 $f(x)$가 모든 실수 x에서 연속이려면 $x = 0$에서 연속이어야 하므로 $\lim\limits_{x \to 0} f(x) = f(0)$

$\lim\limits_{x \to 0} f(x) = \lim\limits_{x \to 0} \dfrac{b^2}{x^2 + bx + 1} = b^2$ 이고

$f(0) = \dfrac{a^2}{4}$ 이므로 $b^2 = \dfrac{a^2}{4}$ …… ㉠

㉠에서 $a = 2b$ 또는 $a = -2b$

a, b가 모두 자연수이므로 $a = 2b$ …… ㉡

(ii) 함수 $g(x)$를 $g(x) = \dfrac{b^2}{x^2 + bx + 1} \ (x \neq 0)$ 이라 하면 함수 $g(x)$가 $x \neq 0$인 모든 실수 x에서 연속이어야 하므로 $x \neq 0$인 모든 실수 x에 대하여 $x^2 + bx + 1 \neq 0$이어야 한다.

$x = 0$이면 $x^2 + bx + 1 = 1 \neq 0$이므로

이차방정식 $x^2 + bx + 1 = 0$의 판별식을 D라 하면 $D < 0$이어야 한다.

$D = b^2 - 4 = (b + 2)(b - 2) < 0$에서 $-2 < b < 2$

따라서 자연수 b의 값은 $b = 1$이고 ㉡에 의하여 $a = 2$

07 [모범답안]

$k > 1$이므로 좌표평면 위에 곡선 $y = x^2 - x$와 두 직선 $y = kx$, $x = 2k$을 나타내면 그림과 같다.

곡선 $y = x^2 - x$와 직선 $y = kx$가 만나는 점 P의 x좌표는 $k + 1$이고 $A - B = \dfrac{8}{3}$이므로

$\displaystyle\int_0^{k+1} \{kx - (x^2 - x)\}dx$

$\displaystyle- \int_{k+1}^{2k} (x^2 - x - kx)dx = \dfrac{8}{3}$ …… ㉠

㉠에서 $\displaystyle\int_0^{2k} \{x^2 - (k+1)x\}dx = -\dfrac{8}{3}$

$\displaystyle\int_0^{2k} \{x^2 - (k+1)x\}dx = \left[\dfrac{x^3}{3} - \dfrac{k+1}{2}x^2 \right]_0^{2k}$

$= \dfrac{8}{3}k^3 - 2(k+1)k^2 = \dfrac{2}{3}k^3 - 2k^2 = -\dfrac{8}{3}$ …… ㉡

㉡에서 $k^3 - 3k^2 + 4 = (k+1)(k-2)^2 = 0$이므로

$k = 2$

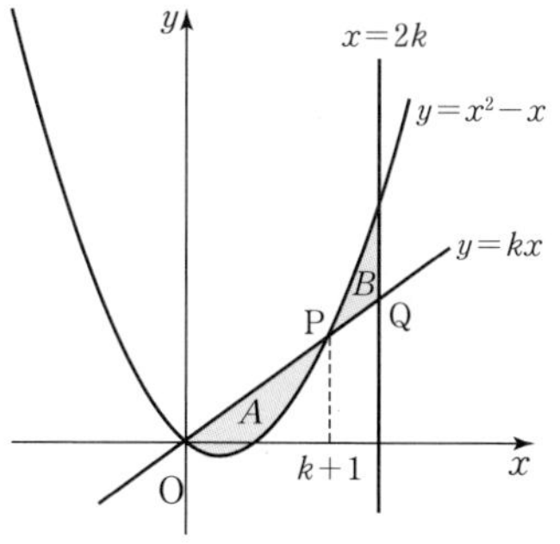

08 [모범답안]

$x(t) = \dfrac{1}{3}t^3 + at^2 + bt$ 에서

$v(t) = \dfrac{d}{dt}x(t) = t^2 + 2at + b$

조건 ㈎에서 $v(1) = 1 + 2a + b = 0$이므로

$b = -2a - 1$ …… ㉠

$v(t) = t^2 + 2at + b = t^2 + 2at - (2a + 1)$

$= (t - 1)(t + 2a + 1)$

$v(t) = 0$에서 $t = 1$ 또는 $t = -2a - 1$

이때 $a \leq -2$이므로 $-2a - 1 \geq 3$

한편 $0 \leq t \leq 1$에서 $v(t) \geq 0$,

$1 \leq t \leq -2a - 1$에서 $v(t) \leq 0$이고

조건 ㈏에서 $\displaystyle\int_0^3 |v(t)|dt = \dfrac{23}{3}$이므로

$\displaystyle\int_0^3 |v(t)|dt = \int_0^1 v(t)dt - \int_1^3 v(t)dt$

$= x(1) - x(0) - \{x(3) - x(1)\} = 2\{x(1)\} - x(3)$

$= 2\left(\dfrac{1}{3} + a + b \right) - (9 + 9a + 3b) = \dfrac{23}{3}$에서

$7a + b = -16$ …… ㉡

㉠, ㉡에서 $a = -3$, $b = 5$이므로

$v(t) = t^2 + 2at + b = t^2 - 6t + 5$

따라서 시각 $t = 6$에서의 점 P의 속도는

$v(6) = 36 - 36 + 5 = 5$

09 [모범답안]

조건 ㈎에서

$\displaystyle\int_0^x f(t)dt = \dfrac{1}{6}x^4 + ax^3 + bx^2$의 양변을 x에 대하여 미분하면 $f(x) = \dfrac{2}{3}x^3 + 3ax^2 + 2bx$

조건 ㈏에서

$|f'(-1)| + |f'(2)| = 0$이므로

$f'(-1) = 0$이고 $f'(2) = 0$

$f'(x) = 2x^2 + 6ax + 2b$이므로

$f'(-1) = 2 - 6a + 2b = 0$에서

$3a - b = 1$ …… ㉠

$f'(2) = 8 + 12a + 2b = 0$에서

$6a + b = -4$ …… ㉡

㉠, ㉡에서 $a = -\dfrac{1}{3}$, $b = -2$이므로

$f(x) = \dfrac{2}{3}x^3 - x^2 - 4x$

$g(x) = \dfrac{1}{4}|3f(x) - 24x - 4|$

$= \dfrac{1}{4}|2x^3 - 3x^2 - 36x - 4|$

함수 $h(x)$를 $h(x) = 2x^3 - 3x^2 - 36x - 4$라 하면

$h'(x) = 6x^2 - 6x - 36$이고

$h'(x) = 0$에서 $x = -2$ 또는 $x = 3$

함수 $h(x)$의 증가와 감소를 표로 나타내면 다음과 같다.

k	$\cdots$	-2	$\cdots$	3	$\cdots$
$h'(k)$	$+$	0	$-$	0	$+$
$h(k)$	$\nearrow$	극대	$\searrow$	극소	$\nearrow$

$h(-2) = 40$, $h(3) = -85$이고

$g(x) = \dfrac{1}{4}|h(x)|$이므로

함수 $g(x)$의 그래프는 다음과 같다.

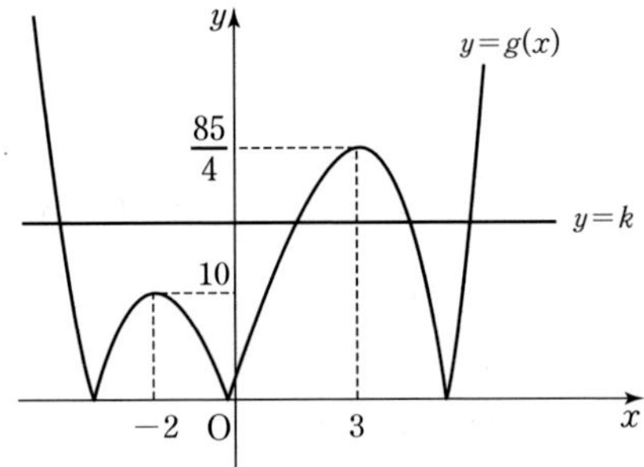

따라서 곡선 $y = g(x)$와 직선 $y=k$가 서로 다른 네 점에서 만나도록 하는 모든 k의 값의 범위가 $10 < k < \dfrac{85}{4}$이므로 자연수 k의 개수는 11이다.

2025학년도 모의고사

01 [모범답안]

함수 $f(x) = \log_2(2\sin x + a) + b$는 $2\sin x + a$값이 증가하면 y값도 증가하므로 $0 \leq x < \pi$ 구간에 $2\sin x + a$의 값은 $x = 0$에서 최솟값, $x = \dfrac{\pi}{2}$에서 최댓값을 갖는다.

$x = 0$, $\log_2 a + b = 4$

$x = \dfrac{\pi}{2}$, $\log_2(2 + a) + b = 5$

따라서 $a = 2$, $b = 3$이고

$f\left(\dfrac{\pi}{6}\right) = \log_2(1 + 2) + 3 = 3 + \log_2 3$이다.

02 [모범답안]

$$\sum_{k=1}^{5} \frac{1 - 16a_k^2}{a_k} = \sum_{k=1}^{5} \frac{1}{a_k} - 16\sum_{k=1}^{5} a_k$$

$$a_n = S_n - S_{n-1} = \frac{1}{(3n+1)(3n-2)},$$

$$a_1 = \frac{1}{4 \times 1} = S_1$$

$$\sum_{k=1}^{5} \frac{1 - 16a_k^2}{a_k} = \sum_{k=1}^{5} \frac{1}{a_k} - 16\sum_{k=1}^{5} a_k$$

$$= \sum_{k=1}^{5}(9k^2 - 3k - 2) - 16S_5$$

$$= \left\{9 \times \frac{5 \times 6 \times (10+1)}{6} - 3 \times \frac{5 \times 6}{2} - 2 \times 5\right\} - 5$$

$$= 435$$

03 [모범답안]

$$f\left(x - \frac{\pi}{2}\right) = 1 + \sin\left(3x - \frac{3\pi}{2}\right) = 1 + \cos 3x$$

$$f\left(x + \frac{\pi}{2}\right) = 1 + \sin\left(3x + \frac{3\pi}{2}\right) = 1 - \cos 3x$$

$$f(x - \pi) = 1 + \sin(3x - 3\pi) = 1 - \sin 3x$$

$$2f\left(x - \frac{\pi}{2}\right)f\left(x + \frac{\pi}{2}\right) - f(x - \pi)$$

$$= 2(1 - \cos^2 3x) - 1 + \sin 3x = 0$$

$$\therefore 2\sin^2 3x + \sin 3x - 1$$

$$= (2\sin 3x - 1)(\sin 3x + 1) = 0$$

$\sin 3x = -1$에서 $3x = \dfrac{3\pi}{2}$, $x = \dfrac{\pi}{2}$

$\sin 3x = \dfrac{1}{2}$에서 $3x = \dfrac{\pi}{6}, \dfrac{5\pi}{6}, \dfrac{13\pi}{6}, \dfrac{17\pi}{6}$,

$x = \dfrac{\pi}{18}, \dfrac{5\pi}{18}, \dfrac{13\pi}{18}, \dfrac{17\pi}{18}$

04 [모범답안]

$$A_1 = \int_0^1 -x(x-1)\,dx = \left[\frac{1}{2}x - \frac{1}{3}x^3\right]_0^1 = \frac{1}{6}$$

$$A_n = \int_{n-1}^{n} -\frac{1}{n}(x - n + 1)(x - n)\,dx$$

$$= \int_0^1 -\frac{1}{n}x(x-1)\,dx = \frac{1}{n} \times \frac{1}{6}$$

$$\therefore \sum_{n=1}^{10} \frac{1}{A_n} = 6(1 + 2 + \cdots + 10) = 6 \times 55 = 330$$

05 [모범답안]

$y = g(x)$의 점 $(1, g(1))$에서 접선 방정식이 $y = 2x + 2$이므로 $g(1) = 4$, $g'(1) = 2$이다.

함수 $f(x)$의 한 원시함수를 $F(x)$라 하면

$$\int_1^x f(t)\,dt = F(x) - F(1)$에서$$

$$\lim_{x \to 1} \frac{1}{x-1}\int_1^x f(t)\,dt = \lim_{x \to 1} \frac{F(x) - F(1)}{x - 1} = f(1)$이고$$

$$f(1) = 2g(1) = 2 \times 4 = 8$$

$f'(x) = 2xg(x) + (x^2 + 1)g'(x)$이므로

$f'(1) = 2g(1) + 2g'(1) = 12$이다.

06 [모범답안]

$$\lim_{x \to 1} \frac{f(x)g(x)}{x - 1} = -2 \Rightarrow f(1)g(1) = 0,$$

$$\lim_{x \to 1} \frac{f(x) + g(x)}{x - 1} = 1 \Rightarrow f(1) + g(1) = 0$$

$$\therefore f(1) = g(1) = 0$$

따라서 $f(x) = a(x-1)$, $g(x) = b(x-1)$

$$\lim_{x \to 1} \frac{f(x)g(x)}{(x-1)^2} = \lim_{x \to 1} \frac{ab(x-1)^2}{(x-1)^2} = -2, \; ab = -2$$

$$\lim_{x \to 1} \frac{f(x) + g(x)}{x - 1} = \lim_{x \to 1} \frac{a(x-1) + b(x-1)}{x - 1} = 1,$$

$$a + b = 1$$

$x^2 - (a + b)x + ab = x^2 - x - 2 = 0$의 근

$a = 2$, $b = -1$ 또는 $a = -1$, $b = 2$

$\therefore f(x)g(x) = -2(x-1)^2$

$\{f(x)g(x)\}' = \{-2(x-1)^2\}' = -2^2(x-1)$

PART 1
수학

PART 2
기출문제

PART 3
해답

2024학년도 기출문제

수학(오전)

01 [모범답안]

이차방정식 $x^2 + (4\sin\theta)x + 2\cos\theta + 2 = 0$의 판별식을 D라 하면 이차방정식이 중근을 가져야 하므로
$D = (4\sin\theta)^2 - 4(2\cos\theta + 2) = 0$이어야 한다.
즉, $2\sin^2\theta - \cos\theta - 1 = 0$이고
$\sin^2\theta = 1 - \cos^2\theta$이므로
$2(1 - \cos^2\theta) - \cos\theta - 1 = 0$이다.
따라서 $(\boxed{2\cos\theta - 1})(\cos\theta + 1) = 0$에서
$\cos\theta = \boxed{\dfrac{1}{2}}$ 또는 $\cos\theta = -1$
$0 \le \theta < 2\pi$에서
$\cos\theta = \boxed{\dfrac{1}{2}}$일 때, $\theta = \boxed{\dfrac{\pi}{3}}$ 또는 $\theta = \boxed{\dfrac{5\pi}{3}}$이고
$\left(\theta = \dfrac{5\pi}{3}\ \text{또는}\ \theta = \dfrac{\pi}{3}\right)$
$\cos\theta = -1$일 때, $\theta = \boxed{\pi}$ 이다.

(가) $2\cos - 1$ (또는 $-2\cos\theta + 1$)

(나) $\dfrac{1}{2}$ (다) $\dfrac{\pi}{3}$ (라) $\dfrac{5\pi}{3}$ (마) π

또는

(가) $2\cos - 1$ (또는 $-2\cos\theta + 1$)

(나) $\dfrac{1}{2}$ (다) $\dfrac{5\pi}{3}$ (라) $\dfrac{\pi}{3}$ (마) π

02 [모범답안]

$-3^{x-2} + a = 2$에서 $x = \log_3(a - 2) + 2$이므로
점 A의 좌표는 $A(\log_3(a - 2) + 2, 2)$
$2^x = 2$에서 $x = 1$이므로 점 B의 좌표는 $B(1, 2)$
$\overline{AB} = 2$이므로 $\{\log_3(a - 2) + 2\} - 1 = 2$
$\log_3(a - 2) = 1$에서 $a - 2 = 3$, $a = 5$

03 [모범답안]

$\log_3 a_{n+2} - \log_3 a_n = 2$에서
$\log_3 \dfrac{a_{n+2}}{a_n} = \log_3 9$, $a_{n+2} = 9a_n$
등비수열 $\{a_n\}$의 첫째항을 $a_1 = a$, 공비를 r라 하면
$a_{n+2} = 9a_n$에서 $ar^{n+1} = 9ar^{n-1}$, $r^2 = 9$
모든 항이 양수이므로 $r = 3$
$a_2 \times a_4 \times a_6 = ar \times ar^3 \times ar^5$
$= a^3 r^9 = a^3 3^9 = 3^{15}$에서
$a^3 = 3^6$, $a = 9$
$a_k = 3^{46}$에서 $9 \times 3^{k-1} = 3^{46}$, $3^{k+1} = 3^{46}$, $k + 1 = 46$
이므로 $k = 45$

04 [모범답안]

함수 $f(x)$를 $f(x) = ax^2 + bx + c$ (단, a, b, c는 상수, $a \ne 0$)라 하자.
조건 (가)에서 분모, 분자의 최고차항을 비교하면
$\dfrac{a^2}{5a} = \dfrac{a}{5} = 2$에서 $a = 10$ …… ㉠
조건 (나)에서 $x \to 0$일 때 (분모) $\to 0$이고 극한값이 존재하므로
(분자) $\to 0$이어야 한다.
즉, $\lim\limits_{x \to 0} f(x) = f(0) = 0$이고 $f(0) = c$이므로
$c = 0$ …… ㉡
㉠, ㉡으로부터 $f(x) = 10x^2 + bx$이고
$\lim\limits_{x \to 0}\dfrac{f(x)}{x} = \lim\limits_{x \to 0}\dfrac{10x^2 + bx}{x} = \lim\limits_{x \to 0}(10x + b) = b = 3$
이므로 $f(x) = 10x^2 + 3x$, 따라서 $f(1) = 13$

05 [모범답안]

$f'(x) = -6x^2 + 6(a + 2)x - 12a$
$= -6(x - 2)(x - a)$이므로 $f'(x) = 0$을 만족시키는
x의 값은 $x = 2$ 또는 $x = a$
$a > 2$이므로 함수 $f(x)$의 증가와 감소를 표로 나타내면 다음과 같다.

x	$\cdots$	2	$\cdots$	a	$\cdots$
$f'(x)$	$-$	0	$+$	0	$-$
$f(x)$	$\searrow$	극소	$\nearrow$	극대	$\searrow$

따라서 함수 $f(x)$는 $x = a$에서 극댓값
$f(a) = a^3 - \dfrac{15}{2}a^2 + 18a = g(a)$를 갖는다.
$g'(a) = 3a^2 - 15a + 18$이므로
$\lim\limits_{a \to 2+}\dfrac{g'(a)}{a - 2} = \lim\limits_{a \to 2+}\dfrac{3a^2 - 15a + 18}{a - 2}$
$= \lim\limits_{a \to 2+}\dfrac{3(a - 2)(a - 3)}{a - 2} = \lim\limits_{a \to 2+}3(a - 3) = -3$

06 [모범답안]

조건 (가)에서 $t = 1$일 때 $v(1) = 0$ …… ㉠
조건 (나)에서 $t \ge 1$일 때 $a(t) = 2t + 1$이므로
$v(t) = t^2 + t + C$ (단, C는 적분상수)
$t = 1$일 때 $v(1) = 2 + C$ …… ㉡
㉠, ㉡으로부터 $2 + C = 0$에서 $C = -2$ 따라서
$v(t) = \begin{cases} t^3 - t & (0 \le t \le 1) \\ t^2 + t - 2 & (t \ge 1) \end{cases}$ 이므로
시각 $t = 0$에서 $t = 2$까지 점 P가 움직인 거리를 s라 하면
$s = \displaystyle\int_0^2 |v(t)|dt = \int_0^1 |v(t)|dt + \int_1^2 |v(t)|dt$
$= \displaystyle\int_0^1 (-t^3 + t)dt + \int_1^2 (t^2 + t - 2)dt$

$$= \left[-\frac{t^4}{4} + \frac{t^2}{2} \right]_0^1 + \left[\frac{t^3}{3} + \frac{t^2}{2} - 2t \right]_1^2$$

$$= \left(-\frac{1}{4} + \frac{1}{2} \right) + \left\{ \left(\frac{8}{3} + 2 - 4 \right) - \left(\frac{1}{3} + \frac{1}{2} - 2 \right) \right\} = \frac{25}{12}$$

07 [모범답안]

$f(x) = x^3 - x^2 + 2x - 1$에서

$$f'(x) = 3x^2 - 2x + 2 = 3 \left(x - \frac{1}{3} \right)^2 + \frac{5}{3}$$

이때 모든 실수 x에 대하여 $f'(x) > 0$이다.

따라서 함수 $f(x)$는 실수 전체의 집합에서 증가하므로 역함수 $g(x)$가 존재한다.

$f(0) = -1$이므로 $g(-1) = 0$이고 곡선 $y = f(x)$와 직선 $y = x$가 만나는 교점의 x좌표는

$x^3 - x^2 + 2x - 1 = x$, $(x - 1)(x^2 + 1) = 0$에서

$x = 1$

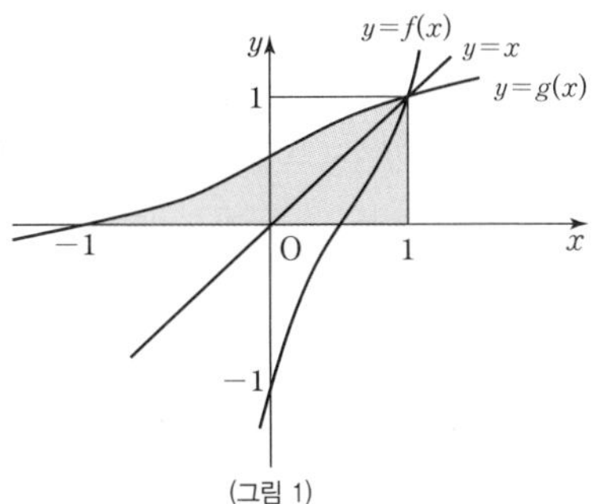

(그림 1)

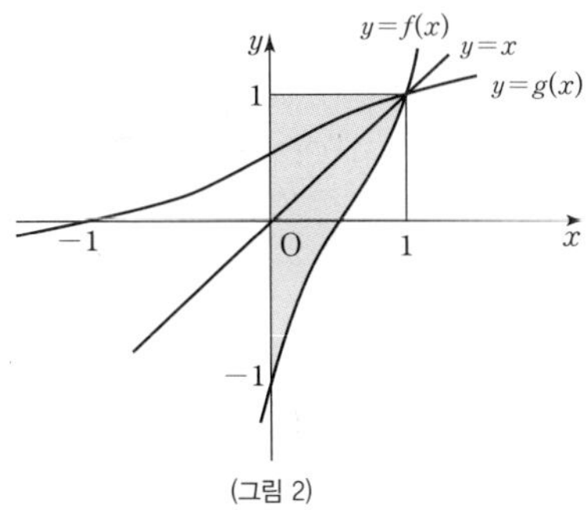

(그림 2)

$\int_{-1}^{1} g(x)\,dx$는 (그림 1)과 같이 곡선 $y = g(x)$와 x축 및 직선 $x = 1$로 둘러싸인 부분의 넓이와 같다.

한편, 곡선 $y = g(x)$와 곡선 $y = f(x)$는 직선 $y = x$에 대하여 대칭이므로 $\int_{-1}^{1} g(x)\,dx$는 (그림 2)와 같이 곡선 $y = f(x)$와 y축 및 직선 $y = 1$로 둘러싸인 부분의 넓이와 같다. 따라서

$$\int_{-1}^{1} g(x)\,dx = \int_0^1 \{1 - f(x)\}\,dx$$

$$= \int_0^1 (1 - x^3 + x^2 - 2x + 1)\,dx$$

$$= \left[-\frac{1}{4}x^4 + \frac{1}{3}x^3 - x^2 + 2x \right]_0^1 = \frac{13}{12}$$

08 [모범답안]

조건 ㈎에서 $ax^4 + bx^2 + c = \int_0^x (x^2 + 2t) f'(t)\,dt$의 양변에 $x = 0$을 대입하면

$c = 0$이므로 $f(x) = ax^2 + bx$이고 $f'(x) = 2ax + b$

따라서

$$ax^4 + bx^2 = \int_0^x (x^2 + 2t) f'(t)\,dt$$

$$= \int_0^x (x^2 + 2t)(2at + b)\,dt$$

$$= \int_0^x \{4at^2 + 2(b + ax^2)t + bx^2\}\,dt$$

$$= 4a \int_0^x t^2\,dt + 2(b + ax^2) \int_0^x t\,dt + bx^2 \int_0^x 1\,dt$$

$$= \frac{4a}{3}[t^3]_0^x + (b + ax^2)[t^2]_0^x + bx^2[t]_0^x$$

$$= ax^4 + \left(\frac{4a}{3} + b \right)x^3 + bx^2 \quad \cdots\cdots \text{㉠}$$

㉠이 모든 실수 x에 대하여 성립하므로

$$b = -\frac{4}{3}a \quad \cdots\cdots \text{㉡}$$

조건 ㈏에서 $(a + b)^2 = 4$, $a + b = -2$

또는 $a + b = 2$

(i) $a + b = -2$일 때 ㉡과 연립하여 풀면

$a = 6$, $b = -8$에서 $f(x) = 6x^2 - 8x$

$f(1) = -2$이므로 $f(1) > 0$를 만족시키지 않는다.

(ii) $a + b = 2$일 때 ㉡과 연립하여 풀면

$a = -6$, $b = 8$에서 $f(x) = -6x^2 + 8x$

$f(1) = 2$이므로 $f(1) > 0$를 만족시킨다.

따라서 함수 $f(x) = -6x^2 + 8x$이고

$f'(x) = -12x + 8$이므로 $f'(1) = -4$

09 [모범답안]

$$\lim_{h \to 0-} \frac{f(0 + h) - f(0)}{h} = a, \quad \lim_{h \to 0+} \frac{f(0 + h) - f(0)}{h} = a$$

이므로 함수 $f(x)$는 $x = 0$에서 미분가능하다.

이때 $f'(x) = \begin{cases} 2x + a & (x < 0) \\ -2x + a & (x \geq 0) \end{cases}$

$\int_{-a}^{a} |f'(x)|\,dx$는 (그림)과 같이 x축과 y축 및 직선 $y = -2x + a$로 이루어진 삼각형 넓이의 4배와 같다.

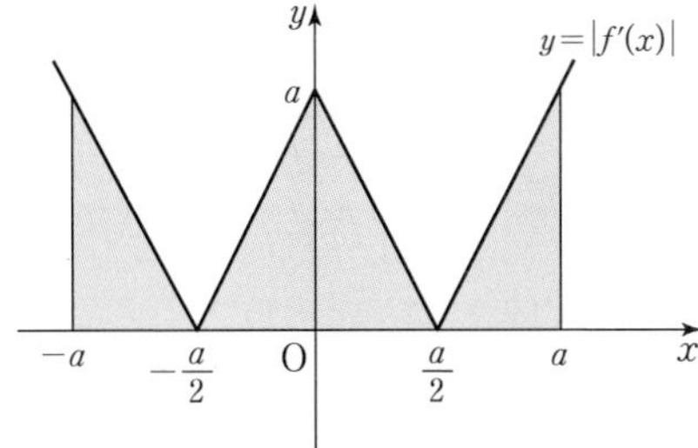

$$\int_{-a}^{a} |f'(x)|\,dx = 4 \left(\frac{1}{2} \times \frac{a}{2} \times a \right) = a^2$$

$\int_{-a}^{a} |f'(x)|\,dx = 1$이므로 $a^2 = 1$에서 $a = 1$ $(a > 0)$

이때
$$f(x) = \begin{cases} x^2 + x & (x < 0) \\ -x^2 + x & (x \geq 0) \end{cases} \quad \cdots\cdots \; \boxdot$$

$$f'(x) = \begin{cases} 2x + 1 & (x < 0) \\ -2x + 1 & (x \geq 0) \end{cases} \quad \cdots\cdots \; \boxdot$$

$\boxdot$에서 $f(-1) = f(1) = 0$이므로

$$\lim_{h \to 0} \frac{f(-a + 2h) - f(a - h)}{h}$$
$$= \lim_{h \to 0} \frac{f(-1 + 2h) - f(1 - h)}{h}$$
$$= \lim_{h \to 0} \frac{f(-1 + 2h) - f(-1) + f(1) - f(1 - h)}{h}$$
$$= \lim_{h \to 0} \frac{f(-1 + 2h) - f(-1)}{h} + \lim_{h \to 0} \frac{f(1 - h) - f(1)}{-h}$$
$$= 2f'(-1) + f'(1)$$

$\boxdot$에서 $f'(-1) = -1$, $f'(1) = -1$이므로

$$2f'(-1) + f'(1) = -3$$

수학(오후)

01 [모범답안]

이차방정식 $2x^2 + (4\cos\theta)x + 3 - 3\sin\theta = 0$의 판별식을 D라 하면

이차방정식이 중근을 가져야 하므로

$D = (4\cos\theta)^2 - 8(3 - 3\sin\theta) = 0$이어야 한다.

즉, $2\cos^2\theta + 3\sin\theta - 3 = 0$이고 $\cos^2\theta = 1 - \sin^2\theta$

이므로 $2(1 - \sin^2\theta) + 3\sin\theta - 3 = 0$이다.

따라서 $\boxed{2\sin\theta - 1}\,(\sin\theta - 1) = 0$이므로

$\sin\theta = \boxed{\dfrac{1}{2}}$ 또는 $\sin\theta = 1$

$0 \leq \theta < 2\pi$에서

$\sin\theta = \boxed{\dfrac{1}{2}}$ 일 때, $\theta = \boxed{\dfrac{\pi}{6}}$ 또는 $\theta = \boxed{\dfrac{5\pi}{6}}$ 이고

$\left(\theta = \dfrac{5\pi}{6} \text{ 또는 } \theta = \dfrac{\pi}{6}\right)$

$\sin\theta = 1$일 때, $\theta = \boxed{\dfrac{\pi}{2}}$ 이다.

㈎ $2\sin - 1$ (또는 $-2\sin\theta + 1$)

㈏ $\dfrac{1}{2}$ ㈐ $\dfrac{\pi}{6}$ ㈑ $\dfrac{5\pi}{6}$ ㈒ $\dfrac{\pi}{2}$

또는

㈎ $2\sin - 1$ (또는 $-2\sin\theta + 1$)

㈏ $\dfrac{1}{2}$ ㈐ $\dfrac{5\pi}{6}$ ㈑ $\dfrac{\pi}{6}$ ㈒ $\dfrac{\pi}{2}$

02 [모범답안]

$\log_3(-x) = 2$에서 $x = -9$이므로

점 A의 좌표는 $A(-9, 2)$

$\log_{\frac{1}{3}}x + a = 2$에서 $\log_{\frac{1}{3}}x = 2 - a$,

$x = \left(\dfrac{1}{3}\right)^{2-a} = 3^{a-2}$이므로 점 B의 좌표는 $B(3^{a-2}, 2)$

$\overline{AB} = 18$이므로 $3^{a-2} + 9 = 18$, $3^{a-2} = 9 = 3^2$에서

$a = 4$

03 [모범답안]

$2^{a_{n+2}} = 16^{a_n}$에서 $2^{a_{n+2}} = (2^4)^{a_n} = 2^{4a_n}$, $a_{n+2} = 4a_n$

등비수열 $\{a_n\}$의 첫째항을 $a_1 = a$, 공비를 r라 하면

$a_{n+2} = 4a_n$에서 $ar^{n+1} = 4ar^{n-1}$, $r^2 = 4$

모든 항이 양수이므로 $r = 2$

$$S_8 - S_4 = \frac{a(2^8 - 1)}{2 - 1} - \frac{a(2^4 - 1)}{2 - 1}$$
$$= a(2^8 - 2^4) = 160 \text{에서 } a = \frac{2}{3}$$

따라서 $a_5 = ar^4 = \dfrac{2}{3} \times 2^4 = \dfrac{32}{3}$

04 [모범답안]

$$\lim_{h \to 0} \frac{f(a + 3h) - f(a)}{h} = \lim_{h \to 0} \frac{f(a + 3h) - f(a)}{3h} \times 3$$
$$= 3f'(a) = 9 \text{에서 } f'(a) = 3 \; \cdots\cdots \; \boxdot$$
$$\lim_{h \to 0} \frac{f(b) - f(b - 3h)}{h} = \lim_{h \to 0} \frac{f(b - 3h) - f(b)}{-3h} \times 3$$
$$= 3f'(b) = 9 \text{에서 } f'(b) = 3 \; \cdots\cdots \; \boxdot$$

$f'(x) = 3x^2 - 3x - 3$이므로

$\boxdot$, $\boxdot$에 의해서 a, b는 이차방정식 $3x^2 - 3x - 3 = 3$의

서로 다른 두 실근이다.

이때 $3x^2 - 3x - 6 = 0$에서 $3(x + 1)(x - 2) = 0$

$x = -1$ 또는 $x = 2$이므로 $a + b = 1$이다.

$f(a + b) = f(1) = \dfrac{1}{2}$, $f'(a + b) = f'(1) = -3$

따라서 점 $(a + b, f(a + b)) = \left(1, \dfrac{1}{2}\right)$에서의

접선의 방정식은

$$y - \frac{1}{2} = -3(x - 1), \; y = -3x + \frac{7}{2}$$

05 [모범답안]

$f'(x) = 3x^2 - 3(a + 1)x + 3a = 3(x - 1)(x - a)$

이므로

$f'(x) = 0$을 만족시키는 x의 값은

$x = 1$ 또는 $x = a$

$a > 1$이므로 함수 $f(x)$의 증가와 감소를 표로 나타내면

다음과 같다.

x	$\cdots$	1	$\cdots$	a	$\cdots$
$f'(x)$	$+$	0	$-$	0	$+$
$f(x)$	$\nearrow$	극대	$\searrow$	극소	$\nearrow$

따라서 함수 $f(x)$는 $x = a$에서 극솟값

$f(a) = -\dfrac{a^3}{2} - \dfrac{3}{4}a^2 + 3a = g(a)$를 갖는다.

$g'(a) = -\dfrac{3}{2}a^2 - \dfrac{3}{2}a + 3$이므로

$$\lim_{a \to 1+} \frac{g'(a)}{a-1} = \lim_{a \to 1+} \frac{-\frac{3}{2}a^2 - \frac{3}{2}a + 3}{a-1}$$

$$= \lim_{a \to 1+} \frac{-\frac{3}{2}(a+2)(a-1)}{a-1} = -\frac{3}{2}\lim_{a \to 1+}(a+2) = -\frac{9}{2}$$

06 [모범답안]

시각 t에서 점 P와 점 Q의 위치를 각각 $x_1(t)$, $x_2(t)$라 하면

$x_1(t) = t^3 - \frac{11}{2}t^2 + 8t + C_1$,

$x_2(t) = -t^3 + \frac{5}{2}t^2 + C_2$ (단, C_1, C_2는 적분상수)

점 P와 점 Q가 시각 $t = 0$일 때
동시에 원점을 출발하였으므로

$x_1(0) = C_1 = 0$, $x_2(0) = C_2 = 0$

따라서 $x_1(t) = t^3 - \frac{11}{2}t^2 + 8t$, $x_2(t) = -t^3 + \frac{5}{2}t^2$

점 P가 출발한 후 점 Q와 만나는 시각 $t(t > 0)$는

$t^3 - \frac{11}{2}t^2 + 8t = -t^3 + \frac{5}{2}t^2$,

$2t^3 - 8t^2 + 8t = 2t(t-2)^2 = 0$에서 $t = 2$이다.

$v_1(t) = 3t^2 - 11t + 8 = (t-1)(3t-8) = 0$에서

$0 \leq t \leq 1$일 때 $v_1(t) \geq 0$이고

$1 \leq t \leq 2$일 때 $v_1(t) \leq 0$이므로

점 P가 출발한 후 점 Q와 만날 때까지
점 P가 움직인 거리를 s라 하면

$s = \int_0^2 |v_1(t)|\,dt = \int_0^1 |v_1(t)|\,dt + \int_1^2 |v_1(t)|\,dt$

$= \int_0^1 (3t^2 - 11t + 8)\,dt + \int_1^2 (-3t^2 + 11t - 8)\,dt$

$= \left[t^3 - \frac{11}{2}t^2 + 8t\right]_0^1 + \left[-t^3 + \frac{11}{2}t^2 - 8t\right]_1^2$

$= \left(1 - \frac{11}{2} + 8\right) + \left\{(-8 + 22 - 16) - \left(-1 + \frac{11}{2} - 8\right)\right\}$

$= 5$

07 [모범답안]

함수 $y = \frac{1}{3}(x-2)$의 역함수는 $y = 3x + 2$이다.

함수 $y = f(x)$의 그래프와 그 역함수 $y = g(x)$의 그래프는

직선 $y = x$에 대하여 대칭이므로 곡선 $y = g(x)$와

직선 $y = \frac{1}{3}(x-2)$로 둘러싼 부분의 넓이는 그림과 같이

곡선 $y = f(x)$와 직선 $y = 3x + 2$로 둘러싸인 부분의

넓이와 같다.

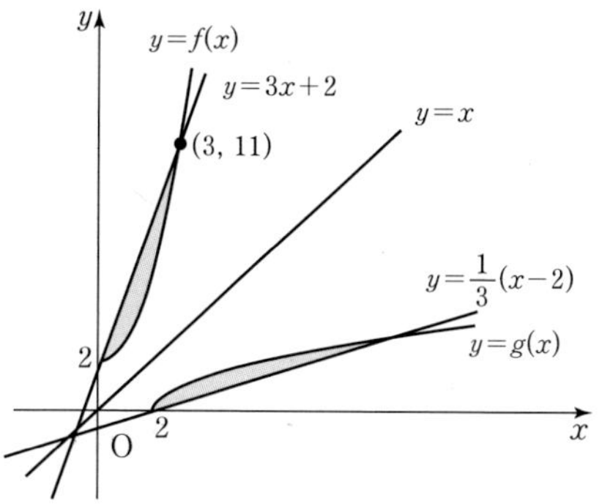

곡선 $y = f(x)$와 직선 $y = 3x + 2$의 교점의 x좌표는

$x^2 + 2 = 3x + 2$, $x(x-3) = 0$에서

$x = 0$ 또는 $x = 3$

따라서 구하는 넓이는

$\int_0^3 \{(3x+2) - (x^2+2)\}\,dx$

$= \int_0^3 (-x^2 + 3x)\,dx = \left[-\frac{x^3}{3} + \frac{3}{2}x^2\right]_0^3 = \frac{9}{2}$

08 [모범답안]

조건 (가)에서 $\int_a^x tf'(t)\,dt = 2F(x) + kx$의 양변을

x에 대하여 미분하면 $xf'(x) = 2f(x) + k$ …… ㉠

다항함수 $f(x)$의 최고차항을 ax^n (단, n은 자연수, a는 0이
아닌 상수)라 하면 ㉠의 양변의 최고차항이 서로 같아야 하므
로 $anx^n = 2ax^n$에서 $n = 2$

즉, $f(x)$는 이차함수이다.

$f(x) = ax^2 + bx + c$ (단, a, b, c는 상수)라 하면 ㉠에서

$2ax^2 + bx = 2ax^2 + 2bx + 2c + k$ …… ㉡

㉡이 모든 실수 x에 대하여 성립하므로

$b = 2b$, $2c + k = 0$이다.

이때 $b = 0$, $c = -\frac{k}{2}$이므로 $f(x) = ax^2 - \frac{k}{2}$

조건 (나)에서 함수 $f(x)$의 최솟값은 -3이므로

$a > 0$이고 $-\frac{k}{2} = -3$에서 $k = 6$

따라서 $f(x) = ax^2 - 3$

$f(1) \geq 0$이므로 $a - 3 \geq 0$, $a \geq 3$

$\int_0^1 f(x)\,dx = \int_0^1 (ax^2 - 3)\,dx$

$= \left[\frac{a}{3}x^3 - 3x\right]_0^1 = \frac{a}{3} - 3$이므로

$\int_0^1 f(x)\,dx$의 최솟값은 $a = 3$일 때 -2이다.

09 [모범답안]

조건 (가)에서 $\lim_{x \to \infty} \frac{f(x) - x^3}{x^2} = -a$이므로

$f(x)$의 최고차항은 x^3이고 이차항의 계수는 $-a$이다.

함수 $f(x)$를

$f(x) = x^3 - ax^2 + bx + c$ (단, a, b, c는 상수)라 하면

$f'(x) = 3x^2 - 2ax + b$ …… ㉠

조건 ㈏에서 $x \to 0$일 때 (분모) $\to 0$이고 극한값이 존재하므로 (분자) $\to 0$이어야 한다.

즉, $\lim\limits_{x \to 0}\{f(x) - a\} = 0$에서 $f(0) = a$이므로 $c = a$이고,

$$\lim_{x \to 0}\frac{f(x) - a}{x} = \lim_{x \to 0}\frac{f(x) - f(0)}{x - 0} = f'(0) = -1$$

이므로

㉠에서 $b = -1$

이때 $f'(x) = 3x^2 - 2ax - 1 \cdots\cdots$ ㉡이고,

$$f(x) = x^3 - ax^2 - x + a$$
$$= (x^2 - 1)(x - a) = (x + 1)(x - 1)(x - a)$$이다.

$1 \le x \le a$에서 $f(x) \le 0$이므로

$$\int_1^a |f(x)|\,dx = -\int_1^a f(x)\,dx$$

조건 ㈐에서 $\int_{-1}^1 f(x)\,dx = -\int_1^a f(x)\,dx$이므로

$$\int_{-1}^1 f(x)\,dx + \int_1^a f(x)\,dx = 0$$

따라서 $\int_{-1}^a f(x)\,dx = 0$

즉, $\int_{-1}^a (x^3 - ax^2 - x + a)\,dx = 0$

$$\int_{-1}^a (x^3 - ax^2 - x + a)\,dx$$
$$= \left[\frac{1}{4}x^4 - \frac{1}{3}ax^3 - \frac{1}{2}x^2 + ax\right]_{-1}^a$$
$$= \left(\frac{1}{4}a^4 - \frac{1}{3}a^4 - \frac{1}{2}a^2 + a^2\right) - \left(\frac{1}{4} + \frac{1}{3}a - \frac{1}{2} - a\right)$$
$$= -\frac{1}{12}a^4 + \frac{1}{2}a^2 + \frac{2}{3}a + \frac{1}{4} = 0$$
$$-\frac{1}{12}a^4 + \frac{1}{2}a^2 + \frac{2}{3}a + \frac{1}{4} = 0,$$
$$a^4 - 6a^2 - 8a - 3 = 0,$$

$(a - 3)(a + 1)^3 = 0$에서 $a = 3\,(a > 1)$

따라서 ㉡으로부터 $f'(x) = 3x^2 - 6x - 1$이므로

$$f'(3) = 8$$

2024학년도 모의고사

01 [모범답안]

$2^x = 10$에서 $10^{\frac{3}{x}} = 2^3$이므로 ㈎는 2^3 또는 8

$5^{3y} = 10$에서 $10^{\frac{1}{y}} = 5^3$이므로 ㈏는 5^3 또는 125

$10^{\frac{3}{x}+\frac{1}{y}} = 2^3 \times 5^3 = 10^3$이므로 ㈐는 10^3 또는 1000이고

$\dfrac{3}{x} + \dfrac{1}{y} = 3$이므로 ㈑는 3

따라서 $\log_3\left(\dfrac{3}{x}+\dfrac{1}{y}\right) = \log_3 3 = 1$이므로 ㈒는 1이다.

㈎ 8 ㈏ 125

㈐ 1000 ㈑ 3

㈒ 1

02 [모범답안]

$2f(2) = 7a - 3$에서 $2a^2 = 7a - 3$,

$2a^2 - 7a + 3 = 0$, $(2a-1)(a-3) = 0$

$a = \dfrac{1}{2}$ 또는 $a = 3$

한편, $b > 0$일 때 $f(b) > 1$이므로

함수 $f(x)$는 x의 값이 증가하면 y의 값도 증가한다.

따라서 $a = 3$, 이때 $f(x) = 3^x$이므로 $f(2) = 9$

03 [모범답안]

$y = -2\cos^2 x + 2\sin x + 1$

$= -2(1 - \sin^2 x) + 2\sin x + 1$

$= 2\sin^2 x + 2\sin x - 1$에서

$t = \sin x$라 하면 $-1 \le t \le 1$

이때 $y = 2t^2 + 2t - 1 = 2\left(t + \dfrac{1}{2}\right)^2 - \dfrac{3}{2}$이므로

$t = -\dfrac{1}{2}$일 때 최솟값은 $-\dfrac{3}{2}$,

$t = 1$일 때 최댓값은 3이다.

04 [모범답안]

등비수열 $\{a_n\}$의 공비를 $r\,(r > 0)$라 하면

$a_2 + a_3 = \dfrac{1}{3}r + \dfrac{1}{3}r^2 = \dfrac{1}{3}(r + r^2)$에서

$\dfrac{1}{3}(r + r^2) = 2$, $r^2 + r - 6 = 0$,

$(r + 3)(r - 2) = 0$, $r = -3$ 또는 $r = 2$

$r > 0$이므로 $r = 2$

따라서 $a_n = \dfrac{1}{3} \times 2^{n-1}$

$\dfrac{1}{3} \times 2^{n-1} > 40$에서 $2^{n-1} > 120$, $2^6 = 64$, $2^7 = 128$

이므로 $2^{n-1} > 120$을 만족시키는 자연수 n의 최솟값은

$n - 1 = 7$에서 $n = 8$

05 [모범답안]

함수 $y = f(x)$의 그래프 위의 점 $(0, 0)$에서의 접선의

기울기가 양수이므로 $f(0) = 0$, $f'(0) > 0$이다.

$\displaystyle \lim_{h \to 0} \frac{f(h)}{h} = \lim_{h \to 0} \frac{f(h) - f(0)}{h} = f'(0)$

$\displaystyle \lim_{h \to 0} \frac{f(x + 2h) - f(x)}{h} = 2\lim_{h \to 0} \frac{f(x + 2h) - f(x)}{2h}$

$= 2f'(x)$

이므로

$\displaystyle \lim_{h \to 0} \frac{f(h)}{h} \times \lim_{h \to 0} \frac{f(x + 2h) - f(x)}{2h} = 2x^2 + 18$에서

$f'(0) \times 2f'(x) = 2x^2 + 18$,

$f'(0) \times f'(x) = x^2 + 9$

양변에 $x = 0$을 대입하면 $f'(0) \times f'(0) = 9$에서

$f'(0) > 0$이므로 $f'(0) = 3$이고 $f'(x) = \dfrac{x^2}{3} + 3$

이때 $f(x) = \dfrac{x^3}{9} + 3x + C$이고 $f(0) = 0$이므로

$C = 0$.

따라서 $f(x) = \dfrac{x^3}{9} + 3x$

06 [모범답안]

점 P의 시각 $t = a$에서의 위치는

$\displaystyle \int_0^a (3t^2 - 6t)\,dt = [t^3 - 3t^2]_0^a = a^3 - 3a^2$

점 Q의 시각 $t = a$에서의 위치는

$\displaystyle \int_0^a 4t\,dt = [2t^2]_0^a = 2a^2$

두 점 P, Q가 시각 $t = a$에서 만나므로

$a^3 - 3a^2 = 2a^2$, $a^2(a - 5) = 0$, $a > 0$이므로 $a = 5$

따라서 점 P가 시각 $t = 0$에서 $t = 5$까지 움직인 거리 s는

$\displaystyle s = \int_0^5 |v_1(t)|\,dt = \int_0^5 |3t^2 - 6t|\,dt$

$\displaystyle = \int_0^2 (-3t^2 + 6t)\,dt + \int_2^5 (3t^2 - 6t)\,dt$

$= [-t^3 + 3t^2]_0^2 + [t^3 - 3t^2]_2^5$

$= 4 + 54 = 58$

07 [모범답안]

함수 $f(x)$가 $x = a$에서 연속이어야 하므로

$\displaystyle \lim_{x \to a-} f(x) = \lim_{x \to a+} f(x) = f(a)$에서

$-2a - 5 = a^2 b - 4$

또한 $f(x)$가 $x = a$에서 미분가능하므로

$\displaystyle \lim_{h \to 0-} \frac{f(a + h) - f(a)}{h} = \lim_{h \to 0+} \frac{f(a + h) - f(a)}{h}$

을 만족시켜야 한다.

$\displaystyle \lim_{h \to 0-} \frac{f(a + h) - f(a)}{h}$

$\displaystyle = \lim_{h \to 0-} \frac{\{-2(a + h) - 5\} - (-2a - 5)}{h}$

$$= \lim_{h \to 0-}\frac{-2h}{h} = -2$$

$$\lim_{h \to 0+}\frac{f(a+h)-f(a)}{h}$$

$$= \lim_{h \to 0+}\frac{\{b(a+h)^2-4\}-(ba^2-4)}{h}$$

$$= \lim_{h \to 0+}\frac{2abh+bh^2}{h} = \lim_{h \to 0+}(2ab+bh) = 2ab \text{에서}$$

$$-2 = 2ab, \ ab = -1$$

$$-2a-5 = a^2b-4 = a(ab)-4 \text{에서}$$

$$-2a-5 = -a-4, \ a = -1 \text{이고}$$

$$ab = -1 \text{에서 } b = 1$$

$$f(x) = \begin{cases} -2x-5 & (x < -1) \\ x^2-4 & (x \geq -1) \end{cases}$$

2023학년도 기출문제

수학(오전)

01 [모범답안]

$3\sin 2x - 1 = 2$, $\sin 2x = 1$

$0 \le x \le \pi$이므로 $2x = \dfrac{\pi}{2}$

따라서 $x = \dfrac{\pi}{4}$

02 [모범답안]

$0 \le x \le \pi$에서 $-4 \le f(x) \le 2$이고

$g(x)$는 감소함수이므로

최댓값은 $g(-4) = 35$이고 최솟값은 $g(2) = \dfrac{7}{2}$이다.

03 [모범답안]

그래프는 다음과 같다.

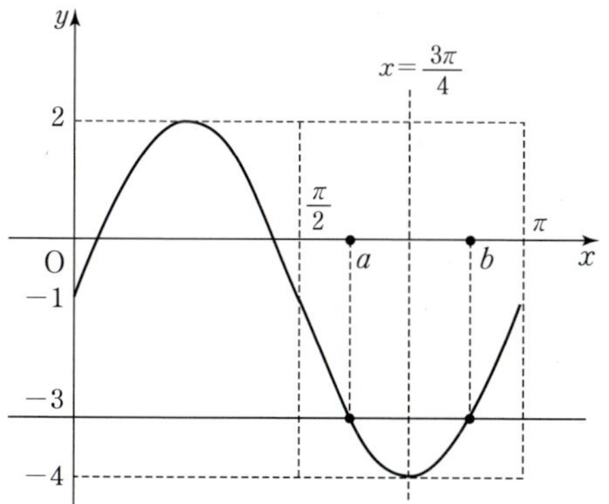

대칭성에 의해서 $\dfrac{a+b}{2} = \dfrac{3}{4}\pi$이므로 $a + b = \dfrac{3}{2}\pi$이다.

04 [모범답안]

$t = \sin 2x$라 하면 $-1 \le t \le 1$이고

부등식은 $g(t) = t^2 - 2t + k \le 0$이다.

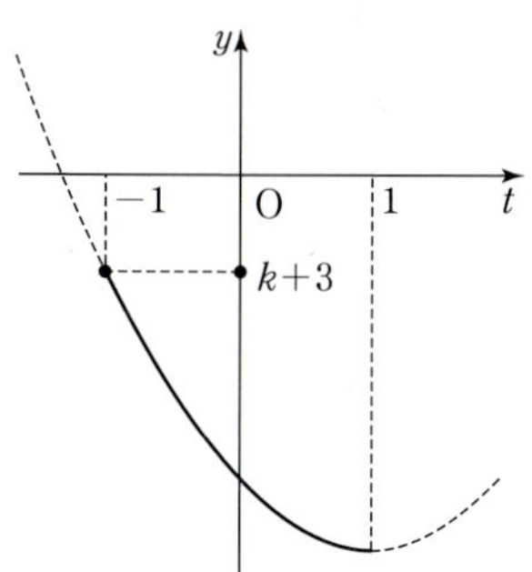

$-1 \le t \le 1$에서 $g(t)$의 최댓값 $g(-1) = k + 3$이

0보다 작거나 같아야 하므로 $k \le -3$이다.

05 [모범답안]

$\{a_n\}$은 첫째 항이 1이고 공비가 2인 등비수열이므로

$a_5 = 2^4 = 16$이다.

06 [모범답안]

$\{b_n\}$은 첫째 항이 1이고 공차가 2인 등차수열이므로

일반항 $b_n = 2n - 1$이다.

$\displaystyle\sum_{n=1}^{6}(1 + b_n)^2 = \sum_{n=1}^{6} 4n^2 = 4 \times \dfrac{6 \times 7 \times 13}{6} = 364$이다.

07 [모범답안]

$c_1 \ge 5$이므로 $c_3 = 2$, $c_2 < 5$이므로 $c_4 = 1$

계속해서 $c_5 = \dfrac{1}{2}$, $c_6 = \dfrac{1}{4}$, $c_7 = \dfrac{1}{8}$이므로

$c_8 = \dfrac{1}{16}$이다.

08 [모범답안]

$f'(x) = x^2 - x - 20 = (x - 5)(x + 4)$

x	$\cdots$	-4	$\cdots$	5	$\cdots$
$f'(x)$	$+$	0	$-$	0	$+$
$f(x)$	↗	극대	↘	극소	↗

$d_4 = 5$이고 $d_7 = -4$이다.

d_n이 등차수열이므로 $d_4 = d_1 + 3d = 5$,

$d_7 = d_1 + 6d = -4$, $d_1 = 14$, $d = -3$

따라서 $d_n = -3n + 17$이다.

09 [모범답안]

$f'(x) = 3x^2 + 6x - 9 = 3(x + 3)(x - 1)$

x	$\cdots$	-3	$\cdots$	1	$\cdots$
$f'(x)$	$+$	0	$-$	0	$+$
$f(x)$	↗	극대	↘	극소	↗

극솟값은 $f(1) = -3$이다.

10 [모범답안]

적분과 미분의 관계로부터 좌변은 $g(x)$이다.

양변을 미분하면

$g'(x) = (4x^3 - 2x)f(x) + (x^4 - x^2 + 1)f'(x)$이다.

따라서 $g'(1) = 2f(1) + f'(1) = -6$이다.

11 [모범답안]

$p(x) = x^3 + (m+3)x^2 + x$ 이다.

최고차항의 계수가 양수이므로 역함수를 가지려면
증가해야 한다.

따라서 $p'(x) = 3x^2 + 2(m+3)x + 1 \geq 0$,

$D = 4(m+3)^2 - 12 \leq 0$,

$-3 - \sqrt{3} \leq m \leq -3 + \sqrt{3}$

따라서 $m = -4, -3, -2$ 이다.

12 [모범답안]

$h(x) = x^3 - x^2 + x$ 와 $k(x)$의 교점은

$y = h(x)$와 $y = x$의 교점과 같으므로 $x = 0, 1$이다.

$x = 0$에서 $y = h(x)$의 접선이 $y = x$이므로
도형은 다음과 같다.

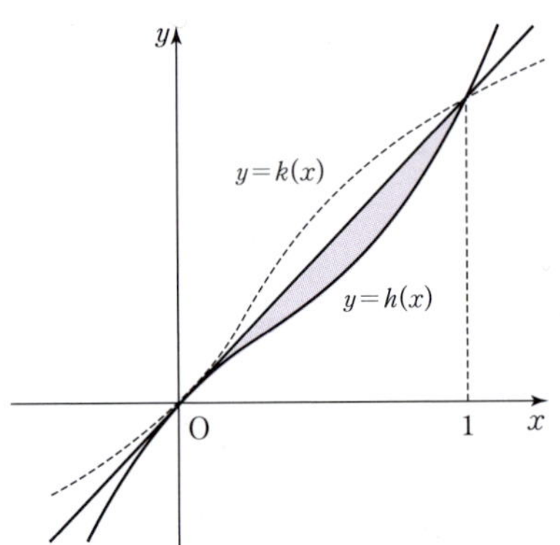

구하려는 넓이는 $y = h(x)$와 $y = x$로 둘러싸인 도형의 넓
이의 두 배이다.

따라서 넓이는 $2\int_0^1 \{x - (x^3 - x^2 + x)\}dx = \dfrac{1}{6}$ 이다.

수학(오후)

01 [모범답안]

$g(x) = 2^x$ 이다.

따라서 $g(3a - 2b) = \dfrac{2^{3a}}{2^{2b}} = \dfrac{2^{3\log_2 3}}{2^{2\log_2 5}} = \dfrac{27}{25}$

02 [모범답안]

$\{x \mid 1 \leq x \leq 4\}$에서

$2 \leq x^2 - 4x + 6 = (x-2)^2 + 2 \leq 6$이다.

$y = \left(\dfrac{1}{2}\right)^x$ 는 감소함수이므로

최댓값은 $\left(\dfrac{1}{2}\right)^2 = \dfrac{1}{4}$, 최솟값은 $\left(\dfrac{1}{2}\right)^6 = \dfrac{1}{64}$ 이다.

03 [모범답안]

$y = a^{x-m}$와 역함수의 교점은

$y = a^{x-m}$와 $y = x$의 교점과 같다.

$a^{1-m} = 1$, $a^{3-m} = 3$이므로 $m = 1$, $a = \sqrt{3}$ 이다.

04 [모범답안]

$f(x) = x^3 - 3x^2 + (1 + \log_2 a)$라고 하자.

$f'(x) = 3x^2 - 6x = 0$

x	$\cdots$	0	$\cdots$	2	$\cdots$
$f'(x)$	$+$	0	$-$	0	$+$
$f(x)$	$\nearrow$	극대	$\searrow$	극소	$\nearrow$

따라서 $f(x)$가 서로 다른 세 실근을 가지려면

$f(0) \times f(2) < 0$

$(1 + \log_2 a)(-3 + \log_2 a) < 0$

따라서 $\dfrac{1}{2} < a < 8$

05 [모범답안]

$f'(x) = x^2 + 2x - 3 = (x+3)(x-1)$

x	$\cdots$	-3	$\cdots$	1	$\cdots$
$f'(x)$	$+$	0	$-$	0	$+$
$f(x)$	$\nearrow$	극대	$\searrow$	극소	$\nearrow$

극솟값 $f(1) = -$ 이다.

06 [모범답안]

$g'(1) = 3$, $f'(x) = x^2 + 2x - 3$,

$h'(x) = f'(x)g(x) + f(x)g'(x)$

$h'(1) = f'(1)g(1) + f(1)g'(1) = -3$이다.

07 [모범답안]

$h(x) = f(x) - \left(-3x^2 + 17x + \dfrac{1}{3}\right)$

$= \dfrac{1}{3}x^3 + 4x^2 - 20x + \dfrac{1}{3}$

$h'(x) = x^2 + 8x - 20 = (x+10)(x-2)$

x	$\cdots$	-10	$\cdots$	2	$\cdots$
$f'(x)$	$+$	0	$-$	0	$+$
$f(x)$	$\nearrow$	극대	$\searrow$	극소	$\nearrow$

$x > 0$인 경우 $h(x)$는 $x = 2$에서 최솟값 $h(2) = -21$을
가진다.

따라서 $a \leq -21$이고 최댓값은 -21이다.

08 [모범답안]

$f(x)$는 [문제5]에 의해서 $x = 1$에서 극솟값 -1을 가진다.

따라서 $y = -1$은 $y = f(x)$에 접한다.

다른 한 교점을 구하면 $(-5, -1)$이다.

그래프를 그리면

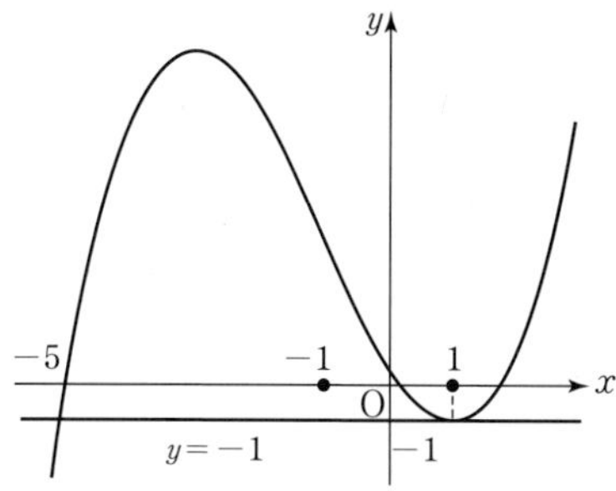

(1) $f(-5) = f(1) = -1$이므로 $[k, k+2]$에서
$f(x)$의 최솟값이 -1이 되려면 $k = -5$가 되어야 한다.

(2) $[k, k+2]$가 $x = 1$을 포함해야 하므로 정수 k의 값은
$-1, 0, 1$이다.

따라서 $k = -5, -1, 0, 1$이다.

09 [모범답안]

$$f(0) = \frac{1}{\sqrt{3}} \times f(2) = \frac{1}{\sqrt{3}},$$
$$g(0) = \frac{1}{\sqrt{3}} \times g(2) = \frac{1}{\sqrt{3}}$$

10 [모범답안]

$f(5) = \sqrt{3}\,f(3) = 3f(1) = 0$이므로
점 A의 좌표는 $(5, 0)$이다.

$f(6) = \sqrt{3}\,f(4) = 3f(2) = 3$이므로
점 B의 좌표는 $(6, 3)$이다.

$f(7) = \sqrt{3}\,f(5) = 0$이므로 점 C의 좌표는 $(7, 0)$이다.

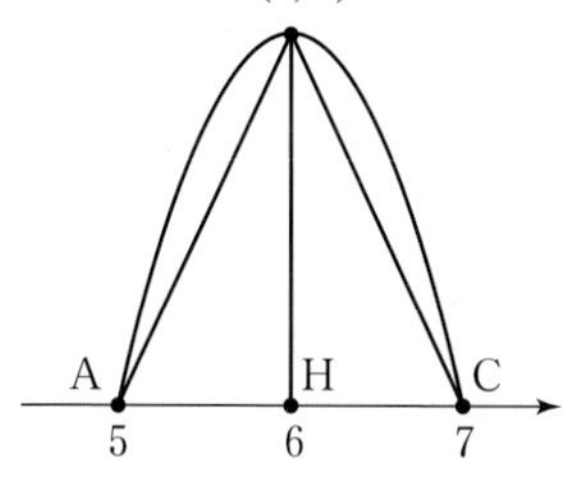

점 B에서 직선 AC에 내린 수선의 발을 점 H라고 하면
$$\sin A = \frac{\overline{BH}}{\overline{AB}} = \frac{3}{\sqrt{10}} = \frac{3\sqrt{10}}{10}$$이다.

11 [모범답안]

$f(1) = 0$이므로
$$f(3) = \sqrt{3}\,f(1) = 0, \ f(5) = \sqrt{3}\,f(3) = 0, \cdots.$$
따라서 n이 홀수일 때 $f(n) = 0$이다.

$$\sum_{n=1}^{13} f(n) = f(2) + f(4) + \cdots + f(12)$$
$$= (1 + \sqrt{3} + \sqrt{3}^{\,2} + \cdots + \sqrt{3}^{\,5})$$
$$= \frac{\sqrt{3}^{\,6} - 1}{\sqrt{3} - 1} = 13(\sqrt{3} + 1)$$

12 [모범답안]

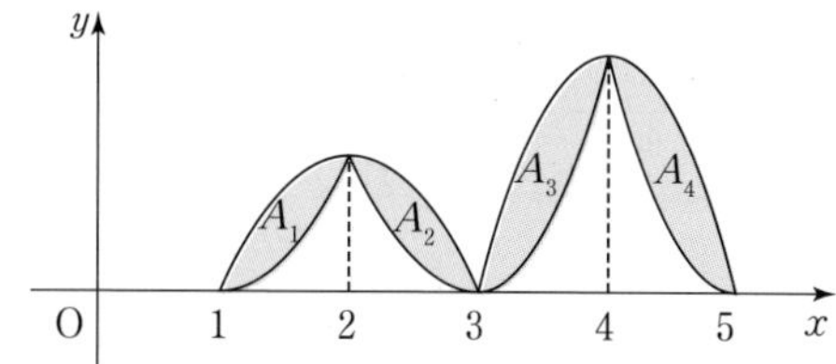

대칭성에 의해서 $A_1 = A_2$, $A_3 = A_4$
$$A_1 = \int_1^2 [1 - (x-2)^2 - (x-1)^2]dx = \frac{1}{3},$$
$$A_3 = \sqrt{3}\int_3^4 [1 - (x-4)^2 - (x-3)^2]dx$$
$$= \sqrt{3}\int_1^2 [1 - (x-2)^2 - (x-1)^2]dx = \frac{\sqrt{3}}{3}$$
따라서 넓이는 $2 \times \dfrac{1 + \sqrt{3}}{3}$이다.

2023학년도 모의고사

01 [모범답안]

$$a_n = S_n - S_{n-1}$$
$$= \frac{3}{2}(n + n^2) - \frac{3}{2}\{n - 1 + (n-1)^2\} = 3n$$

02 [모범답안]

$$c_n = \left(\frac{a_{n+1}}{3}\right)^2 - \left(\frac{a_n}{3}\right)^2 - 1 = (n+1)^2 - n^2 - 1 = 2n$$
$$\sum_{n=1}^{10} c_n = \sum_{n=1}^{10} 2n = 2\frac{10 \times 11}{2} = 110$$

03 [모범답안]

$$f(x) = \sum_{n=1}^{7}\frac{1}{7}(x - 3n)^2 = \sum_{n=1}^{7}\frac{1}{7}(x^2 - 6nx + 9n^2)$$
$$= \frac{1}{7}\left(7x^2 - 6x\frac{7 \times 8}{2} + 9\frac{7 \times 8 \times 15}{6}\right)$$
$$= x^2 - 24x + 180$$
$$\therefore f'(x) = 2x - 24$$

따라서 $x = 12$일 때, 최솟값 $f(12) = 36$

04 [모범답안]

두 직선의 교점 좌표 $(3n, 3n^2 - n)$,

두 직선이 y축과 만나는 점 $B_n(0, 3n^2)$, $C_n(0, -n)$

$\therefore \triangle A_n B_n C_n$ 의 넓이

$$M_n = \frac{1}{2}(3n^2 + n)3n = \frac{1}{2}(9n^3 + 3n^2)$$
$$\sum_{n=1}^{5}\frac{M_n}{3} = \frac{1}{6}\sum_{n=1}^{5}(9n^3 + 3n^2)$$
$$= \frac{1}{6}\left\{9\left(\frac{5 \times 6}{2}\right)^2 + 3\frac{5 \times 6 \times 11}{6}\right\} = 365$$

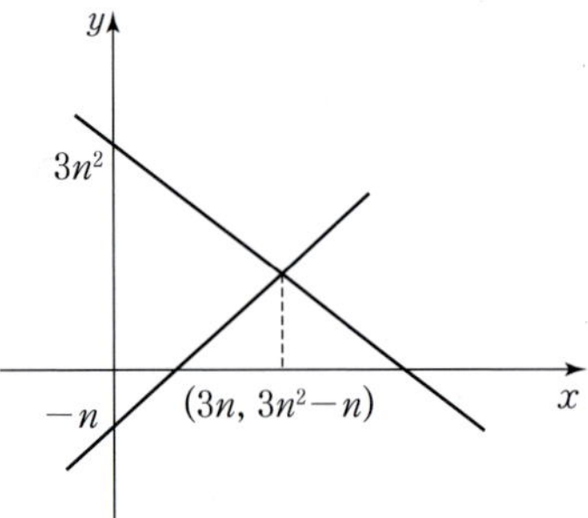

05 [모범답안]

$$f(x) = \begin{cases} 4x + c & (x \leq 1) \\ 6x - x^2 + d & (x \geq 1) \end{cases} \text{이고}$$

$f(2) = 0$이므로 $12 - 4 + d = 0$, $d = -8$

$f(1) = -3$이고 $f(1) = 4 + c = -3$이므로

$c = -7$이다.

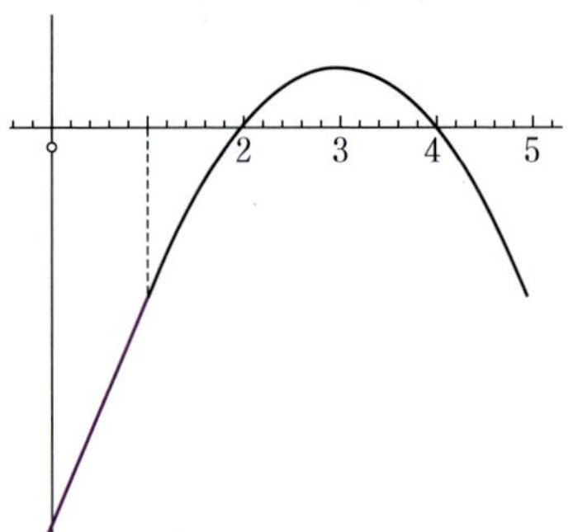

06 [모범답안]

$$f(x) = \begin{cases} 4x - 7 & (x \leq 1) \\ -x^2 + 6x - 8 & (x \geq 1) \end{cases}$$
$$= \begin{cases} 4x - 7 & (x \leq 1) \\ -(x-3)^2 + 1 & (x \geq 1) \end{cases} \text{이므로}$$

$x = 3$에서 최댓값 $f(3) = 1$을 가진다.

07 [모범답안]

$$\lim_{x \to 3}\frac{3f(x) - xf(3)}{x^2 - 9}$$
$$= \lim_{x \to 3}\frac{3\{f(x) - f(3)\} + (3 - x)f(3)}{(x-3)(x+3)}$$
$$= \frac{3}{6}f'(3) - \frac{f(3)}{6} = -\frac{1}{6}$$

08 [모범답안]

$0 \leq x \leq 2$일 때, $f(x) \leq 0$, $2 \leq x \leq 3$에서

$f(x) \geq 0$이므로

$$\int_0^3 f(x) + |f(x)|\,dx$$
$$= \int_0^2 f(x) - f(x)\,dx + \int_2^3 f(x) + f(x)\,dx$$
$$= 2\int_2^3 (-x^2 + 6x - 8)\,dx = \frac{4}{3}$$

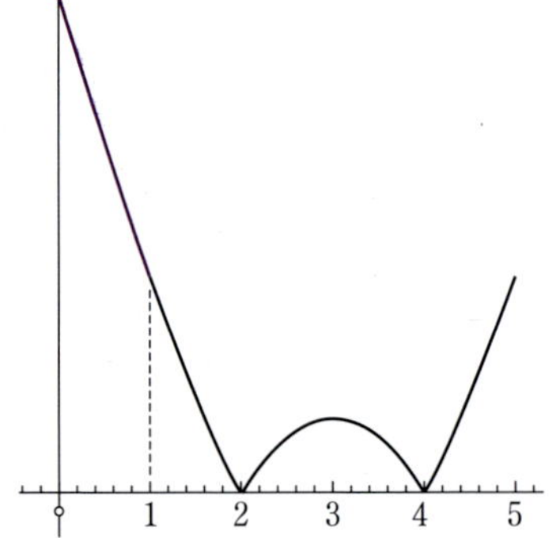

09 [모범답안]

$f(x) = 3x^3 + x = x(3x^2 + 1)$이므로 구하는
x좌표는 $x = 0$

10 [모범답안]

$f(x) = 3x^3 - 1$, $f'(x) = 9x^2$, $f'(1) = 9$, $f(1) = 2$
이므로 구하는 접선은 $y = 9(x - 1) + 2 = 9x - 7$

11 [모범답안]

수평 접선이 단 하나일 조건은
$f'(x) = 9x^2 + 12\sin\theta\cos\theta x + \sin^2\theta = 0$이 중근을
가질 조건이므로
$D = 36\sin^2\theta\cos^2\theta - 9\sin^2\theta = 0$
$\Rightarrow 36\sin^2\theta\left(\cos\theta - \dfrac{1}{2}\right)\left(\cos\theta + \dfrac{1}{2}\right) = 0$
$\Rightarrow \cos\theta = \pm\dfrac{1}{2}$, $\sin\theta = 0$
$\therefore \theta = \dfrac{\pi}{3}, \dfrac{2\pi}{3}$

12 [모범답안]

$\theta = \dfrac{\pi}{3}$일 때, $f(x) = 3x^3 + \dfrac{3\sqrt{3}}{2}x^2 + \dfrac{3}{4}x + \dfrac{1}{2}$이고
$x = 0$에서의 접선: $y = \dfrac{3}{4}x + \dfrac{1}{2}$
접선과 곡선의 교점: $x = 0$과 $x = -\dfrac{\sqrt{3}}{2}$
$\therefore$ 구하는 넓이 $= \displaystyle\int_{-\frac{\sqrt{3}}{2}}^{0}\left(3x^3 + \dfrac{3\sqrt{3}}{2}x^2\right)dx$
$= \left[\dfrac{3}{4}x^4 + \dfrac{\sqrt{3}}{2}x^3\right]_{-\frac{\sqrt{3}}{2}}^{0} = \dfrac{9}{64}$

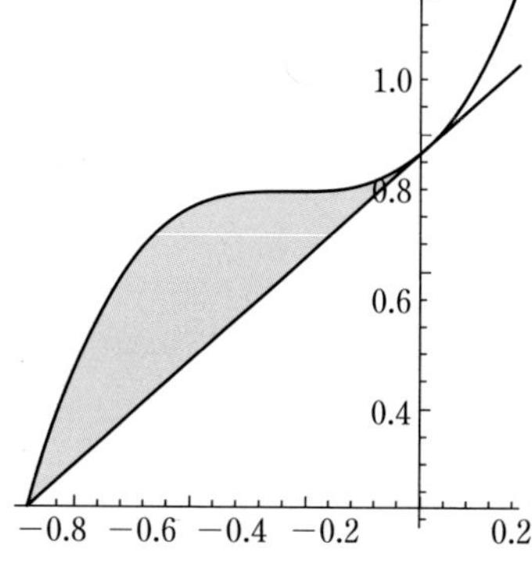

2022학년도 기출문제

수학(오전)

01 [모범답안]

(1) $g(3) = \alpha$라 하면, $f(\alpha) = 3$

$\log_3(\alpha - 1) + 2 = 3$, $\alpha - 1 = 3$, $\alpha = 4$

따라서 $g(3) = 4$

(2) 함수 $f(x) = \log_3(x - 1) + 2$의 그래프의 점근선은

직선 $x = 1$

함수 $g(x)$는 $f(x)$의 역함수이므로

함수 $y = g(x)$의 그래프의 점근선은 직선 $y = 1$

따라서 $p = 1$

함수 $y = \log_2 x - p = \log_2 x - 1$ 의 그래프와 직선

$y = 1$이 만나는 점의 x좌표는

$\log_2 x - 1 = 1$, $\log_2 x = 2$에서 $x = 4$

따라서 $k = 4$

02 [모범답안]

(1) 함수 $g(x)$는 $f(x)$의 역함수이므로

함수 $y = f(x)$의 그래프는 함수 $-y + n = f(x)$의 그래프와 (b_n, a_n)에서 만난다.

$a_n = \log_3(b_n - 1) + 2$ $\quad\cdots\cdots$ ㉠

$-a_n + n = \log_3(b_n - 1) + 2$ $\quad\cdots\cdots$ ㉡

㉠, ㉡에서 $a_n = \dfrac{n}{2}$, $b_n = 3^{\frac{n}{2} - 2} + 1$

(2) $a_n = \dfrac{n}{2}$, $b_n = 3^{\frac{n}{2} - 2} + 1$에서

$a_4 = 2$, $b_4 = 3^{\frac{4}{2} - 2} + 1 = 2$이므로 $P(2, 2)$

$a_6 = 3$, $b_6 = 3^{\frac{6}{2} - 2} + 1 = 4$이므로 $Q(3, 4)$

이때 $\overline{OP} = 2\sqrt{2}$, $\overline{OQ} = 5$, $\overline{PQ} = \sqrt{5}$ 이므로

삼각형 POQ에서 코사인법칙에 의하여

$\cos(\angle POQ) = \dfrac{\overline{OP}^2 + \overline{OQ}^2 - \overline{PQ}^2}{2 \times \overline{OP} \times \overline{OQ}}$

$\qquad = \dfrac{(2\sqrt{2})^2 + 5^2 - (\sqrt{5})^2}{2 \times 2\sqrt{2} \times 5} = \dfrac{7\sqrt{2}}{10}$

03 [모범답안]

$A(a, 1)$, $B(4, 1)$, $C(1, 1)$

$\overline{AB} = |a - 4|$, $\overline{AC} = |a - 1|$

문제 조건에 의하여 $|a - 4| = 2|a - 1|$

양변을 제곱하여 풀면 $(a - 4)^2 = 4(a - 1)^2$, $a = \pm 2$

문제 조건에 의해 $a = 2$

직선 $y = \dfrac{k}{4}$에서 $k = 4$이므로 직선은 $y = 1$

04 [모범답안]

(1) 함수 $f(x)$가 $x = 2$에서 극솟값 -2를 가지므로

$f(2) = -2$, $f'(2) = 0$

$f(2) = -2$에서 $8 + 4a + 2b + 2 = -2$

$2a + b = -6$ $\quad\cdots\cdots$ ㉠

$f'(x) = 3x^2 + 2ax + b$이고

$f'(2) = 0$에서 $12 + 4a + b = 0$

$4a + b = -12$ $\quad\cdots\cdots$ ㉡

㉠과 ㉡에서 $a = -3$, $b = 0$

따라서 $f(x) = x^3 - 3x^2 + 2$

(2) $f(x) = x^3 - 3x^2 + 2$, $f'(x) = 3x^2 - 6x$에서

$f(3) = 2$, $f'(3) = 9$이므로

곡선 $y = f(x)$ 위의 점 $P(3, 2)$에서 접선과 수직인

직선의 기울기는 $-\dfrac{1}{9}$

따라서 점 $P(3, 2)$를 지나고 점 P에서의 접선과 수직인

직선의 방정식은

$y - 2 = -\dfrac{1}{9}(x - 3)$, $y = -\dfrac{1}{9}x + \dfrac{7}{3}$

05 [모범답안]

$f(x) = x^3 - 3x^2 + 2$이므로 곡선 $y = f(x)$와

직선 $y = x - 1$의 교점의 x좌표는

$x^3 - 3x^2 + 2 = x - 1$, $x^3 - 3x^2 - x + 3 = 0$

$(x + 1)(x - 1)(x - 3) = 0$

$x = -1$ 또는 $x = 1$ 또는 $x = 3$

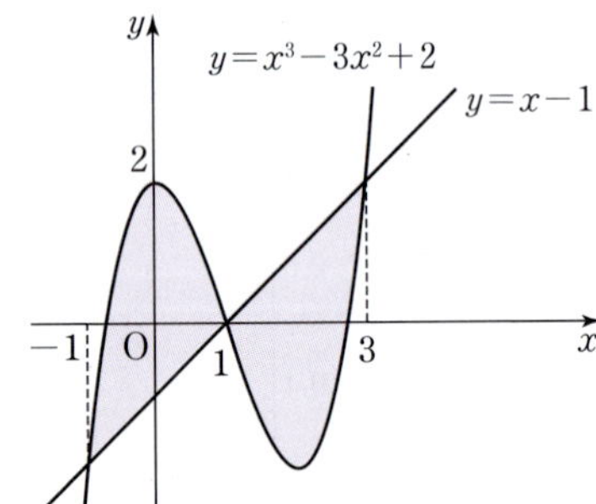

따라서 곡선 $y = f(x)$와 직선 $y = x - 1$로 둘러싸인 부분의 넓이를 S라 하면

$S = \displaystyle\int_{-1}^{1} \{(x^3 - 3x^2 + 2) - (x - 1)\}dx$

$\qquad + \displaystyle\int_{1}^{3} \{(x - 1) - (x^3 - 3x^2 + 2)\}dx$

$\quad = \displaystyle\int_{-1}^{1} (x^3 - 3x^2 - x + 3)dx$

$\qquad + \displaystyle\int_{1}^{3} (-x^3 + 3x^2 + x - 3)dx$

$\quad = 2\displaystyle\int_{0}^{1} (-3x^2 + 3)dx + \displaystyle\int_{1}^{3} (-x^3 + 3x^2 + x - 3)dx$

$$= 2[-x^3 + 3x]_0^1 + \left[-\frac{1}{4}x^4 + x^3 + \frac{1}{2}x^2 - 3x\right]_1^3$$
$$= 4 + 4 = 8$$

06 [모범답안]

$f(x) = x^3 - 3x^2 + 2$이므로

$g(x) = f(x) + (3-c)x^2 + cx - 2 = x^3 - cx^2 + cx$

$(x_1 - x_2)\{g(x_1) - g(x_2)\} > 0$에서

$x_1 > x_2$이면 $g(x_1) > g(x_2)$이고

$x_1 < x_2$이면 $g(x_1) < g(x_2)$이므로

함수 $g(x)$는 실수 전체의 집합에서 증가한다.

따라서 모든 실수 x에 대하여 $g'(x) \geq 0$이다.

$g'(x) = 3x^2 - 2cx + c$에서 $3x^2 - 2cx + c \geq 0$

이때 이차방정식 $3x^2 - 2cx + c = 0$의 판별식을 D라 하면

$D \leq 0$이어야 한다.

$D = 4c^2 - 12c \leq 0$, $4c(c-3) \leq 0$, $0 \leq c \leq 3$

따라서 구하는 실수 c의 최댓값은 3

07 [모범답안]

조건 (개)에서 $f'(1) = 0$, $f'(2) = 0$이므로

$f'(x) = 3(x+1)(x-2) = 3x^2 - 3x - 6$

$f'(x) = 3x^2 - 3x - 6$에서

$f(x) = x^3 - \frac{3}{2}x^2 - 6x + C$ (C는 적분상수)

조건 (내)에서

$$\int_0^2 \left(x^3 - \frac{3}{2}x^2 - 6x + C\right)dx$$
$$= \left[\frac{1}{4}x^4 - \frac{1}{2}x^3 - 3x^2 + Cx\right]_0^2$$
$$= 4 - 4 - 12 + 2C$$
$$= 2C - 12 = -2 \text{ 에서 } C = 5$$

따라서 $f(x) = x^3 - \frac{3}{2}x^2 - 6x + 5$

조건 (대)에서

$$\lim_{h \to 0} \frac{f(p+h) - f(p-2h)}{h}$$
$$= \lim_{h \to 0} \frac{\{f(p+h) - f(p)\} - \{f(p-2h) - f(p)\}}{h}$$
$$= \lim_{h \to 0} \left\{\frac{f(p+h) - f(p)}{h} + 2 \times \frac{f(p-2h) - f(p)}{-2h}\right\}$$
$$= 3f'(p)$$

$3f'(p) = -18$이므로

$f'(p) = -6$, $3p^2 - 3p - 6 = -6$, $p^2 - p = 0$

$p = 0$ 또는 $p = 1$ 이때 $p > 0$이므로 $p = 1$

08 [모범답안]

(1) $f(x) = x^3 - \frac{3}{2}x^2 - 6x + 5$, $p = 1$

조건 (개)에서

$g(1) = -1$ …… ㉠

조건 (내)에서

$xg(x) = 2x^3 - 3x^2 - 12x + 10 + ax^2$
$$+ 12x - 13 + \int_1^x g(t)\,dt$$
$xg(x) = 2x^3 - 3x^2 + ax^2 - 3 + \int_1^x g(t)\,dt$ …… ㉡

㉡의 양변에 $x = 1$을 대입하면

$g(1) = a - 4$, ㉠에서 $a = 3$

㉡의 양변을 x에 대하여 미분하면

$g(x) + xg'(x) = 6x^2 - 6x + 2ax + g(x)$에서

$xg'(x) = 6x^2 - 6x + 2ax$

$g'(x)$는 다항함수이고 $a = 3$이므로 $g'(x) = 6x$

이때 $g(x) = 3x^2 + C$ (C는 적분상수)

㉠에서 $g(1) = -1$이므로 $C = -4$

따라서 $g(x) = 3x^2 - 4$

(2) 함수 $y = g(x)$에서 x의 값이 1에서 3까지 변할 때의

평균변화율은

$$\frac{g(3) - g(1)}{3 - 1} = \frac{23 - (-1)}{2} = 12 \text{이고}$$

$g'(x) = 6x$, $g'(1) = 6$이므로 $6k = 12$에서 $k = 2$

09 [모범답안]

$g(x) = 3x^2 - 4$에서

$h(x) = \frac{1}{3}\{g(x) + 4\} - 2tx$
$= x^2 - 2tx = x(x - 2t)$

$h(x) = (x-t)^2 - t^2$이므로 $x = t$일 때 $|h(t)| = t^2$

곡선 $y = x^2 - 2tx$와 직선 $y = t^2$의 교점의 x좌표는

$x^2 - 2tx = t^2$, $x^2 - 2tx - t^2 = 0$에서

$x = (1 - \sqrt{2})t$ 또는 $x = (1 + \sqrt{2})t$이므로

닫힌구간 $[0, 1]$에서 함수 $y = |h(x)|$의 최댓값 $M(t)$를

t의 값의 범위에 따라 구하면

(i) $t > 1$일 때 $M(t) = |h(1)| = |1 - 2t| = 2t - 1$

(ii) $t \leq 1 < (1 + \sqrt{2})t$일 때,

즉 $\frac{1}{1 + \sqrt{2}} < t \leq 1$일 때 $M(t) = |h(t)| = t^2$

(iii) $(1 + \sqrt{2})t \leq 1$일 때, 즉 $t \leq \frac{1}{1 + \sqrt{2}}$일 때

$M(t) = |h(1)| = |1 - 2t| = -2t + 1$

(i), (ii), (iii)에 의해 함수 $M(t)$는

$$M(t) = \begin{cases} -2t + 1 & (0 < t \leq \sqrt{2} - 1) \\ t^2 & (\sqrt{2} - 1 < t \leq 1) \\ 2t - 1 & (t > 1) \end{cases} \text{이고}$$

$\sqrt{2} - 1 < \frac{2}{3} < 1$이므로 $M'(t) = 2t$

따라서 $M'\left(\frac{2}{3}\right) = \frac{4}{3}$

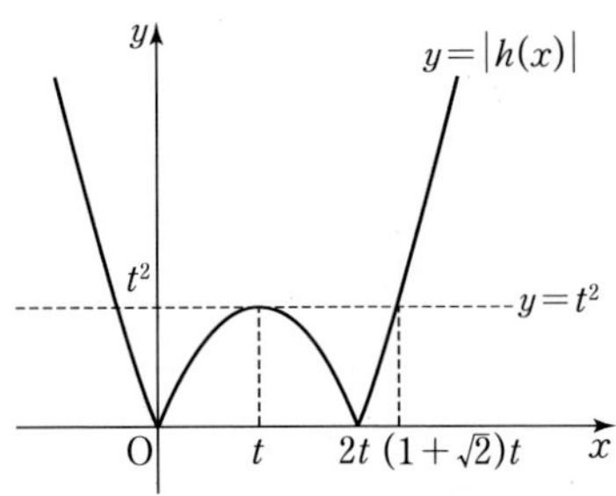

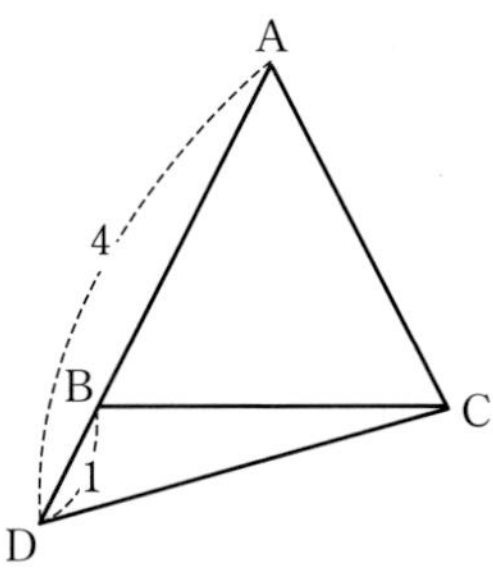

수학(오후)

01 [모범답안]

(1) $g(4) = \alpha$라 하면, $f(\alpha) = 4$

$4 = 2^{\alpha+1} - 4$, $2^{\alpha+1} = 8$, $\alpha + 1 = 3$, $\alpha = 2$

따라서 $g(4) = 2$

(2) 함수 $y = g(x)$의 그래프를 x축의 방향으로 a만큼 평행이동한 그래프는 $y = g(x - a)$

이 그래프가 $(2, 1)$을 지나므로 $1 = g(2 - a)$

역함수의 성질에 의해 $2 - a = f(1)$, $2 - a = 0$, $a = 2$

$1 = \log_b 2$에서 $b = 2$

02 [모범답안]

$a = 2$, $b = 2$이므로 두 함수

$y = 2^{x+1}$, $y = -\left(\dfrac{1}{2}\right)^x + 3$의

그래프가 만나는 서로 다른 두 점의 x좌표는

$2^{x+1} = -\left(\dfrac{1}{2}\right)^x + 3$에서

$2 \times (2^x)^2 - 3 \times 2^x + 1 = 0$

$(2 \times 2^x - 1)(2^x - 1) = 0$

$2^x = \dfrac{1}{2}$ 또는 $2^x = 1$

이때 $x = -1$ 또는 $x = 0$

$x = -1$일 때 $y = 1$, $x = 0$일 때 $y = 2$이므로

y좌표의 합 $k = 3$

03 [모범답안]

(1) $k = 3$이므로 $\overline{AB} = \overline{AC} = 3$, $\overline{AD} = k + 1 = 4$

이때 $\overline{AC} = 3$, $\overline{AD} = 4$, $\overline{CD} = 2\sqrt{3}$이므로

삼각형 ADC에서 코사인법칙에 의하여

$$\cos(\angle DAC) = \frac{\overline{AC^2} + \overline{AD^2} - \overline{CD^2}}{2 \times \overline{AC} \times \overline{AD}}$$

$$= \frac{3^2 + 4^2 - (2\sqrt{3})^2}{2 \times 3 \times 4} = \frac{13}{24}$$

(2) 삼각형 ABC에서 코사인법칙에 의하여

$$\overline{BC^2} = \overline{AB^2} + \overline{AC^2} - 2 \times \overline{AB} \times \overline{AC} \times \cos(\angle BAC)$$

$$= 3^2 + 3^2 - 2 \times 3 \times 3 \times \frac{13}{24} = \frac{33}{4}$$

따라서 선분 BC의 길이는 $\dfrac{\sqrt{33}}{2}$

04 [모범답안]

함수 $f(x)$를 $f(x) = x^3 + ax^2 + bx + c$라 하면

$f'(x) = 3x^2 + 2ax + b$

조건 ㈎에서 $x \to 0$일 때 (분모)$\to 0$이고

극한값이 존재하므로 (분자)$\to 0$

따라서 $\lim\limits_{x \to 0} f(x) = 0$에서 $f(0) = 0$이므로 $c = 0$

$$\lim_{x \to 0} \frac{f(x)}{x} = \lim_{x \to 0} \frac{f(x) - f(0)}{x - 0} = f'(0)$$

$f'(0) = -4$에서 $b = -4$

$f'(x) = 3x^2 + 2ax - 4$이므로 조건 ㈏에서

$f'(2) = 12 + 4a - 4 = 0$, $a = -2$

$a = -2$, $b = -4$, $c = 0$이므로

$f(x) = x^3 - 2x^2 - 4x$

05 [모범답안]

$f(x) = x^3 - 2x^2 - 4x$이므로

곡선 $y = f(x)$와 직선 $y = -4x$가 만나는 점의 x좌표는

$x^3 - 2x^2 - 4x = -4x$, $x^3 - 2x^2 = 0$,

$x^2(x - 2) = 0$에서

$x = 0$ 또는 $x = 2$이므로

$y = f(x)$와 직선 $y = -4x$로

둘러싸인 부분의 넓이를 S라 하면

$$S = \int_0^2 \{-4x - (x^3 - 2x^2 - 4x)\}dx$$

$$= \int_0^2 (-x^3 + 2x^2)dx$$

$$= \left[-\frac{1}{4}x^4 + \frac{2}{3}x^3\right]_0^2$$

$$= -4 + \frac{16}{3} = \frac{4}{3}$$

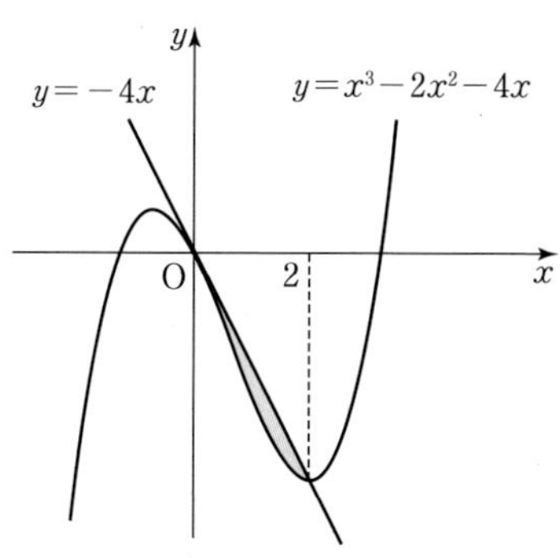

06 [모범답안]

$f(x) = x^3 - 2x^2 - 4x$이므로

$g(x) = x^3 + kx^2 + (k+6)x$

임의의 두 실수 $x_1,\ x_2$에 대하여

$x_1 \neq x_2$이면 $g(x_1) \neq g(x_2)$인 함수는 일대일함수이다.

삼차함수 $g(x)$의 최고차항의 계수가 양수이고

일대일함수이려면 삼차함수 $g(x)$는 실수 전체의 집합에서

증가해야 한다.

따라서 모든 실수 x에 대하여 $g'(x) \geq 0$

$g'(x) = 3x^2 + 2kx + k + 6$이므로

$3x^2 + 2kx + k + 6 \geq 0$

이차방정식 $3x^2 + 2kx + k + 6 = 0$의 판별식을

D라 하면

$D = (2k)^2 - 12(k+6) \leq 0$, $k^2 - 3k - 18 \leq 0$,

$(k-6)(k+3) \leq 0$에서 $-3 \leq k \leq 6$이므로

실수 k의 최댓값은 6

[별해]

$f(x) = x^3 - 2x^2 - 4x$이므로

$g(x) = x^3 + kx^2 + (k+6)x$

임의의 두 실수 $x_1,\ x_2$에 대하여

$x_1 \neq x_2$이면 $g(x_1) \neq g(x_2)$인 함수는 일대일함수이다.

$g'(x) = 3x^2 + 2kx + k + 6$이므로

$g'(x) = 3x^2 + 2kx + k + 6 \leq 0$

$D = (2k)^2 - 12(k+6) \leq 0$

$k^2 - 3k - 18 \leq 0$, $(k-6)(k+3) \leq 0$

$-3 \leq k \leq 6$이므로 실수 k의 최댓값은 6

07 [모범답안]

삼차함수 $f(x)$의 최고차항의 계수를 $a\,(a \neq 0)$라 하면 조건

㈎에서 $f'(0) = 0$, $f'(2) = 0$이므로

$f'(x) = 3ax(x-2)$

조건 ㈏에서

$$\lim_{h \to 0} \frac{f(1+3h) - f(1)}{h} = \lim_{h \to 0} 3 \times \frac{f(1+3h) - f(1)}{3h}$$
$$= 3f'(1) = -9$$이므로

$f'(1) = -3$, $-3a = -3$, $a = 1$

$f'(x) = 3x(x-2) = 3x^2 - 6x$이고

$f(x) = x^3 - 3x^2 + C$ (C는 적분상수)

조건 ㈐에서

$$\int_{-1}^{1}(x^3 - 3x^2 + C)\,dx = 2\int_{0}^{1}(-3x^2 + C)\,dx$$
$$= 2[-x^3 + Cx]_0^1 = -2 + 2C = 4$$에서 $C = 3$

따라서 $f(x) = x^3 - 3x^2 + 3$

08 [모범답안]

함수 $g(x)$는 $x = a$에서 연속이므로

$$\lim_{x \to a^-} g(x) = \lim_{x \to a^+} g(x) = g(a)$$

$9a + b = f(a) - 3$, $b = f(a) - 3 - 9a$

이때 $f(a) = a^3 - 3a^2 + 3$이므로

$b = a^3 - 3a^2 - 9a$ $\cdots\cdots$ ㉠

$g(x)$의 극댓값과 극솟값은 a의 값의 범위에 따라 달라진다.

$h(x) = f(x) - 3$이라 하면 $h(x) = x^3 - 3x^2$이고

$h'(x) = 3x^2 - 6x = 3x(x-2)$

$h'(x) = 0$에서 $x = 0$ 또는 $x = 2$이므로 함수 $h(x)$의 증

가와 감소를 표로 나타내면 다음과 같다.

x	$\cdots$	0	$\cdots$	2	$\cdots$
$h'(x)$	$+$	0	$-$	0	$+$
$h(x)$	$\nearrow$	0 (극대)	$\searrow$	-4 (극소)	$\nearrow$

(ⅰ) $-1 < a < 0$일 때,

함수 $g(x)$는 $x = 0$에서 극댓값 0, $x = 2$에서 극솟값 -4

를 가지므로 극댓값과 극솟값의 차가 4가 되어 주어진 조건을

만족시키지 않는다.

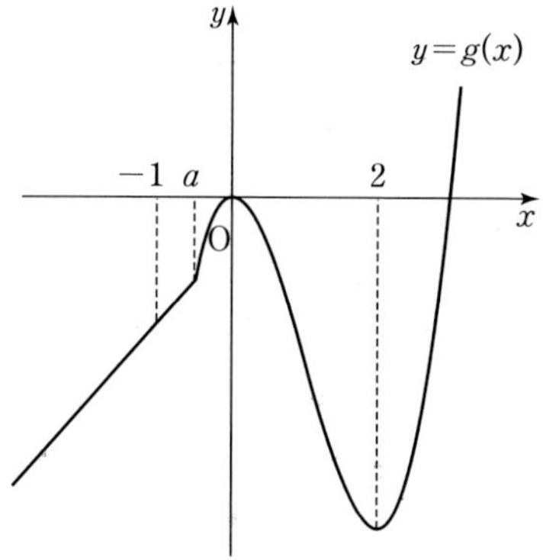

(ⅱ) $0 \leq a < 2$일 때,

함수 $g(x)$는 $x = a$에서 극댓값 $f(a) - 3$, $x = 2$에서

극솟값 -4를 갖는다.

극댓값과 극솟값의 차는 $f(a) + 1$이므로

$f(a) + 1 = 2$에서

$a^3 - 3a^2 + 2 = 0$, $(a - 1)(a^2 - 2a - 2) = 0$

$a = 1$ 또는 $a = 1 - \sqrt{3}$ 또는 $a = 1 + \sqrt{3}$

$0 \le a < 2$이므로 $a = 1$이고 ㉠에서 $b = -11$

따라서 함수 $g(x)$는

$$g(x) = \begin{cases} 9x - 11 & (x < 1) \\ x^3 - 3x^2 & (x \ge 1) \end{cases}$$

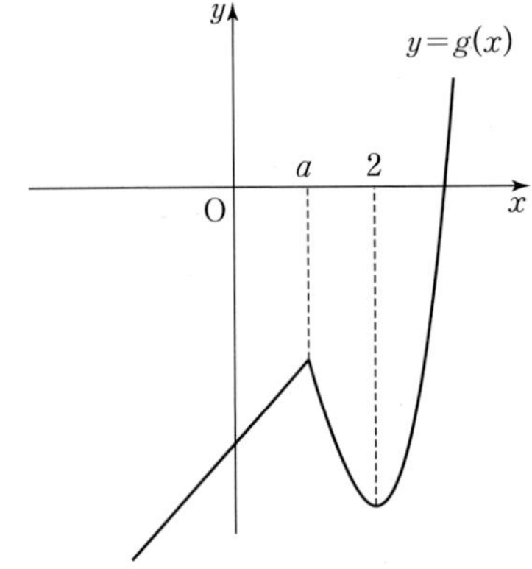

09 [모범답안]

함수 $g(x) = \begin{cases} 9x - 11 & (x < 1) \\ x^3 - 3x^2 & (x \ge 1) \end{cases}$ 에서

$1 < x < 3$일 때 $|g(x)| = -x^3 + 3x^2$이고

$1 < t < 3$이므로 $|g(t)| = -t^3 + 3t^2$

곡선 $y = kx^2$과 직선 $y = |g(t)|$의 교점 S의 x좌표를

$\alpha \, (0 < \alpha < t)$라 하면 $k\alpha^2 = |g(t)|$

즉, $k\alpha^2 = -t^3 + 3t^2$ $\cdots\cdots$ ㉠

$0 \le x \le \alpha$에서 곡선 $y = kx^2$과 직선 $y = |g(t)|$로

둘러싸인 부분의 넓이는

$$\int_0^\alpha (-t^3 + 3t^2 - kx^2)\,dx = (-t^3 + 3t^2)\alpha - \frac{k}{3}\alpha^3$$

직사각형 $OPQR$의 넓이는 $t \times |g(t)| = t \times (-t^3 + 3t^2)$

이다.

곡선 $y = kx^2$이 직사각형 $OPQR$의 넓이를 이등분하므로

$$(-t^3 + 3t^2)\alpha - \frac{k}{3}\alpha^3 = \frac{1}{2} \times t \times (-t^3 + 3t^2)$$ $\cdots\cdots$ ㉡

㉠과 ㉡에서

$$k\alpha^2 \times \alpha - \frac{k}{3}\alpha^3 = \frac{1}{2} \times t \times k\alpha^2,$$

$\dfrac{2}{3}k\alpha^3 = \dfrac{1}{2} \times t \times k\alpha^2$에서 $\alpha = \dfrac{3}{4}t$

이때 곡선 $y = kx^2$은 점 $\left(\dfrac{3}{4}t, \, -t^3 + 3t^2\right)$을 지나므로

$-t^3 + 3t^2 = k\left(\dfrac{3}{4}t\right)^2$, $k = \dfrac{16}{9}(3 - t)$

따라서 $W(t) = \dfrac{16}{9}(3 - t)$

2022학년도 모의고사

수학[1차]

01 [모범답안]

점 A의 x좌표가 $\frac{2}{3}$이므로

점 A의 좌표는 $\left(\frac{2}{3}, \log_a \frac{2}{3}\right)$이다.

직선 AB는 직선 $y = x$와 평행하므로

직선 AB가 x축의 양의 방향과 이루는 각의 크기는 $45°$이다.

점 B의 좌표를 $(b, \log_a b)$라 하면, $\overline{AB} = 2\sqrt{2}$이므로

$b - \frac{2}{3} = 2$ …… ㉠

$\log_a b - \log_a \frac{2}{3} = 2$ …… ㉡

㉠에서 $b = \frac{2}{3} + 2 = \frac{8}{3}$,

㉡에서 $\log_a \frac{8}{3} - \log_a \frac{2}{3} = 2$, $\log_a 4 = 2$

따라서 $a = 2$

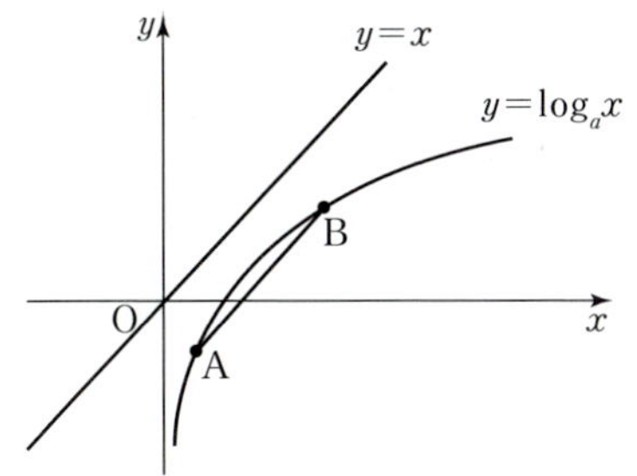

02 [모범답안]

두 곡선 $y = f(x)$와 $y = g(x)$는 직선 $y = x$에 대하여 대칭이므로 두 점 C, D는 직선 $y = x$ 위에 있다.

$C(\alpha, \alpha)$, $D(\beta, \beta)$ $(\alpha < \beta)$라 하면,

$\overline{CD} = \sqrt{2}$에서 $\sqrt{(\beta - \alpha)^2 + (\beta - \alpha)^2} = \sqrt{2}$

$(\beta - \alpha)^2 = 1$ …… ㉠

두 점 C, D의 x좌표의 합이 3이므로

$\alpha + \beta = 3$ …… ㉡

$\alpha < \beta$이므로 ㉠, ㉡에서 $\alpha = 1$, $\beta = 2$이다.

[문제1]에서 구한 $a = 2$이므로 $f(x) = 2^{x+k}$이고,

함수 $f(x) = 2^{x+k}$의 그래프가 점 $C(1, 1)$을 지나므로

$k = -1$

따라서 $f(x) = 2^{x-1}$이므로 $f(3) = 2^{3-1} = 4$

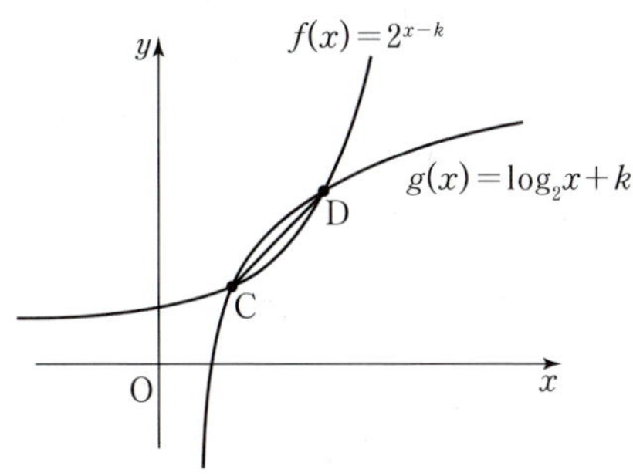

03 [모범답안]

[문제2]에서 구한 $f(x)$는 $f(x) = 2^{x-1}$이므로

역함수는 $g(x) = \log_2 x + 1$이다.

곡선 $y = g(x)$와 직선 $y = 1$이 만나는

점 P의 좌표는 $(1, 1)$,

곡선 $y = g(x)$와 직선 $y = 4$가 만나는

점 Q의 좌표는 $(4, 3)$,

직선 $y = x$와 직선 $x = 4$가 만나는

점 R의 좌표는 $(4, 4)$이다.

세 점 P, Q, R에 대하여

$\overline{PQ} = \sqrt{13}$, $\overline{QR} = 1$, $\overline{PR} = 3\sqrt{2}$이므로

코사인 법칙에 의하여

$$\cos(\angle PQR) = \frac{\overline{PQ}^2 + \overline{QR}^2 - \overline{PR}^2}{2\,\overline{PQ}\,\overline{QR}} = -\frac{2}{\sqrt{13}}$$

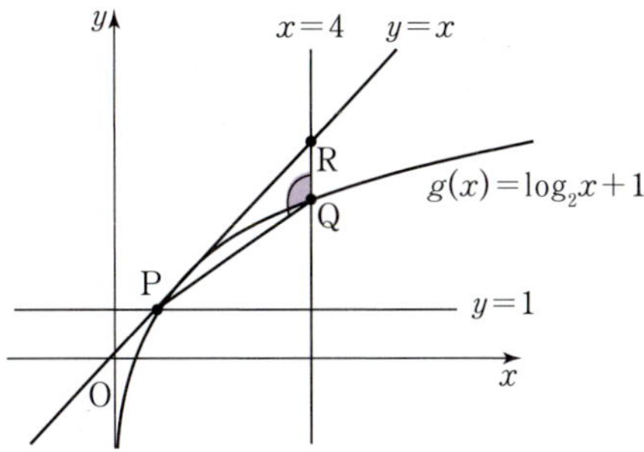

04 [모범답안]

$y = x^2$에서 $y' = 2x$이므로 점 $P(t, t^2)$ $(t > 0)$에서의

접선 L_1의 기울기는 $2t$이다.

점 $P(t, t^2)$에서의 접선 L_1의 방정식은

$y - t^2 = 2t(x - t)$, $y = 2tx - t^2$

이때 접선 L_1의 x절편은 $\frac{t}{2}$이므로 넓이 $f(t)$는

$$f(t) = \int_0^t x^2 dx - \frac{1}{2} \times \frac{t}{2} \times t^2 = \frac{t^3}{3} - \frac{t^3}{4} = \frac{t^3}{12}$$

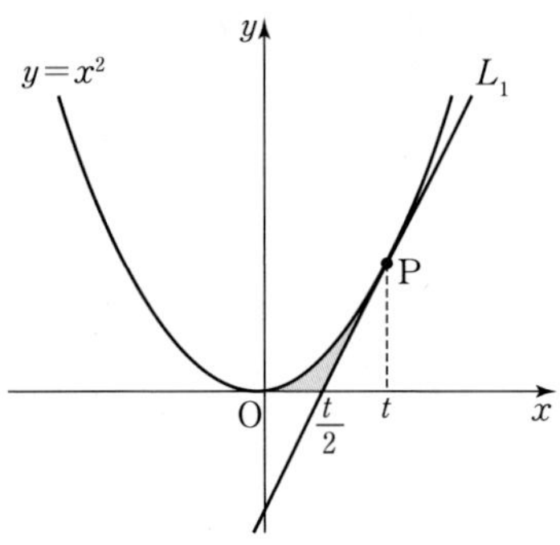

05 [모범답안]

접선 L_1의 기울기는 $2t$이므로

직선 L_2의 기울기는 $-\dfrac{1}{2t}$이다.

따라서 직선 L_2의 방정식은

$y - t^2 = -\dfrac{1}{2t}(x - t)$, $y = -\dfrac{1}{2t}x + t^2 + \dfrac{1}{2}$이고,

직선 L_2의 y절편은 $t^2 + \dfrac{1}{2}$이므로

$Q\left(0,\ t^2 + \dfrac{1}{2}\right)$이다.

이때 삼각형 OPQ의 넓이 $g(t)$는

$g(x) = \dfrac{1}{2} \times \left(t^2 + \dfrac{1}{2}\right) \times t = \dfrac{1}{2}t^3 + \dfrac{1}{4}t$이므로

$$\lim_{t \to \infty} \frac{f(t)}{g(t)} = \lim_{t \to \infty} \frac{\dfrac{t^3}{12}}{\dfrac{t^3}{2} + \dfrac{t}{4}} = \lim_{t \to \infty} \frac{\dfrac{1}{12}}{\dfrac{1}{2} + \dfrac{1}{4t^2}} = \frac{\dfrac{1}{12}}{\dfrac{1}{2}} = \frac{1}{6}$$

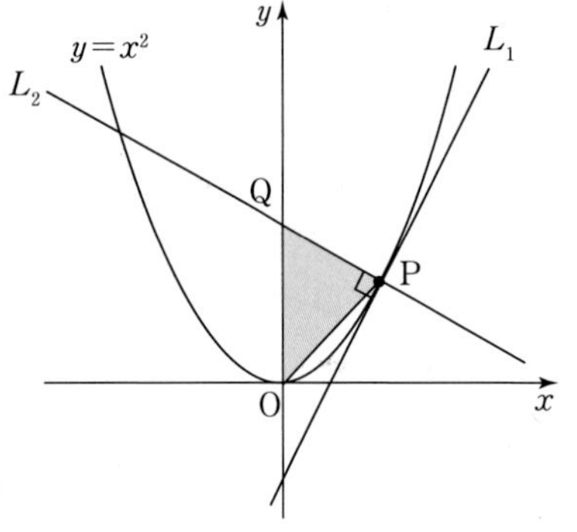

06 [모범답안]

$h(t) = 9f(t) - g(t) = \dfrac{3}{4}t^2 - \dfrac{1}{2}t^3 - \dfrac{1}{4}t$

$= \dfrac{1}{4}t^3 - \dfrac{1}{4}t$이고, $F(x) = \displaystyle\int_0^x h(t)\,dt$에서

$F'(x) = h(x) = \dfrac{1}{4}x^3 - \dfrac{1}{4}x$이다.

$h(x) = \dfrac{1}{4}x^3 - \dfrac{1}{4}x = \dfrac{1}{4}x(x - 1)(x + 1) = 0$에서

$x = 0$ 또는 $x = -1$ 또는 $x = 1$이므로

함수 $F(x)$의 증가와 감소를 표로 나타내면 다음과 같다.

x	$\cdots$	-1	$\cdots$	0	$\cdots$	1	$\cdots$
$F'(x)$	$-$	0	$+$	0	$-$	0	$+$
$F(x)$	$\searrow$	극소	$\nearrow$	극대	$\searrow$	극소	$\nearrow$

따라서 $F(x)$는 $x = 0$에서 극댓값

$F(0) = \displaystyle\int_0^0 h(t)\,dt = 0$을 갖고,

$x = \pm 1$에서 극솟값

$F(-1) = \displaystyle\int_0^{-1} h(t)\,dt = \int_0^{-1}\left(\dfrac{1}{4}t^3 - \dfrac{1}{4}t\right)dt$

$= \left[\dfrac{1}{16}t^4 - \dfrac{1}{8}t^2\right]_0^{-1} = -\dfrac{1}{16}$

$F(1) = \displaystyle\int_0^1 h(t)\,dt = \int_0^1\left(\dfrac{1}{4}t^3 - \dfrac{1}{4}t\right)dt$

$= \left[\dfrac{1}{16}t^4 - \dfrac{1}{8}t^2\right]_0^1 = -\dfrac{1}{16}$ 을 갖는다.

07 [모범답안]

$f(x) = x^3 - 3x$라 할 때 $f'(x) = 3x^2 - 3$.

$f'(x) = 0$에서 $x = -1$ 또는 $x = 1$이므로

함수 $f(x)$의 증가와 감소를 표로 나타내면 다음과 같다.

x	$\cdots$	-1	$\cdots$	1	$\cdots$
$f'(x)$	$+$	0	$-$	0	$+$
$f(x)$	$\nearrow$	극대	$\searrow$	극소	$\nearrow$

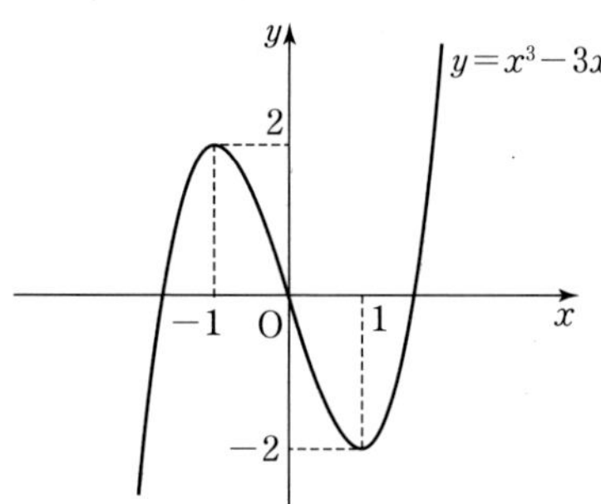

따라서 함수 $f(x)$는

$x = -1$에서 극댓값 2, $x = 1$에서 극솟값 -2를 가지므로

직선 $y = t$와 곡선 $y = f(x)$가 만나는 서로 다른

점의 개수 $g(t)$는 다음과 같다.

$$g(t) = \begin{cases} 1, & (t < -2) \\ 2, & (t = -2) \\ 3, & (-2 < t < 2) \\ 2, & (t = 2) \\ 1, & (t > 2) \end{cases}$$

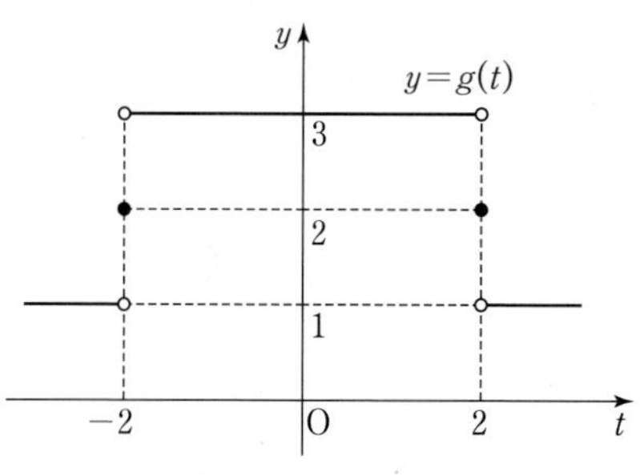

08 [모범답안]

[문제7]의 함수 $g(x)$로부터 함수 $g(x)h(x)$는 다음과 같다.

$$g(x)h(x) = \begin{cases} h(x), & (x < -2) \\ 2h(-2), & (x = -2) \\ 3h(x), & (-2 < x < 2) \\ 2h(2), & (x = 2) \\ h(x), & (x \geq 2) \end{cases}$$

함수 $g(x)h(x)$가 실수 전체의 집합에서 연속이려면 함수 $g(x)h(x)$는 $x = -2$와 $x = 2$에서 연속이어야 한다.

(i) $g(x)h(x)$가 $x = -2$에서 연속이려면

$$\lim_{x \to -2-} g(x)h(x) = \lim_{x \to -2+} g(x)h(x) = 2h(-2)$$

이어야 한다.

$$\lim_{x \to -2-} g(x)h(x) = \lim_{x \to -2-} h(x) = h(-2),$$
$$\lim_{x \to -2+} g(x)h(x) = \lim_{x \to -2+} 3h(x) = 3h(-2)$$

$h(-2) = 3h(-2) = 2h(-2)$이므로

$h(-2) = 0$ ······ ㉠

(ii) $g(x)h(x)$가 $x = 2$에서 연속이려면

$$\lim_{x \to 2-} g(x)h(x) = \lim_{x \to 2+} g(x)h(x) = 2h(2)$$

이어야 한다.

$$\lim_{x \to 2-} g(x)h(x) = \lim_{x \to 2-} 3h(x) = 3h(2),$$
$$\lim_{x \to 2+} g(x)h(x) = \lim_{x \to 2+} h(x) = h(2)$$

$3h(2) = h(2) = 2h(2)$이므로

$h(2) = 0$ ······ ㉡

㉠, ㉡에서 $h(x)$는 $(x+2)(x-2)$를 인수로 가지므로 최고차항의 계수가 1인 이차함수 $h(x)$는

$h(x) = x^2 - 4$이다.

$h'(x) = 2x$이므로 $h(1) \times h'(1) = (-3) \times 2 = -6$

09 [모범답안]

[문제8]의 함수 $h(x)$는 $h(x) = x^2 - 4$이므로

$r(x) = (x^2 - 4)(ax + b)$이다.

$r'(x) = 2x(ax + b) + a(x^2 - 4)$이고

$r'(2) = 0$에서 $4(2a + b) = 0$, $b = -2a$

따라서 $r(x) = (x^2 - 4)(ax + b) = a(x + 2)(x - 2)^2$이고,

$r'(x) = a(x-2)^2 + 2a(x+2)(x-2)$
$= a(x-2)(3x+2)$이다.

$r'(x) = 0$에서 $x = -\dfrac{2}{3}$ 또는 $x = 2$이다.

$a < 0$일 때, 함수 $r(x)$는 $x = 2$에서 극대이고 극댓값은 $r(2) = 0$이므로 주어진 조건을 만족시키지 않는다. 따라서 $a > 0$이다.

함수 $r(x)$는 $x = -\dfrac{2}{3}$에서 극대이고 극댓값이 $\dfrac{128}{27}$이므로

$r\left(-\dfrac{2}{3}\right) = a \times \dfrac{4}{3} \times \left(-\dfrac{8}{3}\right)^2 = \dfrac{128}{27}$에서 $a = \dfrac{1}{2}$

따라서 $r(x) = \dfrac{1}{2}(x+2)(x-2)^2$이다.

(2) $r(x) = \dfrac{1}{2}(x+2)(x-2)^2$에서

$r'(x) = \dfrac{1}{2}(x-2)(3x+2)$이므로

곡선 $y = r'(x)$와 x축으로 둘러싸인 부분의 넓이 S는

$$S = -\int_{-\frac{2}{3}}^{2} r'(x)\,dx = -[r(x)]_{-\frac{2}{3}}^{2}$$
$$= -\left[r(2) - r\left(-\dfrac{2}{3}\right)\right] = 0 + \dfrac{128}{27} = \dfrac{128}{27}$$

수학[2차]

01 [모범답안]

$a > 1$일 때, 함수 $f(x) = a^x$은 x의 값이 증가하면 $f(x)$의 값도 증가하므로 $0 \leq x \leq 3$에서

$f(x) = a^x$은 $x = 3$일 때 최대이다.

따라서 $f(3) = a^3 = 8$에서 $a = 2$이다.

02 [모범답안]

[문제1]에서 구한 a는 2이므로 직선 $x = 2$와 로그함수 $y = \log_b x\,(b > 1)$의 그래프가 만나는 점 A의 좌표는 $A(2, \log_b 2)$이다.

점 B의 좌표는 $B(0, 3)$이므로

직선 AB의 기울기는 $\dfrac{\log_b 2 - 3}{2} = -1$이고

$\log_b 2 = 1$에서 $b = 2$이다.

03 [모범답안]

[문제2]에서 구한 b는 $b = 2$이므로

점 P는 $P(4, \log_2 4) = P(4, 2)$이고,

점 Q는 직선 $y = x$에 대하여 점 P와 대칭이므로

$Q(2, 4)$이다.

이때 $\overline{OP} = \overline{OQ} = 2\sqrt{5}$, $\overline{PQ} = 2\sqrt{2}$

삼각형 POQ에서 코사인법칙에 의하여

$\overline{PQ}^2 = \overline{OP}^2 + \overline{OQ}^2 - 2 \times \overline{OP} \times \overline{OQ} \times \cos\theta$이므로

$\cos\theta = \dfrac{\overline{OP}^2 + \overline{OQ}^2 - \overline{PQ}^2}{2 \times \overline{OP} \times \overline{OQ}}$

$$= \frac{(2\sqrt{5})^2 + (2\sqrt{5})^2 - (2\sqrt{2})^2}{2 \times 2\sqrt{5} \times 2\sqrt{5}} = \frac{4}{5}$$

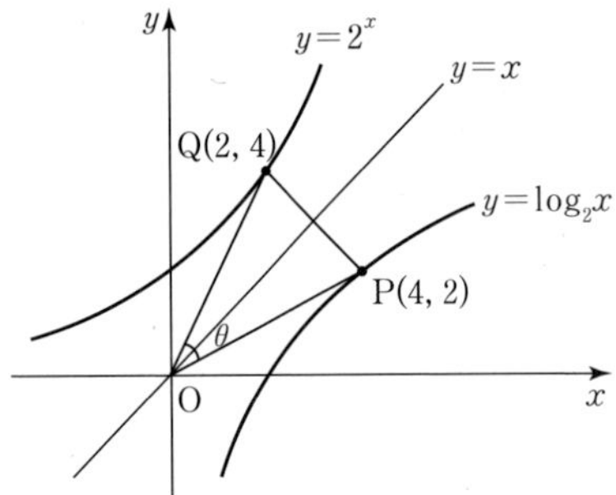

04 [모범답안]

$f(x) = x^3 + ax^2 + bx$ 에서 $f'(x) = 3x^2 + 2ax + b$

$f(x)$가 $x = 1$에서 극댓값 4를 가지므로

$f(1) = 4, \ f'(1) = 0$

즉, $f(1) = 1 + a + b = 4, \ f'(1) = 3 + 2a + b = 0$

두 식을 연립하여 풀면 $a = -6, \ b = 9$이므로

$f(x) = x^3 - 6x^2 + 9x$

05 [모범답안]

[문제4]에서 구한 함수 $f(x)$가

$f(x) = x^3 - 6x^2 + 9x$이므로

$f'(x) = 3x^2 - 12x + 9$에서 $f'(0) = 9$

따라서 원점 $(0, 0)$에서 곡선 $y = f(x)$에 대한

접선 L의 방정식은 $y = 9x$

06 [모범답안]

$f(x) = x^3 - 6x^2 + 9x, \ L : y = 9x$이므로 교점은

$x^3 - 6x^2 + 9x = 9x, \ x^2(x - 6) = 0$에서

$x = 0$ 또는 $x = 6$

따라서 L과 곡선 $y = f(x)$로 둘러싸인 부분의 넓이 S는

$$S = \int_0^6 \{9x - (x^3 - 6x^2 + 9x)\} dx$$
$$= \int_0^6 (-x^3 + 6x^2) dx = \left[-\frac{x^4}{4} + 2x^3 \right]_0^6$$
$$= 108$$

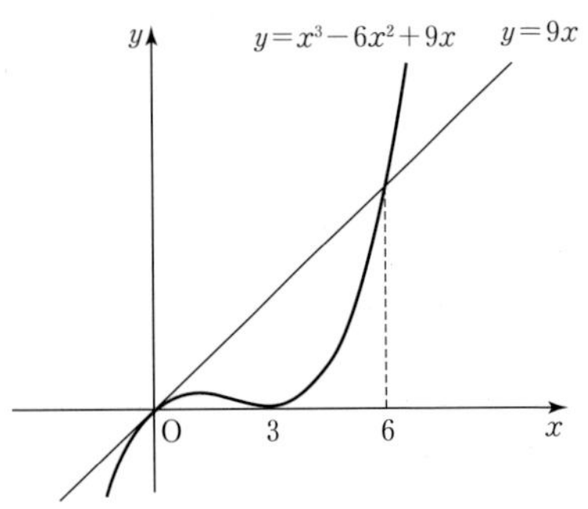

07 [모범답안]

$f(x) = \frac{1}{3}x^3 - \frac{a}{2}x^2$에서

$f'(x) = x^2 - ax = x(x - a), f'(x) = 0$에서

$x = 0$ 또는 $x = a$이므로

함수 $f(x)$의 증가와 감소를 표로 나타내면 다음과 같다.

x	$\cdots$	0	$\cdots$	a	$\cdots$
$f'(x)$	$+$	0	$-$	0	$+$
$f(x)$	↗	극대	↘	극소	↗

함수 $f(x)$는 $x = 0$에서 극댓값 0,

$x = a$에서 극솟값 $-\frac{1}{6}a^3$을 갖는다.

극댓값과 극솟값의 합이 $-\frac{1}{6}$에서

$-\frac{1}{6}a^3 = -\frac{1}{6}, \ a^3 = 1, \ a = 1$이므로

$f(x) = \frac{1}{3}x^3 - \frac{1}{2}x^2$

08 [모범답안]

$f(x) = \frac{1}{3}x^3 - \frac{1}{2}x^2$이므로 $g(x) = \frac{1}{3}x^3 - \frac{1}{2}x^2 + bx$

함수 $g(x)$가 극값을 가져야 하므로

방정식 $g'(x) = 0$이 서로 다른 두 실근을 가져야 한다.

$g'(x) = x^2 - x + b$에서

이차방정식 $x^2 - x + b = 0$의 판별식을 D라 하면

$D = 1 - 4 \times 1 \times b > 0, \ 1 - 4b > 0$에서

$b < \frac{1}{4}$이므로 정수 b의 최댓값은 0

09 [모범답안]

[문제7]에서 구한 $f(x)$는 $f(x) = \frac{1}{3}x^3 - \frac{1}{2}x^2$이다.

$$\int_1^x h(t) dt = 6f(x) + px \ \cdots\cdots ①$$

에서 양변에 $x = 1$을 대입하면 $0 = 6f(1) + p$,

이때 $f(1) = -\frac{1}{6}$이므로 $p = 1$

따라서 식 ①은

$$\int_1^x h(t) dt = 6f(x) + x$$이고,

양변을 x에 대하여 미분하면 $h(x) = 6f'(x) + 1$,

이때 $f'(x) = x^2 - x$이므로

$h(x) = 6x^2 - 6x + 1$